# 希望の海

## 仙河海叙景

熊谷達也

集英社文庫

# 目次

# 希望の海

仙河海叙景

# リアスのランナー

あたしみたいに朝ドラを観《み》ながら歯磨きをしてる人、全国的にどれくらいいるんだろう？

咥《くわ》えていた歯ブラシから離した手を、テレビのリモコンに伸ばしながら早坂希《はやさかのぞみ》は考える。

どうでもいいことだ。どうでもいいけど気になる。朝の忙しい時間帯にテレビの前で歯ブラシをシャカシャカ。変な構図ではあるけど、案外多いような気もする。朝食のあとで出勤間際に観るとか？　それとも、あたしみたいに起き抜けの目覚ましがわりに？

まあでも、やっぱりどうでもいいことだ。

朝ドラと歯磨きとの相関関係について考えるのをやめた希は、テレビを消してから洗面台に立って口をすすいだ。

顔を洗ったあと、化粧はせずに、日焼け止めのクリームを顔から首にかけて丁寧に塗る。最近発売になったばかりのＳＰＦ50・ＰＡ＋＋＋のクリームで、強力なわりにはさらっとしていて使い心地がいい。

陽射しがきつくなる季節はまだまだ先だ。時間帯も早い。けれど、紫外線には二種類あって、肌の深層部分にまで届く種類のほうは、今ごろの季節でも真夏の半分以上あるので一年を通してしっかり対策を、と美容室で読んだ女性雑誌に書いてあった。若いころに紫外線をまともに浴び続けていたあたしの場合、すでに手遅れかもしれない。けれど、気休めでも何でも、やらないよりやったほうがいいに決まってる。

日焼け止めクリームを塗り終えてトレーニングウエアを着込み、ランニングシューズを履いて表へと出る。

ラップ計測機能付きのBABY-Gで確認すると、時刻はちょうど八時三十分。時間を計りながら行動しているわけではない。それでも前後三十秒の誤差しかないのはいつものことだ。几帳面《きちょうめん》な性格では全然ないのだけれど、長距離ランナーとしての体内時計が、いまだに動いているのかもしれない。引退、いや、リタイアしてから十年近く経《た》っているにもかかわらず。

それにしても冷え込みが厳しい。三月も上旬が過ぎようとしているというのに、この寒さは何なのだろう。吐く息が白い。ジョギングをするにはいいけれど、いい加減、もう少し春らしくなってほしい。

走り出す前に、軽くストレッチをしながら希は考える。

三陸沖《さんりくおき》に北海道《ほっかいどう》のほうからやってくる海流は親潮というんだっけか。そうだ、寒流というやつだ。あ、寒流、なんて言葉を思い浮かべたのは、ものすごい久しぶりかも。普通、カンリュウと言ったら、韓流だし。

その寒流のせいで、リアスの入り江に抱かれたこの街、仙河海《せんがうみ》市は夏でも比較的涼しい。最高気温が三十度を超える真夏日はめったにない。

ところが、去年の夏は馬鹿みたいに暑かった。ほんとに猛暑だった。梅雨《つゆ》が明けたと思ったら、真夏日になるのが当たり前、みたいな感じになって、三陸の海辺なのに猛暑日を記録した日もあったはずだ。

高校卒業と同時に離れたこの街に希が戻ってきてから、今年で三年目になる。首都圏の殺人的な蒸し暑さに何とか順応できていた身体も、今ではすっかり元に戻っている。寒い夏は嫌だ。けれど、暑すぎる夏はもっと嫌だ。

戸外の冷気とストレッチで、完全に目が覚めた。ＢＡＢＹ-Ｇのボタンを押し込み、ストップウォッチを作動させて希は走り出す。

住んでいるアパートが南仙河海小学校のすぐそばなので、もう少し早い時間帯だと通学途中の子どもたちで賑《にぎ》わう裏通りも、今は静かだ。その裏路地を小さな公園が右手に出てくるまで南下する。

公園の先で右に折れた希は、陣内《じんない》川の土手沿いを少しだけさかのぼっていく。

走りながら左手に見る陣内川は、仙河海市の真ん中を流れる潮見《しおみ》川の支流だ。このまま上流に向かうと、前町田《まえまちだ》と上町田《かみまちだ》の新しい街並みを通り、バイパスの向こうの稲作農家が多い高梨《たかなし》地区をかすめて、やがて森の奥へと消えていく。

ジョギングコースとしては陣内川の上流の山間《やまあい》を走ったほうが気持ちいい。けれど、希のアパートからだと少々遠い。そちらのコースを走るのは店が休みの時くらいだ。ふだんは、自宅周辺の道路を繋《つな》いだ、一周六キロちょっとのコースを走っている。

陣内川沿いに走り出してほどなく、旧国道にぶつかる。その交差点を左折して陣内川に架かる小さな橋を渡った希は、合併する前の旧沢吉町《さわよしちょう》方面へとさらに南下していく。橋を渡る際に、ラップ計測のボタンを押してペースを作り始める。一キロ五分のペースは、ジョギングというよりはランニングに近いスピードである。が、希にはちょうどいい速さだ。

さすがに旧国道には通勤の車が多い。しかも、ほとんどいつも同じ車だ。街に入る手前の信号で渋滞していることが多いので、毎日走るうちに、顔まで覚えてしまったドライバーも、けっこうな数になる。ということは、向こうもあたしをしっかり覚えているわけで、こういうのってどうなんだろ？　何事もなかったので今まで深く考えなかったけれど、時々コースを変えたほうがいいのかもしれない。

といっても、交通量の多い旧国道沿いを走るのは一キロ程度だ。ホームセンターのところで裏道に入るまでのあいだ、直線の登りがだらだらと続く。

その登りが全然苦にならない。今日は身体が軽い。昨夜《ゆうべ》、いつもより三十分くらい早め、午前一時になる前に店を閉めたからだろうか。でも、寝る時刻はいつもと一緒だった。ああ、そうか。生理が終わったせいだ。現役時代、生理でコンディションが左右されやすかったのも、アスリートとしての欠点のひとつだった。

旧国道からそれ、カーブの多いゆるい下りに入った時には、希の頭から生理のことは消えている。抜け道になっているため、そこそこ交通量もある。道があまり広くないので、すれ違う車には気を遣う。

やがて下りきったところで、潮見川の最も下流に架かっている明神橋《みょうじん》を渡り、すぐさまJR線の高架橋の下をくぐり抜ける。

そこから先は平たい土地が広がり、山坂が多い仙河海市内において、珍しく開放感のある景色が出現する。リアスの入り江にあっても平らなのは、この一帯が埋立地だからだ。

とはいえ、こうして走っていると、人工的な埋立地という感じはしない。岸壁に近寄らない限り海は見えなくて、代わりに唐島《からしま》半島や大島《おおしま》の島影が連なって見えるからだろう。

この埋立地の、仙河海湾に面した側には、「商港《しょうこう》岸壁」と市民から呼ばれている通り、水産加工会社の工場や倉庫、巨大な冷蔵庫とか石油貯蔵施設が建ち並んでいる。新しいほうのフェリー乗り場があるのもこの一角だ。

その反対側、潮見川に近いエリアは比較的新しい住宅街になっている。JR仙河海線の南仙河海駅が置かれていて、駅前には小さいけれど明るい雰囲気の商店街がある。

この街で生まれたものの、母子家庭に育った希は、幼いころに母親と一緒に首都圏へと移住している。その時期の街の記憶はほとんどない。母と一緒に仙河海市に戻ってきたのは、希が中学三年生になる春だった。転校してきて最初に仲良くなり、部活も一緒だった上村奈津子《うえむらなつこ》の実家もこの近くだ。

埋立地の半分をぐるりと回った希は、踏み切りでJRの線路を越えたあと、潮見川沿いの低い土手に駆け登った。と同時に、ランニングシューズのソールから伝わる感触が、アスファルトから土へと柔らかく変化し、空気の中に木々の匂いが混じり始める。

さっき渡った明神橋のひとつ上流に架かっている仙河海大橋を目指して、桜並木の下を希は駆けていく。中学の時、走るのが一番好きだった場所だ。満開の桜の下を走る気持ちよさったらない。三月上旬の今は、蕾《つぼみ》もそれほど膨らんでいない。仙河海市で桜が咲くのは四月の下旬近くになる。その時を待ち焦がれて希は走っている。

仙河海大橋を渡り切り、すぐに小学校のほうへと折れる。あと五百メートルほどで、アパートに到着だ。

中学の時は、最後のこの五百メートルを全力でダッシュしたっけ。試してみようか？

いや、やめとこう。膝を痛めたら、また走れなくなってしまう。

ペースを守ったまま走り切り、アパートの前に到着すると同時にＢＡＢＹ-Ｇのボタンを押し込んだ。

一キロごとのラップタイムをチェックすると、五分プラスマイナス十秒以内に、綺麗《きれい》にそろっていた。やっぱり、気分がいい。膝も痛まない。自分の身体と心をしっかりコントロールできている。いい感じだ。

満足した希は、アパートへと足を向けた。

通りに面して一棟、その裏手の少し奥まったところにもう一棟、大家さんが同じ二階建てのアパートが建っている。「富士屋《ふじや》ハイツ」という、いかにも昭和な名前から想像がつくように、かなりくたびれた建物だ。希の母は、娘と一緒に仙河海市に戻ってきた際に借りたのと同じアパートに、その後もずっと暮らし続けている。二十年前でも古ぼけたアパートだった。だからたぶん、築四十年くらいは経っているんじゃないかと思う。

自分も仙河海市に戻ることになった時、引っ越しを勧めたのだけど母親が億劫《おっくう》がった。今考えてみると、母が億劫がったのは病気のせいだったのだなと、理解できる。お店に出るのがやっと、という体調では、引っ越しなんていう大仕事は、考えられない話だったのだろう。

通りに面している棟の、二階の東の角部屋に、偶然なのだけれど、中三で転校して来た時に同じ学年にいた昆野笑子《こんのえみこ》が住んでいる。三十分前にあった彼女の車は、今は駐車場から消えていた。希がジョギングに出ているあいだに、彼女の勤務先である美術館に出かけるのはいつものことだ。

希が母親と一緒に暮らしているのは、奥にある棟のほうだ。手前の棟は全部で八世帯分の部屋があるのだが、奥のほうはその半分、各階二戸の合計四戸という、ちょっと変則的な造りになっている。そのうえ、ふたつの棟は若干《じゃっかん》離れて建っているので、知らない人が見たら、違うアパートに見えるかもしれない。

厳密に言うと、母親と一緒に暮らしているわけではない。一階の隣の部屋を借りている。希が仙河海市に戻ってきた時、奥のほうの棟は、母が借りている部屋以外は、すべて空き部屋になっていた。家賃が破格に安いのもあって、隣の部屋を借りて別々に住むことにした。そのほうがお互い、ストレスが少なくてすむ。一緒にいたら、昔みたいにしょっちゅう口喧嘩《くちげんか》をするはめになる。それは間違いない。いくらあたしだって、病人を相手に喧嘩なんかしたくない。

老朽化しているうえに日当たりがあまりよくないせいか、奥の棟の二階はいまだに空き部屋のままだ。たぶん、この先も入居者はないだろう。というか、いつ取り壊しになっても不思議じゃない。結果、今現在は、贅沢《ぜいたく》なことに、二世帯住宅に住んでいるのと一緒の状態になっている。

自分の部屋に戻った希は、お風呂に入ってから野菜ジュースと牛乳だけの朝食を済ませた。毎朝走っているといっても、現役のアスリートじゃないので、三食しっかり食べなくても問題ない。それに、最近になって、食べた量がすぐに体重に反映するようになってきた。基礎代謝が悪くなってきている証拠だ。まったく嫌になる。今年で三十六になるのだから無理もないか。

このあとの午前中いっぱい、ふだんならわりとのんびり過ごすのだが、今日はそうもいかない。午後一番で母親が退院する予定になっている。しばらく使っていなかった母の部屋を掃除しておかなくては。

牛乳の紙パックを冷蔵庫に戻した希は、隣の部屋の合鍵を手にして自分の部屋をあとにした。

二ヵ月近く入院していた母親が退院できて嬉《うれ》しくない、ということはない。けれど、アパートに連れ帰って、あれこれ世話をしてやりながら二時間も顔を突きあわせていると、次第に鬱陶《うっとう》しくなってくる。邪険にするつもりなんかさらさらないのだけれど、母親のひと言ひと言が厭《いや》みに感じられたり、刺《とげ》があるように思われたりして、次第にイラついてくる。あたしがぐれかけていた中学時代とほとんど一緒だ。お互い、さっぱり進歩のない親子だと思う。

なので、いつもより早めに家を出て職場へと向かった。

いや、本当は違う。母と一緒にいたくないのは、すっかり弱ってしまった自分の親を見たくないからなのだと思う。

病院に見舞いに行って、ベッドに寝ている母親を見ている分には、それほど感じなかった。けれど今日、母を退院させてアパートに連れてきたあと、一度自分の部屋に戻ってから再び隣のドアを開け、居間を覗《のぞ》き込んで愕然《がくぜん》とした。誰、このお婆《ばあ》さん？　と、一瞬、自分の母親であるのがわからなかった。まだ五十五歳の若さだというのに。

母の病気は膠原《こうげん》病の一種で、かなり珍しいタイプのものらしい。今になって振り返れば、十年近く前からその兆候はあったのだけれど、本人もあたしも、真面目に考えていなかった。というか、高校卒業以来、仙河海市にはほとんど帰っていなかったので、母の状態がわかっていなかった。診断が早ければ、対症療法によって自然に治る場合もあるらしいのだが、急な発熱で倒れた時にはかなり進行していた。緊急入院した母親の看病のため、慌てて仙河海市の病院に駆けつけたのが、今からちょうど四年前のことだ。

その後の母は、入退院の繰り返しだ。合う薬が見つかればよいのだけれど、なかなかそれが見つからない。母が最初に倒れてから一年半のあいだ、職場のある東京と仙河海市を行ったり来たりしていた。そして三年前の秋、母が三度目の入院を余儀なくされたのを機に、勤めていた会社を辞めて仙河海市に戻った。

その辺が、実はちょっと微妙だ。母の病気が、会社を辞めるちょうどいい口実になった側面が、ないでもない。

ただし、戻ってきた時期が少々よくなかった。リーマンショックの直後だった。アメリカでの住宅ローンの出来事が、東北の田舎《いなか》町で実際にどれだけの影響を与えたのかは、あたしにはよくわからない。でも、みんなが口をそろえて景気が悪いと言うと、実際の景気も悪くなるのは事実だ。おかげで、働き口がさっぱり見つからなくて困った。実業団でのかつての駅伝選手、なんて肩書きは、何の役にも立たなかった。仕方がないので、母親のスナックを手伝っているうちに、母の状態がいっそう悪くなり、結局あたしが店を引き継いだ形になっている。

もっとも、仙河海の街そのものは嫌いじゃない。むしろ、好きかもしれない。あたしの場合、ここがやっぱり故郷《ふるさと》なのだろうな、と思う。幼いころの記憶がほとんどないとはいえ、とりあえず生まれた街だし。

小学校に入学する少し前から中学二年までは、東京、埼玉、神奈川を転々とした。すべてめぐみさん、つまり母親のせいだ。正確に言うと、母がつきあっていた、ろくでもない男たちのせいだ。必ず最後には、親子二人で逃げなくちゃならないはめになった。自分の母親ながら、マジで馬鹿なんじゃないかと思う。

最後には、当時母がつきあっていた、というより、母につきまとっていた男が、あたしに目をつけた。たぶんその男、その筋の人間だったのだと思う。絶対に手の届かないところへ逃げる必要に迫られ、結局親子でこの街に戻ってきたという、できの悪いドラマみたいな話が現実にあるのだから、この国、どうかしてる。

でも、そのおかげで、あたしは生まれ変わることができた。街の中心部の高台にある仙河海中学校に転校してきた時のあたしって、ハリネズミみたいに全身刺だらけに武装してたと思う。今思うと、かなり恥ずかしい。転校してくる前、神奈川の中学にいた時のまんまで、思考回路が、完璧、ヤンキーだった。

というか、そうしないと生き延びていけなかったから、そうしていただけだ。転校先で舐《な》められちゃいけない。マジでそう思っていた。単純すぎ。

あのころ、東京ではそろそろスケバンルックが廃《すた》れかけていた。かわりにミニスカートが流行《はや》り始めていた。結局あたしは、あれこれ考えた末、タンスに仕舞い込んでいたロングスカートと、丈を詰めたセーラー服を引っ張り出して、仙河海中に転校してきた。

もちろん、あんなダサい制服、ずっと着てるつもりはなかった。最初にはったりをかますことができれば、それで十分だった。

実際に仙河海中に通うことになって、肩透かしを食らった、というか、拍子抜けした。ここの生徒たち、呆《あき》れるくらい田舎者で幼くて、しかもお人好《ひとよ》しで、そのうえ、おせっかいで、何と言えばよいのだろう、同じ日本の中学校とは思えなかった。

あたしが転校してきた学年が特別穏やかだった、と聞かされたこともあるけれど、その前までのことは、転校生だったあたしは知らないから、比較のしようがない。

もちろん、それなりに突っ張ってるような男子とかも、いるにはいた。しかし、可愛《かわい》らしいというか何というか、暴走族に入っている奴《やつ》もいなかったし、シンナーをやってる奴もいなかった。同級生が警察に捕まったとか補導されたとか、そういう話も聞いたことがない。転校早々あたしが補導された以外では。あれは、でも、巻き添えにしてしまった奈津子たちに悪いことをしたと反省している。

ともあれ、せいぜい隠れて煙草《たばこ》を吸ってみるとか、面白半分に学校の消火器を噴射させるとか、修学旅行の時に缶チューハイで酔っ払っているのを見つかって廊下に正座させられるとか、その程度の、嘘《うそ》みたいに長閑《のどか》で平和な学校だったのだ。

お人好しでおせっかいなのは、生徒だけじゃなかった。先生たちも同じ。転校初日に家庭訪問に来る学級担任なんて、それまで会ったことがなかった。まあ、あの時のスケバンルックでは無理もないか。

それだけじゃない。自分が顧問をしている部活、陸上部に入部させようとして、今で言うストーカーみたいにつきまとうし。あれはマジでうざかった。朝の六時に、ジョギング中のあたしを待ち伏せするなんて、普通、あり得ない。最初はほんと、変態かと思った。今では先生に感謝しているけど。

なんか、この街の人間って変わっている。いまだにそう思う。すごい田舎者のくせに妙に自信たっぷりで厚かましく、そのくせあっけらかんとしていて、そうかと思えば鬱陶しいくらい情が深くて、ちょっとお洒落《しやれ》で気取り屋で、そしてみんな、自分の街が大好きで、愛している。

変な人たち、といまだに思うものの、その変な人たちを、いつの間にか、けっこう好きになっている。この先の自分の人生がどうなっていくのか考えると、さすがに不安になる。けれど、この街の居心地がよくなっている、というのは嘘じゃない。

二十年前に母親が始め、今は希が実質的に経営している「リオ」は、カーフェリーや遊覧船が発着する古いほうの桟橋《さんばし》を目の前にした飲食街、南坂町《みなみさかまち》の一角にある。居酒屋や寿司《すし》屋、スナックなどが入った古い雑居ビルの二階にあり、オープン以来、お店の場所は変わっていない。

寿司屋や居酒屋、スナックだけでなくジャズ喫茶や、少し高級な割烹《かつぽう》もあるこの界隈《かいわい》は、とりあえず仙河海市随一の歓楽街ではある。

希の母が若いころには、南坂町より少し北にある岸田《きしだ》界隈の賑わいが凄《すご》かったらしい。陸《おか》に上がった遠洋マグロ船の漁船員たちが、ポケットというポケットに札束を捩《ね》じ込んで遊びに繰り出した、というのも、あながち嘘じゃないようだ。しかし、文字通り、今は昔の話になっていて、いまだに営業しているお店はほんの数軒だ。打ち棄《す》てられたまま朽ち果てかけている建物もあちこちに目につく。

最近では、旧国道の向こうの市立病院のあたり、住所で言えば前町田の周辺のほうが、南坂町より賑わっているかもしれない。以前からそこそこ飲食店があって、お洒落な雰囲気のお店もあったのだが、大手チェーンの居酒屋が進出してきてから、いっそう賑やかになった。といっても、近隣の市町村と合併しても七万人がやっとの人口なのだから、仙台《せんだい》の国分町《こくぶんちょう》みたいに通りに酔っ払いがあふれているなどという光景は見られない。

大方の地方都市の例に漏れず、仙河海市にも過疎の波が押し寄せている。たとえば、希がいたころの仙河海中学校は、一学年に六クラスから七クラスあった。それが今は各学年三クラスに減っている。二十年前のほぼ半分というクラス数は、そのまま現在の希たちにも当てはまる。

中学校の同期会の幹事をしている和生《かずお》が、この前リオに来た時、言っていた。

知ってた？　数えてみたらさあ、俺らと同じ学年の卒業生で仙河海に残っている奴って、百人くらいはいるんだよね。

和生は、思った以上に残っているんだよなあ、と感心してるような口ぶりだった。彼、お父さんの会社を若くして引き継いだ、ということもあるのだろうけど、仙河海市の将来を担う若手経営者の一人として、この街もまだまだ捨てたもんじゃない、と言いたかったのだろう。

それに対して、あたしは言ってやった。あんた、馬鹿なんじゃない？　当時のあたしたちの学年、確か全部で二百五十人以上いたはずだよ。百人って言ったら半分以下じゃん。それしか残らないから過疎になるんじゃないのって。

その時の和生、最初はあたしの指摘にキョトンとした目をしていたのだけど、すぐにムッとした表情に変わった。

過疎という単語を、この街の誰もが忌《い》み嫌っている。そんな簡単な単語で片付けて欲しくないと、あたしでさえ思う。

たとえばテレビのニュースなんかで過疎という言葉が出てくると、お年寄りしかいなくなったうら寂しいシャッター通り、みたいなイメージを無理やり抱かされてしまう。そりゃあ、仙河海市にもシャッター通りになりかけている古い商店街がないでもない。しかし、実際には、故郷に留まって頑張っている若者もいる。なのに、ほとんど無視されちゃうか、でなければ、過疎の町で頑張る若者イコールちょっと変わり者、みたいな目線で見られちゃう。

だから、和生の憤慨はわかる。とはいえ、二十年で半減、というのが、やっぱりこの街の現実なのだ。

その現実は、あたしの仕事、というより商売にも、もろに響いてくる。めぐみさんがあたしを連れてこの街に戻ってきたころは、遠洋マグロ船の数が減りつつあったとは言っても、スナック経営は今よりは楽だったみたいだ。けれど、それからちょっとして、マグロ船の乗組員は、船頭さんとか船長さん、通信士さんや機関士さんなどの幹部乗組員を除いて、ほとんど人件費の安い外国人になってしまった。外国人の乗組員は、日本人みたいに遊ばない。母国の家族に仕送りをしつつ、国に帰って家を建てるのを目的に船に乗っているからだ。

あるいは、全国水揚げ連続一位を誇っているカツオ船の乗組員にしたって、彼ら、ほとんど船の上で働き通しだ。たまの休暇に一日か二日、上陸する程度だし、それだって漁の季節に限られている。だから、いいお客ではあるのだけれど、売り上げは限られる。漁船員相手の水商売は、とっくの昔に斜陽になっているわけで、生き残り自体が難しい。

そんな経緯があり、実質的に自分で店を切り盛りするようになってから、希は店の営業形態をスナックからショットバーへと少しずつ移行させてきていた。

仙河海市には、皆無ではないのだけれど、いわゆるショットバーの数が少ない。希の知る限り、一軒か二軒、あるだけだ。これまであまり需要がなかった、と言ってしまえばそれまでなのだが、若い人を中心にお酒を飲むスタイルが変わってきているのも確かで、ニーズそのものがなかったわけではないと思う。

事実、わりと本格的なカクテルを提供し始めてから、それを目当てに飲みに来るお客さんが増えつつあり、たとえば、笑子みたいに、女性ひとりでカウンターに座るお得意さまも、何人か出てきている。

だけど問題は……と、希はいつもここで悩んでしまう。

母親がスナックをやっていた時からの馴染《なじ》みのお客さんも、まだまだいる。馴染み客の多くは、希を応援してくれている。つまり、女の子なしでのお酒でも店に足を運んでくれる。といっても、カウンターの内側にいるとはいえ、希が話し相手になるからで、彼らの頭の中では、早坂希はバーテンダーじゃなくて、あくまでもスナックのママさんなのかもしれない。

それはそれでよいのだが、もちろん、そうはいかないお客もいる。なので、完全にはショットバーに移行できないでいる。

それって決してよいことじゃない。異なる客層ができるだけ重ならないようにしてはいるのだけど、完全には無理だ。

実際、去年の暮れ、お客さんどうしのいざこざから大騒ぎになりかけた。その時、たまたま店に居合わせて双方を収めてくれたのが、今、希の目の前でジントニックを啜《すす》っている遼《りよう》ちゃんだった。

年齢は希の十歳上。仙河海中学校の卒業生なので、希たちの先輩になる。仕事はというと、寿司屋や料亭が鮮魚を買い付けに来るような、市内でも名の通った魚屋の社長さんだ。

遼ちゃんの見た目は、少々、いやかなり怖い。背丈はそれほどあるわけではないのだが、知らない人が彼を見たらプロレスラーだと思うだろう。実際には、見た目と違ってとても優しく、愛嬌《あいきょう》がある人なのだけれど、彼にぎろっと睨《にら》まれたら、ヤクザでもびびっちゃいそうだ。だからあの時は、喧嘩を収めたというよりは、恫喝《どうかつ》したのに近い雰囲気だった。

ともあれ、友達思いで面倒見のいい遼ちゃんを慕う後輩たちは多い。希の学年にも、遼ちゃんと親しい者が何人かいる。そんな中で、彼を「遼司《りょうじ》さん」ではなく「遼ちゃん」と呼ぶのは希だけだ。

理由はいたって単純だ。遼司は、希が高校生のころにつきあっていた元カレだからだ。遼ちゃんがリオのお客だったのが、二人がつきあうようになったきっかけで、希がバージンをあげた相手でもある。

中学の時からそうだったのだが、希は、開店前か開店直後のリオで夕食をすませることが多かった。高校に入ってからは、その流れで自然にというか、仕方なくというか、時おり母のお店を手伝うようになった。といっても、厨房《ちゅうぼう》かカウンターの内側で軽食を作ったりお酒を作ったりするだけで、さすがにテーブル席に行かされることはなかった。しかしそれでも、部活で疲れて帰ってきた未成年の娘にスナックを手伝わせるのだから、ひどい母親だ。

遼司と希がつきあっていた期間は、一年半ほどだ。希が駅伝の実業団チームを持つ企業にスカウトされ、高校卒業と同時に仙河海市を離れたことで、交際は自然に消滅して現在に至っている。

実業団で陸上選手としてどこまでやれるか挑戦しようか、それとも仙河海市に残って好きな人のそばにいようか、さんざん迷っていた希の背中を押してくれたのは当の遼司だ。せっかくのチャンスを無駄にしちゃいけない。俺は希の走る姿が大好きだ。おまえが走っている姿をテレビで見たい。そう言って、希を送り出してくれた。

五年後、希は遼司との約束を果たすことができた。全日本実業団対抗女子駅伝競走大会で、所属しているチームのアンカーを任された。優勝こそ逃したものの、区間記録を更新して区間賞を手にした。

しかし、そのころが長距離ランナーとしての絶頂期だった。その後希は、フルマラソンへの転向を目標に新たな挑戦を始めたのだが、練習中に左膝の靭帯《じんたい》を痛めてしまった。懸命にリハビリに励んだものの、回復がどうにも思わしくなく、やがて引退を余儀なくされた。仙河海を出てから七年、その時の希は二十六歳になっていた。

そのまま希は、一般社員として会社に留まった。希が仙河海市に戻らなかった最大の理由は、駅伝をアンカーで走った翌年、遼司が結婚していたからだ。

もちろん、遼司が結婚したのを知った時、彼を恨みはしなかったし、今も恨んではいない。そもそも、自分が走っている姿をテレビの画面で遼ちゃんに見せる、という以外は何の約束もしていなかったのだから、当たり前の話だ。けれど、あのころは、遼司が家庭を持って幸せに暮らしている仙河海市に戻る気にはなれなかった。

しかし時間が人の心を変えていく。三年前に希が仙河海市に戻ってきた時には、遼司に対する想《おも》いは、淡い想い出となっていた。そのはずだった。

前ほど頻繁ではないものの、相変わらずリオに足を運んでくれていたことで、遼司と再会した。

懐かしいねえ。いやあ、ほんと懐かしいなあ。奥さんやお子さんはお元気？　元気、元気。それはよかった。などと、カウンターを挟んでにこやかに言葉を交わしながらも、あたしの脈拍は正常じゃなかったと思う。

久しぶりに会った遼司は、会社経営者としての貫禄《かんろく》がつき、いっそういい男になっていた。そのくせ、お茶目なところは昔のままで、古臭い言い方でかまわないなら、再会した瞬間に惚《ほ》れ直してしまった。今でも遼ちゃんを前にすると、丸太みたいに太い腕で抱きすくめられたいと思ってしまう。

もっとも、それは不可能な話だ。一夜限りの関係とかもあり得ない。遼ちゃんは絶対に奥さんを裏切るような人ではないからだ。それに、たとえあたしから誘ったとしても、あたしを傷つけないように言葉を選んで、やんわりと拒絶するだろう。

そんな人だからこそ、あたしは遼ちゃんを心から好きになった。これまでつきあった男と誰一人として長続きしなかったのは、あたしの中での遼ちゃんの存在が、あまりに大きすぎたからかもしれない。

これから誰とつきあうことになろうと、たとえ誰かと結婚することがあろうと、あたしが生涯かけて好きなのは、遼ちゃんだけだ。それほど深く愛しているがゆえに、遼ちゃんを困らせるようなことはしたくないし、決してしないと決めている。こうして時おり、お店に顔を出してくれるだけで満足だ。それ以上を望んだら、神様に愛想をつかされてしまうだろう。

などと考えると、あんたねえ、三十五歳のおばさんにもなって純愛かよっ、つーか、その少女趣味って何なんだよ、馬鹿じゃねーの？　と自分で自分に突っ込みを入れたくなる。ほんと、うんざりだ。最後には、自分が可哀相《かわいそう》すぎてアホらしくなってしまう。

人間ってわかんないものだと、自分でも思う。あたしの場合は、男でさんざん痛い目に遭《あ》った母親が、反面教師になっているんだと思う。遼ちゃんに限らず、妻子がいる男を相手に不倫なんて、やっぱり考えられない。あたしから遼ちゃんを誘ったとしたら、などというのも、妄想を弄《もてあそ》んでいるだけだ。現実にそんな場面になりかけたら、怖《お》じ気づいて逃げ出してしまうに決まっている。たぶん、そういう女だとは誰もあたしを見てくれないと思うけど。

全然そんなふうには見えないのに、っていう人間のほうが、実は平気で不倫に走ったりするものなのだ。たとえば、中学校の教員になって故郷に戻ってきて、今は美術館の学芸員をしている笑子がいい例。

中学の時、生徒会で執行部員をしていたくらい頭がよくて真面目だった笑子が、自分が中学生の時の担任と不倫をはたらいたり、それだけじゃなく、元の自分の教え子と関係したりって、そんなのあり？　って誰もが思うかもしれないけれど、あたしに言わせれば、むしろ、そのほうがあり。決して珍しい話なんかじゃない。そういえば、笑子、最近うちの店に顔を出していないなあ。この前、来たのはいつだっけ？　あとでメールでもしてみようか……。

と親友のほうへ意識が行っていた希に、

「──ということだから、その物件、明日あたり、見に行ってみたらどう？」と遼司が訊《き》いた。

遼ちゃんが口にした、物件、というのは、潮見川と旧国道の向こう、前町田の一角にある、元はスナックだった空き店舗のことだ。カウンターが七席に四人がけのテーブル席がふたつの、ショットバーをやるには最適な大きさ、であるらしい。

「でもねえ、それなりに内装費もかかるだろうし」希が答えると、

「希が新しい店を始めるならオーナーになりたいって奴、けっこういるんだぜ。どうしても最初から自分がオーナーじゃなくちゃ嫌だと言うなら、仕方がないけどさ」

「そんなことはないけど」

「だったら、なおさら。それに、いずれは自分がオーナーに、ということで、最初に条件を取り決めておくという手もあるし、それが一番安全で確実だろう。せっかく希を応援したいって言ってくれてる人間がいるんだから、そういうタイミングとかチャンスは

大事にしたほうがいいぞ」

高校卒業後にどうするか、あたしが迷っていた時に言ったのと同じようなことを遼ちゃんは言った。本人が意識してのことかどうかはわからないけど。

その気持ちは素直に嬉しかったものの、

「でも、うーん、このお店、気に入っていないわけじゃないし……」と言葉をにごすと、

「その結果――」誰もいないテーブル席のほうを振り返ったあとで、

「これなわけだろ？　こりゃあやっぱりまずいって。なあ、真哉《しんや》くん。きみもそう思うだろ？」

入り口に近い側のカウンター席に腰を落ち着け、結衣《ゆい》ちゃん相手にグラスを傾けていた真哉に、遼ちゃんが意見を求めた。

「そうっすねえ。確かにこれだと、結衣ちゃんにアルバイト代払ったら、この店、今夜は間違いなく赤字ですもんねえ」

同意した真哉に、

「あんたがシャンパン開けてくれたら黒字になるよ」真顔で言ってやると、

「おまえさあ、しがない公務員にシャンパンを開けろなんて、頼む相手を間違えてるって――」と顔をしかめた真哉が、

「遼司さん、どうですか？」と遼ちゃんに言った。

「シャンパン？」

「俺、見かけと違って、そんなに酒が強くないんだけどね」

「ええ」

「おまえに？　ダメダメ、もったいない」

「俺が飲みますよ」

「ですよねえ」

三十分くらい前に帰ったサラリーマン三人組以外、リオの今夜のお客は、カウンターにいる遼ちゃんと真哉だけだ。おまけに、今日はこれ以上、お客が来ない気がする。確かにこれでは、真哉が言うように、今夜の売り上げは赤字になってしまう。

真哉がけっこうずけずけあたしにものを言うのは、中学の時の同級生なうえに、同じ陸上部で長距離班の班長をしていたからだ。

真哉の相手をしてくれている結衣ちゃんは、週に二日だけ応援に来てもらっているアルバイトの子で、日中は美容室に勤めている美容師さんの卵だ。その美容室の店長が、これまたあたしの同級生という、いかにも仙河海市的な繋がりでこの世界は回っている。

木曜日と金曜日の夜のリオは、基本的にスナック営業をしている。週末に近づくにつれ、スナックの需要が大きくなるからだ。一時期、金曜と土曜に女の子を入れていたことがあるのだが、土曜日は静かにお酒を飲みたいカップルが案外多いのに気づいて、木曜日に移した。かなり忙しくなりそうな時にはもう一人、ヘルプの子を頼む場合があるけれど、そこまで忙しくなることはめったにない。

もちろん、スナック営業をしている日でも、ショットバーを目的に来店するお客さんは拒まない。けれど、カラオケが煩《うるさ》いのがわかっていてカクテルを飲みに来るお客はほとんどいない。なので、今夜みたいにテーブル席のほうが寂しいと、ほとんど開店休業の状態に陥ってしまう。

半分スナック、半分ショットバーの中途半端なやり方をしているからこうなるのだということは、自分でもよくわかっている。最初は気に入ってくれていたはずなのに、徐々に足が遠のき始めているのかもしれないな、というお客さんも何人か思い当たる。それを遼ちゃんも真哉も心配してくれていて、店の名前も場所も変え、本格的なショットバーとして再出発してみたらどうだと、しばらく前から移転を勧めてくれているのだ。

特に遼ちゃんは本気で案じていて、実際に動き回ってくれている。今回の空き店舗の件は、そういう経緯から出てきた話だ。

確かに立地条件はいいと思う。新興の住宅地が広がりつつある界隈なので、お客さんもそこそこ見込めると思う。

ただし、新しい店のオーナーになりたがっている奴が云々《うんぬん》、という話は真に受けていない。それはたぶん、遼ちゃん自身のことだと思う。あたしが決断すれば、下心なしで援助を申し出るつもりなのは、見ていればわかる。

普通だったら、そこまで厚意に甘えちゃいけない、と自分を戒めるだろう。でもあたしはちょっと違う。その厚意に甘えるのも悪くないかもしれない、と思う。遼ちゃんとビジネスパートナーというのも、悪くないどころか、今のあたしには願ってもない話だ。どんな形であれ、遼ちゃんと繋がっていたい。それがいずれは辛《つら》くなるかもしれない。いや、どんどん辛くなっていくだろう。でも、絶対に手に入らないとわかっているものが、いつも手の届くところにあるというのは、辛いと同時に、とても幸せなことのように思われる。あたしが少しおかしいのかもしれないけれど。

「どう？　なんなら明日、俺も一緒に行ってやるぞ」

そう申し出た遼ちゃんに、

「子どもじゃないんだから、一人で行けるってば」と苦笑してみせる。

「ということは、ようやく行く気になったわけだ――」と目を丸くしたあと、

「いやあ、希がその気になってくれてよかった。なあ、真哉くん」偽りなく嬉しそうな顔をした遼ちゃんに、

「とりあえず、見るだけですからね。結論はそのあと。それでいいでしょ？」と念を押すと、うんうん、と相変わらず嬉しそうな顔のうなずきが返ってきた。

それを見ていた真哉が、

「とりあえず話が進展したところで、俺、そろそろ帰るわ。遼司さんは、どうぞ、ゆっくりしていってください」と言いながら、スツールから腰を上げた。

勘定をすませたところで、

「つばさマラソンの申し込み、そろそろ締め切りだけど、エントリーはしたんでしょ？」と真哉があたしに訊いてきた。

「とりあえずね」

「調子はいい？」

「悪くない」

「無理しないようにな」

「わかってる」

結衣ちゃんが真哉の見送りにカウンターから出て行ったところで、

「希。おまえ、つばさマラソンに出るのか？」少し驚いたような顔をして遼ちゃんが尋ねてきた。

「うん。そのつもり」

「膝は大丈夫なのか」

「今のところ、問題ないよ」

「ならいいが、無理しないようにな」

つばさマラソンというのは、毎年、四月に開催されている「仙河海つばさマラソン大会」のことだ。仙河海湾に浮かぶ大島の周回コースを使って行われる参加総数二千人規模のマラソン大会で、今年で二十九回目になる。

希が仙河海中学校に転校してきた年は、時期的な問題で出場しなかったものの、高校時代の三年間は毎年エントリーしていた。そして、一年生の時に五キロ、二年生の時に十キロ、三年生の時にはハーフマラソンに出場して、いずれも希は、女子の部で優勝していた。

「で、何キロにエントリーしてるの？」

遼司に訊かれ、

「本当はハーフに出たかったんだけど、大事をとって十キロにしといた。今年走ってみていけそうだったら、来年はハーフかな」と答える。

「よし！　希が走るんなら、応援に行こう」

「遼ちゃんは走らないの？　エントリー、まだ間に合うよ」

「俺はいい」

「走ろうよ」

「いや、長距離は苦手だ。というか、むしろ嫌いだ」

「あれ？　前に一緒に走った時、マラソンも悪くないもんだって、楽しそうにしてたじゃない」

「あー、あれは、かなり無理してた」

「そうだったの？」

「ほんとはリタイアしたかった。しかし、彼女の手前、弱音を吐いたり泣き言を言ったりできなかったからね。死ぬ気で頑張って何とか完走だけはしたけど、マラソンなんか二度と出ないぞって、ゴールのあとで激しく誓った」

「なーんだ。嫌なら嫌だって、最初に言ってくれればよかったのに。そしたら、無理に誘わなかったよ」

「そのころって、希とつきあいはじめたばかりだったんだぜ。当時からマッチョを気取ってた俺が、嫌だなんて、かっこ悪くて言えないって」

笑いながら遼ちゃんは、シャツをめくって力瘤《ちからこぶ》を作ってみせた。血管の浮き出た腕を見た瞬間、心臓が一拍、ドキリと震えた。遼ちゃんの腕から慌てて目を逸《そ》らしたところに、

「どうしたんですかぁ、二人して楽しそうに」

ビルの階段の下まで真哉を送りに出ていた結衣ちゃんが戻ってきて、あたしたちを見ながら首をかしげた。

「結衣ちゃんって、マラソンは苦手？」

そう訊いてみると、

「得意です」

「えっ、そうなの？」

「こう見えてわたし、中学の時、陸上部で長距離やってたんです」

「ほんとに？」

「ほんとですよー。県大会に出たこともあるし」

「すごい！」

「別にすごくないですよ。走るのが好きなだけですから」

「じゃあ、もしかして、つばさマラソンには？」

「毎年出てますよ」

「そうだったんだ」

へえー、と感心してみせながらも希は、遼司との会話の途中で戻ってきてくれた結衣ちゃんに感謝していた。


翌朝も、昨日と同様に冷え込みがきつかった。白い息を吐きつつ、いつものようにジョギング前のストレッチをしながら、昨夜のリオを振り返る。

結局あのあと、他にお客は現れなかった。日付が変わる前に遼ちゃんが帰る際、結衣ちゃんを家まで送ってもらい、前日に引き続いて午前一時になる前に店を閉めてアパートに帰った。

昔、つきあっていたころの話が出たのは、遼ちゃんと再会して以来、昨夜が初めてだった。これまで、あたしも遼ちゃんも意識して避けていたのは確かだ。それが、マラソンの話題がきっかけでぽろりとこぼれて、うーん、どうなんだろ？　少し気持ちが楽になった反面、別の緊張感が走って、かなりうろたえた。遼ちゃんが力瘤なんか作ってみせるからだ。

それはそれとして、遼ちゃんが見つけてきた店舗物件、どうしようか……。

考えながら、母親の部屋に目を向ける。遮光性のカーテンは引かれていないので、起きてはいるようだ。若いころからずっと昼夜が逆だった母だけれど、病気になったことでようやくまともな生活リズムに戻ったわけで、皮肉といえば皮肉な話だ。

今回試してみた新薬は、今のところ効いているみたいだ。このままよくなってくれれば助かるのだけど……と思ったところで、遼司が探してくれた新店舗のことに意識が戻る。

薬が合って元気になったとしたら、ママはリオに戻りたがるだろうか……。あの性格だから、たぶん戻りたがると思う。そうしたら、そこで確実に親子喧嘩が始まるはずだ。自分がいないあいだに、娘が勝手に店の営業形態を変えていたと知ったら、鬼婆《おにばば》みたいに怒り出すに違いない。まったく面倒くさい人だ。ママには悪いけど、新店舗の話をさっさと決めて既成事実を作っちゃおうか。そうすれば、いくらママでも諦めがつくだろう。

やっぱりあたしは、女を武器にする仕事って、好きじゃない。う〜ん、でもやっぱり、既成事実を作っちゃうのはフェアじゃないか。一応リオは、早坂めぐみの名義になってるわけだし。あたしの一存で決められる話でもない。

仕方がない。今日は店を休みにして、ママを食事にでも連れ出して、ゆっくり話をしてみよう。しばらく病院食が続いていたから、ママの好きなお寿司でも食べさせれば、少しは機嫌よく話を聞いてくれるかもしれない。

　そこでふと希は気づく。薬が効いてママが元気になるのを前提に、あたしは物事を考えている。そうじゃないことだって、あり得るのに。今回の入院の直前に大喧嘩をした時には、こんな分からず屋、ちょうど借金もなさそうだし、今のうちにさっさとくたばってしまえばいいのに、って本気で思った。なのに、あんな親でもやっぱり元気で生きていて欲しいのかなと、どれが自分の本心かわからなくなる。

　好き放題に生きてきたように見えるママだけど、実際には苦労の連続だったのだろうなと、同じ仕事をしてみてよくわかった。

　そういえば、仙河海中に転校したあたしが陸上部に入った時、顧問で担任でもある先生がリオに家庭訪問に来て、娘さんに朝ごはんをちゃんと食べさせてやってください、とママに迫ったことがあったっけ。その時のママ、かなりうざったそうにしてたけど、次の日から、あたしと一緒に朝ごはんを食べるようになった。

　午前二時とか三時、遅い時には明け方近くに仕事から帰ってきて、本当は寝ていたかっただろうに、あの人に、よくまあそれが務まったものだと、あらためて考えると感心する。いや、感謝しなくちゃならないのに、あたしはママを疎《うと》んじてばかりいる。

「ごめんね、ママ……」

　母のいる部屋の窓に向かって、声に出して言ってみた。

　やばい。なぜか、泣けてきちゃう。

涙がこぼれる前にアパートに背を向けた希は、腕と肩のストレッチをしながら通りのほうへと歩いた。

そこで、あれ？　と立ち止まって、周囲を見回した。

駐車場に笑子の車がない。昨夜、帰った時にもなかったはずだ。あたしのあとで帰ってきて、今朝早くに職場へ出かけたのだろうか。それとも、男とずっと一緒にいて、昨夜はアパートに帰っていないとか……。

笑子の事情を知っているだけに、ちょっと心配だ。このところ、リオにも来ていないし……。

少し考えた希は、ウエストポーチから携帯電話を取り出して、〈最近会ってないけど変わりない？　たまにはお店に顔を出しなさいよね〉と彼女宛てにメールを一通送った。

携帯電話をポーチに戻して、左腕に嵌《は》めたＢＡＢＹ‐Ｇを覗き込む。

時刻は午前八時四十六分を回ったところ。遼ちゃんやママ、それから笑子のことを考えたおかげで、スタート時刻が少し遅れてしまった。時間がずれたからといってどうってことはないのだけれど、なんかちょっと落ち着かない。

「あ、やばっ」

時計に表示されている日付に目がいって、思わず声が漏れた。やばい、やばい、昨日三月十日は酒屋への支払日だった。うっかり忘れていた。明日は土曜日で銀行は休みだし、今日中に振り込んでおかなくちゃ。午前中のうちに銀行に行こうか、それともママをお昼ご飯に連れていった帰りに寄ろうか……。

まあいいや、面倒くさいことは、とりあえず、走り終わってから考えよう。

そう自分に言って、ＢＡＢＹ‐Ｇのボタンを押し込み、いつものように走り出す。

ほどなく旧国道に出て、一キロメートル五分のペースを作り始めると同時に、母親のことも、親友のことも、好きな男のことも、この世界で面倒をもたらす全てのものは、希の頭の中から一瞬にして消え去っていた。

# 冷蔵家族

夏場にはいい仕事だ。冬場も、そう悪くはない。つまり俺は、一年を通してそこそこいい仕事をしているというわけだ。一日のうちに最低一度、悟志《さとし》はそう考える。

仙河海市の魚河岸《うおがし》の背後に広がる埋立地には、さまざまな水産関連施設が建ち並んでいる。その一角にある水産加工会社が悟志の勤務先だ。市内では準大手の、地元資本の加工会社で、自前の巨大な冷蔵庫を持っている。しかも、マイナス五十度からマイナス六十度での冷凍保存が可能な超低温冷蔵庫である。基本的には、常時マイナス五十五度を保つように温度管理がなされている。家庭用冷蔵庫の冷凍室の温度は、確か、マイナス二十度程度のはずだ。この三十五度の温度差は、鮮度保持の上でかなり大きいらしい。

そういえば、魚河岸にある冷蔵庫を冷凍庫と呼ばないのはなぜなのだろう。ときおり疑問に思うのだが、いまさら誰かに訊くのは恥ずかしい。そのせいで、悟志の素朴な疑問はいまだに解消されていない。

その超低温冷蔵庫に、悟志は一日に何度も出入りする。会社のなかで一番回数が多いはずだ。

夏場にいい仕事だと思うのは、冷蔵庫内で涼めるからである。実際には、涼むというレベルをはるかに通り越している。うっかりすると、命の危険があるかもしれない。しかし、冷蔵庫から出たあとしばらくは、どんなにうだるような暑さでも苦にならないほど快適だ。一方、冬場は逆の意味で悪くない。冷蔵庫から出たあと、戸外の気温がやけに暖かく感じられて、快適とまではいかないが、決して悪いものじゃない。

だから俺はまあまあいい仕事に就《つ》けているのだと、単純すぎるのは自覚しているものの、悟志は思う。

ただし、悟志がこんなことを考えだしたのは、つい最近、ここ一週間くらいのことだ。一日の仕事が終わって作業着から普段着に着替えたあと、会社の駐車場で煙草に火をつけ、一服しているときに考えることが多い。

三月もすでに二週目に入り、日も長くなってきた。西の空はまだ明るい。なのに、戸外に出るとかなり寒い。今年は春の訪れが遅いようだ。できれば、暖かい場所で一服したいのだが、それができない。こんな田舎の港町にある小さな会社だというのに、屋内は全面禁煙になっている。食品の加工会社なのだからそれは仕方がないとしても、喫煙室が一ヵ所もない。悟志の会社でも、喫煙者自体が少数派になっているせいだ。おっ、いい比喩を思いついた。少数派というより絶滅危惧種だ。

したがって、敷地内で煙草を吸えるのは駐車場くらいしかない。ところが、駐車場の外れ、建物の軒下に先月までは置かれていた灰皿が、いつの間にか撤去された。だから、こうして屋外で煙草を咥えるのもためらわれる。もしかしたら、俺が聞き逃していただけで、敷地内は全面禁煙になったのかもしれない。

アパートでは、たとえベランダでも女房が吸わせてくれない。自分だってメンソール入りの煙草をスパスパやっていたくせに、妊娠が判明したとたん、あっさり煙草と縁を切った。あいつのどこにそんな意志の強さがあったのかと首をひねるばかりだ。しかも、自分がやめただけでなく、亭主にも禁煙を強要し始めた。いや、妊娠がわかったときはまだ結婚していなかったのだが、とにかく、自分と生まれてくる子どもの前では一切吸うな、と言い渡された。

なんでそこまで徹底するのかと、一度、訊いてみた。すると、煙草の煙が子どもの脳の発育を阻害するからだ、という答えが返ってきた。あんたやあたしみたいにバカに育ったら、将来絶対に損するから、と付け加えて。それはどうかと、正直思う。なにをどうしたって、俺とあいつの子どもじゃあ、たかがしれている。煙草の煙がどうこうの問題じゃないと思う。だが、女房の思い込みを変えるのは不可能だ。実際、余計なことを言うとマジギレする。あいつの命令を無視するなど、とてもじゃないが無理な話だ。ともあれ、外でなら吸うのを黙認、ということではある。それで我慢するしかない。あれ以来、実に十年近くも、律儀に女房の言いつけを守り続けている。

最大の問題は、車内も禁煙にされてしまったことだ。自分が煙草を吸わなくなると、シートやらなにやらに染みつくにおいすら我慢できなくなるらしい。よって、いまの悟志が心置きなく煙草を吸えるのは、パチンコ屋か居酒屋、あるいは、たまに行くスナックくらいしかないという、かなり情けない事態になっている。

煙草はやめたいと、いつも思っている。実際、この三年で二度、禁煙に挑戦した。だが、いずれも失敗していた。懐に余裕があるときは、会社帰りにパチンコ屋へ直行して、咥え煙草で玉をはじく。ところが、一週間前、一日で三万円もすってしまった。次の給料日まで、しばらくのあいだパチンコはお預けにするしかない。したがって今日は、こうして会社の駐車場で、車に乗り込む前にひとりぽつねんと煙草を咥えている、というわけだ。

まあでも……と、悟志は、二本目の煙草に火をつけながら考える。半年後、三十歳の誕生日が来たら、きっぱり煙草をやめるつもりだ。この年で禁煙すれば、将来、肺がんになる心配もないだろう。祖父《じい》さんが肺がんで死ぬのを間近で見ているだけに、さすがに怖い。

二本目も吸い終わり、携帯灰皿に吸殻を捩じ込んだところで、そもそも俺はなにを考えていたんだっけ、と首をかしげた。

ああそうだ、仕事のことだ……。

思い出すと同時に、再び煙草を口にしたくなったものの、それはなんとか我慢した。

いまの仕事がそう悪くはない、と最近になって悟志が考えるようになったのは、リストラに遭う可能性が出てきたからだった。会社で経営していた二軒のレストランと古いほうの工場が、今年度いっぱいで閉鎖されることになった。詳しい事情は知らない。しかし、毎年千人近く人口が減り続けている街では、どんな会社であろうと、以前と同様の経営規模を保っていけるわけがないと、悟志の頭でも容易に想像がつく。加工食品のほうはまだしも、レストランの維持は無理だろう。

会社の経営規模縮小を、悟志たち一般の従業員が知ったのは、ふた月ほど前、年が明けた直後だった。それと同時に、若干名ということで、希望退職者を募られた。しかし、退職を希望した者は誰もいなかった。当たり前の話だ。この不景気のなか、かわりの仕事がそう簡単に見つかるわけがない。

人事を担当している専務が、直接従業員に声をかけ始めたのは一ヵ月ばかり前からだ。それでも希望退職者は出ていない。その一方で、レストランと古い工場が閉鎖される期限が間近に迫ってきている。会社も、かなり焦ってきているのではないかと思う。

その専務から、悟志が会議室に呼ばれたのが、一週間前の昼休みだった。返事はとりあえず保留にしてある。人気《ひとけ》のない会議室から出る前に、専務は「悪いようにはしないから、ゆっくり考えてみて」とうなずいて、悟志の肩を二、三度、軽く叩《たた》いた。あ、なるほど、だから「肩叩き」と言うのかと、なぜかそのとき、妙に感心した。パチンコで三万円も負けたのは、その日のことだ。

女房の香苗《かなえ》にはまだ話していない。同僚にも相談していない。この一週間、ひとりで考え続けているのだが、結論は出ていない。しかし、返事を保留にしておくのも、そろそろ限界だろう。明日あたり、専務からまた呼ばれそうな気配だ。

ここに来てあらためて思う。仕事内容と給料を考えてみると、実は恵まれた仕事なのかもしれない。しかも、契約社員やパートではなくて、これでも一応、正社員の身分ではある。失うにはもったいなさすぎる。

だが、こっちが辞めたくなくても、強制的に辞めさせられる、つまり、解雇される可能性がある。いや、このまま希望退職者が出なければ、間違いなくクビになるだろう。自分が、会社にとって必要な人材じゃないのは明らかだ。俺以外に誰が専務から会議室に呼ばれたかは、だいたいわかっている。あまり会社の役に立っていなそうな者ばかりだ。そのなかにまじっているのは仕方ないと、我ながら思う。そういう意味では、会社は人をちゃんと見ている、と言えなくもない。

はあ、とため息を吐《つ》いた悟志は、愛車のドアノブに手をかけ、運転席に尻を落ち着けた。

ブレーキペダルを踏み込んでキーをひねると、四リッターV8エンジンのドドドッ、という重い音が駐車場に轟《とどろ》きわたった。

その音に驚いたのか、駐車場の前の道を歩いていた婆さんが立ち止まった。曲がりかけている腰を伸ばして、悟志、いや、車のほうを睨んでくる。いつもの婆さんだ。近所に住んでいるのだろう。ときおりこの時間帯に、エコバッグをぶら下げて会社の前を通りかかる。スーパーからの帰りに違いない。

アクセルを踏み込み、空ぶかしをする。グゥオオッ！　と車体を身震いさせながらエンジンが吠《ほ》えた。車の迫力に恐れをなした婆さんが、首をすくめるようにして立ち去っていく。

ざまあみろ。こっちはアイドリングさせてエンジンを暖めていただけだ。むやみに睨んでくるほうが悪い。

それにしても、相変わらず気持ちいい音を出す車だ。通称「マジェ」。四年前に八年落ちの中古で買った、九九年後期型のクラウンマジェスタだ。今年で製造から十二年になる。走行距離も、もう少しで十三万キロを刻む。その割りには調子がいい。絶好調と言っていいくらいだ。車高を落として二十インチのアルミホイールを履かせ、マフラーも社外品に換えてあるマジェは、悟志が唯一他人《ひと》に自慢できるものだ。このマジェのハンドルを握っているときだけは、いっぱしの人間になった気になれる。ちょい乗りばかりだとリッター五キロしか走らない大喰《おおぐ》らいだが、そんなのは問題じゃない。

それまで乗っていた軽ワゴンがそろそろ買い替え時になり、「実は、いい出物があるんだけどさ……」と、香苗に恐る恐る切り出したときには、百パーセント却下されると思っていた。ところが、実物を前にして出てきた言葉が、「いいんじゃない、これ」だったので、天地がひっくり返るほどびっくりした。悟志が「マジで?」と訊き直すと、「あんなしみったれた車、もう、うんざり」顔をしかめて、自動車屋に乗り付けてきた軽ワゴンを香苗は指さした。このマジェ、八年落ちの中古とはいえ百万円近くもしたのだが、どこにへそ繰《く》っていたのか、頭金としてぽんと五十万円を出してくれたのにも驚いた。なんだかんだ言って、あいつも見栄っ張りなのだ。せめて車くらいは豪勢なものに、という点で価値観が一致していたことには、素直に感謝すべきだ。

親子三人で暮らしているアパートと会社との距離は一キロくらいである。歩いたって十五分もあれば到着する。歩くのがおっくうなら、自転車通勤ですますのが普通だろう。それでも悟志が車で通勤しているのは、毎日愛車のハンドルを握りたいのと、会社帰りにパチンコ屋へ寄るときのためだ。

だが、しばらくは、パチンコはお預けである。となると、悟志の行き先は、ほぼ決まっていた。


三陸の海を望むリアス海岸の入り江にへばりついている仙河海市は、道が少々ややこしい。悟志のようにここで生まれ育った人間は地形の複雑さに慣れてしまっているが、よそからやってきた者は、最初、かなり戸惑うようだ。

パチンコ屋の代わりに悟志が立ち寄ろうとしているのは、車を買った自動車屋だった。会社の駐車場を出てから魚市場前の大通りへとハンドルを切って西に向かい、ＪＲの高架橋の下をくぐると、もともとの陸地と埋立地をつなぐ仙河海大橋が出てくる。大橋を渡って少し行くと、以前は国道だった主要道路の交差点にぶつかるのだが、この界隈の若干ひらけたあたりが、比較的新しい街並みである。たぶん、以前は田圃《たんぼ》ばかりだったのだろう。山坂が多くて狭い道が入り組んでいる古くからの街並みとは違い、とりあえず碁盤の目状に整備されている。大きな通りの両側には、カーディーラーやホームセンター、紳士服の量販店や大型電器店が並んでいる。悟志が一番よく行くパチンコ屋があるのもその並びだ。一応、街で最も賑わっている界隈ではあるのだが、悟志が高校卒業後、半年だけ暮らしていた仙台と比べれば、情けないくらい寂しい地方都市だ。第一、通りを歩く若い女の数が少ない。こうしてゆっくり車を流していても、おっ、と振り返りたくなるような女は皆無に近い。たまに、これはと思い、車を徐行させて顔を覗き込むと、知り合いのお水だったりするのだからいやになる。

仙河海大橋を渡って五分程度でバイパス国道との交差点が出てくる。その交差点を直進して少し行ったところに、悟志の行きつけの自動車屋がある。そこから先は次第に道が狭くなって、仙河海市の南西側にひらけた新しい街並みは、あっけなく終わりとなる。その先にあるのは、猫の額みたいな田圃と緑豊かな山並みだけだ。

カラフルな幟《のぼり》と三角旗がはためく「ヨシキモータース」の社長は、悟志より五つ上の兄、隆志《たかし》の同級生だ。中学のときの同級生が中古自動車屋を始めたから車を買うときは贔屓《ひいき》にしてやってくれ、と兄貴に言われていたのがきっかけで足を運ぶようになり、その流れでお客になった。

社長の美樹《よしき》は、悟志がマジェを買う前の年に、ここで中古自動車屋を始めている。ということは、そのときはまだ二十九歳だった計算になる。いまの悟志と同じ年齢だ。なぜそんな若さで社長になれるのか、悟志には想像もつかないことである。

中古自動車販売の会社とはいえ、ヨシキモータースは店の裏手に、小さいけれど修理工場《こうば》を持っている。美樹は、自動車整備士の資格を持っていて、ここで店を開く前は、仙台の自動車整備工場で、腕のいいメカニックとして働いていたという話だ。

美樹が若くして一国一城の主《あるじ》になれたのも、やはり、使える資格を持っていたり、手に職があったりした強みなのだろうな、と思う。悟志は、市内の水産高校に進学したものの、卒業と同時に就職して、その上の専攻科には進まなかった。だから、持っているうちで資格らしい資格といえば、陸の仕事ではなんの役にも立たない一級小型船舶操縦士くらいだ。

悟志の実家は、船乗り一家の典型のようなものである。親父《おやじ》は、船頭、つまり漁労長として、いまも現役でマグロ船に乗っている。兄貴のほうも同様だ。親父と船は違うが、やはりマグロ船に乗り組んで機関士をやっている。死んだ祖父さんも、病気で倒れる直前まで船に乗っていた。

悟志が水産高校に進学したのは、そういう家に育ったからではあるが、自分の成績でも入れそうな高校がほかになかったから、としたほうが、より正確だ。そんな具合であるから、親父や兄貴のように船に乗ることは、最初から考えていなかった。

マグロ船は、親父が若いころは最も儲《もう》かる仕事だった。陸に上がったときには、全部のポケットに札束を捩じ込んで飲みに繰り出していたという。しかし、いまはそんな時代じゃない。悟志が生まれたころ、仙河海市の港には六十隻以上のマグロ船がひしめき合っていたらしい。それが、現在では、わずか十数隻まで数を減らしている。その上、漁船員の半数以上が、インドネシアなどの東南アジアから出稼ぎに来ている外国人だ。悟志の同級生たちにとってもそうだが、漁船員は、ずいぶん前から、すでに憧れの職業ではなくなっていた。

悟志が水産高校の授業内容とはまったく関係のない仙台の家電量販店に就職したのは、たまたま学校に求人が来ていたのと、一度、仙台のような都会で暮らしてみたかったからだ。いま考えてみると、就職試験に受かったこと自体がまぐれだった。さすがに、実力だと思うほど厚かましくはなかった。ときにはこういうこともあるんだと、一瞬だけ、自分の十八年間の人生を振り返った。それは覚えているのだが、すぐに舞い上がった。仙河海市から脱出できる。しかも仙台に。これで舞い上がらないわけがない。

しかし、まぐれで射止めた仕事は半年しか続かなかった。短い研修のあとで仙台市内の店舗に配属になったのだが、接客がてんでダメだった。最も向いていない仕事をわざわざ選んでしまったようなものだ。売り上げの数字が低迷どころかほとんどゼロで、すっかり嫌になって会社を辞めた。

その後、仙河海の実家に戻ってきてしばらくぶらぶらしていたのだが、親父の知り合いの紹介、つまりコネで入ったのが、いまの会社だ。

これまでは、特に目標を持つでもなく、毎月の給料をもらうために働いているだけだった。仕事にやりがいや生きがいを見つけるとか、そんなのとは無縁だった。言われたことをこなしているだけだ。だが、苦手な接客や営業は一切しなくていい。難しい書類仕事もない。よく考えたら、自分のような、なんの取り柄もない人間には、かなり向いている職場なのは確かである。

それがいま、どこかへ逃げていってしまいそうになっている。確かに俺は、なにをやるにも適当だった。子どものころからずっとそうだ。そんなふうにしか物事に向き合ってこなかったツケが、いまになって回ってきている。それに比べて、いや、比べること自体が間違っているのだろうが、美樹さんはすごい。それなのに、偉そうにしない。俺みたいなバカとも対等につきあってくれる。人間の出来が根本的に違う。悟志がしょっちゅうこの店を訪ねるのは、車を買ったお客だからという以上に、社長の美樹を尊敬していて、さらには、実の兄以上に兄貴分として慕っているからだった。

その美樹が、悟志が事務所に入っていくなり、

「なんだよ、悟志。うちに来るの、この一週間で三度目だぞ。おまえ、ほかに行くところがないんか?」笑いながら声をかけてきた。会社には、若い従業員がふたりと奥さんがいるはずなのだが、みんな出払っているようで、事務所内は美樹だけだった。

「いやあ、金欠でパチンコもできないもんで、つい」頭を掻《か》きながら悟志が答えると、

「ここはパチンコ屋のかわりかよ」苦笑しながらも、座れよ、と手振りでうながした。

カウンターになっているデスクを前にして腰を下ろすと、身体をねじった美樹が、背後の棚から灰皿を取り上げて悟志の前に置いてくれた。

「すんません」

ジャンパーのポケットから煙草を取り出して火をつけている悟志に、

「昨日の地震、会社はどうだった？」と美樹が尋ねてきた。

三陸沖が震源地の地震があったのは、昨日、三月九日の昼前だった。最大震度五弱の大きな地震であったが、仙河海市の震度は四ですんでいた。会社も自宅も、被害らしい被害は出ていない。

「どうってことなかったっすよ」

悟志が答えると、

「津波注意報が出たはずだが、海はどうだった？」美樹が重ねて訊く。

「俺、自分では見てないっすけど、せいぜい五十センチくらいの潮位変化だったと、工場長が言ってました」

「養殖施設は大丈夫だったんか？」

「さあ」

「さあって、おまえ。去年の津波みたいに養殖の筏《いかだ》が流されたら大変だろ」

美樹が口にした、去年の津波、というのは、ちょうど一年くらい前、確か二月の終わりごろにあったチリ地震津波のことだ。仙河海市でも牡蠣やホタテ、ワカメなどの養殖施設に被害が出たが、津波自体は、大騒ぎしたわりにはたいしたことがなかった。

「うちの会社、サンマとかフカヒレが中心だから、あまり影響ないっすよ」

悟志が答えると、

「そういうことを言ってるわけじゃないんだけどな――」と苦笑した美樹が、まあいいか、というように肩をすくめてみせてから、

「その、おまえの会社だけどさ――」と口調を変えて、

「レストランと古いほうの工場を閉鎖するんだって？」

「えっ、なんでそれ、知ってるんですか」

「おいおい、これだけ狭い街なんだぞ。業種が全然違っていたって、すぐに噂《うわさ》は聞こえてくる。で、実際どうなんだ？　倒産の心配はないのか」

「いや、それはないと思うんですけど……」と答えた悟志は、「実は、俺――」自分がリストラの対象になっていることを、気づくと、口にしていた。しゃべってみてわかった。ほんとうは、誰かに聞いてほしくて仕方がなかったのだ。

一部始終を聞いた美樹が、腕組みをして、うーん、と唸《うな》ってから、

「で、実際、悟志。いまの会社を辞めたくはないんだろ？」と確認する。

「そりゃ、まあ、そうっす。辞めたとして、ほかに仕事の当てはないし、悪くない仕事ですから。でも、このままじゃあ、たぶんリストラされちまうだろうと、それだけは自信があるっつうか……」

「ばかやろ、そんなことで自信を持ってどうするっての」

やれやれ、と呆れたみたいに言った美樹が、

「ところでよ。それ、母《かあ》ちゃんには話したのか」と、真顔になって訊いてきた。

「香苗のことすか？」

「そう」

「話していませんけど」

「なんで？」

「いや、なんでって、会社をクビになりそうだなんて言ったら、マジ、殺されちゃいますよ」

「ばーか、そういう問題じゃないだろ。こんな大事なこと、真っ先に嫁に相談しなくてどうする」

「そうは言っても……」

「とにかくおまえ、一刻も早く母ちゃんに話せ」

「えー、でも……」

「クビになってから、実はこれこれこうで、なんて打ち明けたら、それこそただじゃすまないだろ」

「それはそうなんすけど、クビになるってまだ決まったわけじゃないし……」

「さっき、あれだけ自信を持って言ったじゃないか」

「ですよねえ」

すっかり困ってしまった。美樹は冗談に受け取ったかもしれない。しかし、あいつに殺されちゃう、というのはあながち嘘じゃないのだが……。

黙り込んでいる悟志に、

「よし、悟志。こうしよう――」と、美樹のほうから声をかけてきた。俺が一緒におまえの家まで行ってやるから女房に話せ、と言ってもらえるのかと、一瞬期待したが、さすがに甘かった。

「とにかく、この件を香苗さんには今日中に話せ。その上で、明日、会社で希望退職の話はきっぱり断れ。で、家と会社でどうなったか、明日の夜にでも、飲みながら話を聞いてやる」

「美樹さん……」

期待とは違う言葉であったものの、悟志には十分すぎるものだった。兄貴分と慕う美樹から背中を押されて、やっと決心がついた。山ほどある自分の欠点のうちでも、優柔不断は上位に入る。それがわかっているだけに、美樹のアドバイスはありがたかった。

「いろいろすんません。そうしてみます」

ぺこりと頭を下げた悟志に、

「そうだなぁ、明日は七時くらいには店を閉められるから、そのあと南坂町で飲みながら待ってるよ」と美樹がうなずいた。

「希さんの店ですか」

希というのは、美樹の中学時代の部活の先輩の同級生で、「リオ」というスナックのママである。悟志も何度か、美樹に連れて行ってもらっていた。この街では、飲みに行っても買い物に行っても、行った先の相手が、どこかで自分の知り合いと繋がっている。全部とは言わないが、たいていそうだ。

「そう、リオ」とうなずいた美樹に、

「ありがとうございます。ただ、家を空けられるかどうか、明日になってみないと……」語尾をにごすと、

「無理なときは、俺の携帯にメールでもしてくれ。といっても、まあ、明日はどっちみちリオに飲みに行くつもりでいたから、ダメでも気にしなくていい」

「わかりました」

「じゃあ、まずは、母ちゃんのほうだな」

「はい」

この一週間で、初めてすっきりした気分になって、悟志はうなずいていた。

ヨシキモータースから同じ道を引き返し、仙河海大橋を渡る手前の交差点を右手方向、潮見川の河口に向かって少し走ると、悟志が通っていた南仙河海小学校が出てくる。そのさらに先の一角に建つ、築四十年以上のアパートが、家族三人で暮らす悟志の自宅である。悟志の実家は、川を挟んで向こう側、ＪＲ南仙河海駅の近くにある。もう少し実家と離れた場所に住みたかったのだが、家賃の関係であきらめた。

コンクリートブロックの車輪止めにバンパーを擦《こす》らないように、いつものように余裕

を残して駐車場に車を停《と》めた。ヘッドライトの明かりが消えるとともに、周囲が暗くなる。

車から降りて見上げると、二階の角部屋には蛍光灯が灯《とも》り、レースのカーテンに液晶画面の明かりがちらついていた。ひとり息子の瑠維《るい》がアニメでも見ているのだろう。でなければ、ゲームに夢中なのか。

さっきまでとは裏腹に、気持ちがくじけそうになっている。なにも、今夜、話さなくてもよいのでは……。いや、ダメだ。だからダメなんだ。そうしてすべてを先送りにするから進歩がないのだ、俺は。こんなことじゃあ、美樹さんに愛想を尽かされてしまう。しっかりしろ、と自分に言い聞かせ、二階へと続く階段を上って、自宅のドアを開けた。

今日の香苗は機嫌がよかった。悟志が訊く前に、自分のほうからぺらぺらしゃべった。食事のあいだじゅう、ほとんどひとりでしゃべり通しだった。話の内容は、八割以上が瑠維のことだ。夕食の片付けを終え、瑠維を寝かしつけて居間に戻ってきてからも同じ話が続く。

小学二年生の瑠維は、半年くらい前からいじめを受けていた。その事実が判明したのは、つい先週のことだ。悟志が専務に会議室に呼ばれたタイミングと同じだった。単なる偶然であるが、間が悪かった。それ以来、女房のカリカリがずっと続いていた。それもあって、リストラの件を相談しそびれていた。

昨日までとは一転して女房の機嫌がよくなったのは、息子のいじめ問題に、今日になって解決の見通しがついたからだった。加害者と被害者、双方の親が学校に集まって、事実関係の確認のあとで加害者側の親から謝罪を受けることになったらしい。

息子へのいじめの内容は、遊びで仲間はずれにされたとか、教科書を隠されたとか、あるいは、ポケモンカードを盗《と》られたとか、悟志にはそれほどたいしたものに思えないことばかりだ。受け取り方に差があるのは、母親と父親の違いだろうか。聞きながらそう考えてみた。どうしても、いじめだとは思えない。香苗が言う瑠維が受けているいじめというのは、悟志が子ども時代に経験したものと大差ない。あれでいじめと言うのなら、子どもの遊びや悪戯《いたずら》、諍《いさか》いやケンカは、すべてがいじめになってしまう。両方の親が学校に集まるなどというのは大げさすぎる。どれもこれも、学校の先生が悪ガキに拳《げん》骨《こつ》のひとつもくれてやればすむような問題ばかりだ。拳骨がまずいのなら、職員室に呼び出して説教を垂れてやれば事足りる。

しかし悟志は、それを口にしなかった。言えば、たちまち香苗は不機嫌になる。せっかくいい気分になっている女房を、余計なことを言って怒らせるのは愚の骨頂というものだ。

だが、「明日の六時に学校の会議室に集合ということになってるけど、シーちゃんは会社から直接行く?」と香苗に訊かれ、「あ、いや、明日はちょっと——」と言ってしまったのが引き金となった。口にしてから、しまった、と思った。南坂町のスナックで美樹に報告するのは後回しにすればいい、という発想がすぐには出てこなかったのである。

「ちょっとって、残業でもあるの？」

それまでとは違う低い声色《こわいろ》で香苗が訊いてきた。

「いや、実はさ――」と、悟志は思い切ってリストラの件を切り出した。これ以上、女房の機嫌が悪くなる前に話さなければと焦ったからなのだが、わざわざ自分で地雷を踏んだようなものだった。

「――ということで、希望退職の話はとりあえず断るつもりでいるんだけど、それでいいよね。で、美樹さんのほうは事情を話せば、明日会わなくても大丈夫だから」

なんとか、悟志が説明を終えると、

「シーちゃんは、自分の息子より美樹さんのほうが大事なわけ？」香苗の口調が硬くなった。そこで、美樹との件はまったく触れる必要がなかったことに気づいたのだが、あとの祭りである。

「そうじゃないって。明日、俺も一緒に小学校に行くからさ」

「そんなの当たり前じゃない。っつうかー、シーちゃんって、なんで、そーなわけ」

「え？」

なんのことかわからなかった。

「なんでって、えーと、なにが……」

「ばっかじゃないの」

「すいません」

「なにが、すいませんよ」

香苗の声が苛立《いらだ》ってきた。

悟志が黙り込むと、

「偉そうにしてんなよ」

「え？」

「胡坐《あぐら》だよ、胡坐」

「あ、はい」

テーブルの前で正座した悟志に、

「黙ってないで、なにが悪かったか、言ってみろってば」

「あ、あの、リストラのことをいままで黙っていて悪かった」

「あー？　悪かったぁ？」

「いや、すいませんでした」

「謝ればすむのかよ」

答えられないでいる悟志に、

「そんな大事なこと、なんでいままで黙ってたんだよ。あたしに相談しないで、なんで美樹さんにぺらぺらしゃべるわけ？」たたみかけるように香苗が詰め寄る。

「あたしにしゃべってもしょーがないって思ってんだろ」

「そんなことは思ってないって」

「なに、その言い方」

「思っていません」

「じゃあ、なんで黙ってたんだよ」

「それは、あの、瑠維のことでおまえの頭がいっぱいだと――」

「あー？　今度は、あたしのせいだって言うのかよ」

「違う」

「そう言ってんのと同じだろうがっ」

それと同時に、香苗の手が悟志の頭に飛んできた。

「なんで、いつもそうなんだよ、おまえはっ」

「すいません」

「謝ればすむのかって、言ってんだろが！」

今度は、頬《ほお》に平手が飛んできた。

「あー、むかつく」

そう吐き捨てた香苗が、

「どーすんだよ」と訊いてきた。

「ど、どうするって……」

「ばっかじゃねえの」

「すいません」

うつむいて謝る悟志の目に、怯《おび》えた息子の顔が見えた。寝室に使っている隣の座敷の襖《ふすま》が、五センチくらい開いていた。その隙間から、瑠維がこちらをじっと見つめている。息子の視線から逃れるようにして顔をそむけた。目の前で香苗が立ち上がる気配がした。その直後、正座してそろえている太腿《ふともも》に香苗の蹴りが入る。それほど痛いわけではないが、胸の奥がズキンと痛む。

「バカか、おまえはっ。会社をクビになったらどーすんだって訊いてんだろ。そんなことも、いちいち言われねーとわかんないのかよっ」

「し、失業保険をもらいながら、次の仕事を――」

悟志が言い終わらないうちに、二度目の蹴りが脇腹にめり込む。今度は、本当に息が詰まるくらい衝撃が強かった。

「次の仕事ってなんだよ。当てなんかねーだろが」

「いざとなったら、親父の船に乗せてもらえば……」

はあ？　とあきれ返った声を、香苗は出した。

「適当なこと、言ってんじゃねーよ。いまの会社をクビになるような使えねえやつが、マグロ船に乗れるかっつーの。なんで、そんなできもしないことを言うわけ？　あー、むかつく。ほんと、むかつく」

「どうしてもダメなときは、ほんとに船に乗るから」

「それ、マジで言ってんの？」

「はい」

「あー、そーかい」

「はい」

「あー、そーかい。そんなにあたしの顔が見たくないってのかよっ」

「そんなこと、言っては――」

太腿と脇腹に続き、香苗の蹴りがまともに鳩尾《みぞおち》に入って、思わず畳の上にうずくまった。

「なに下手な演技してんだよっ。そんなにあたしの顔が見たくないってんなら、出て行きゃいいだろっ」

そう怒鳴った香苗が、悟志の襟首をわしづかみにした。わずかに開いていた座敷の襖が、そっと閉じられるのが、視界の端に見えた。香苗にされるがままに、居間からキッチンへ、さらに玄関へと引きずられていく。香苗の手がドアノブに伸び、外へと放り出された。悟志のサンダルが飛んできた直後、玄関のドアが閉ざされ、鍵のかかる音がした。

悟志は、人目をはばかるように周囲を見回した。ドアの隙間や窓から顔を出し、様子を窺《うかが》っているアパートの住民は、ひとりもいない。二階西側の角部屋での騒ぎには、すっかり慣れっこになっているか、我慢できずにすぐに引っ越していくかのどちらかなのだ。

亭主を追い出す間際、靴かサンダルを放り投げてよこすのは、完全には愛想を尽かされていない証拠だと、悟志は思う。なので、悟志は香苗が放ってきたサンダルを履いて、いつものように潮見川の土手へと向かった。土手沿いを少し歩いて、堤防に腰を下ろした。

向こう岸の桜並木が、土手沿いのところどころに立っている街灯の明かりを浴びて、ぼうっと浮かび上がっている。あと一ヵ月とちょっとで、ぼちぼち桜が咲き始める。土手沿いの桜が満開になり、毎年恒例の「さくらまつり」が開催されるのは、四月の下旬になってからだ。去年のさくらまつりのときは、親子三人で夜桜見物をして楽しんだ。今年も同じように見られるのだろうかと、さすがに不安になってきた。

煙草が吸いたい。ポケットを探ってみた悟志は、ちっ、と舌打ちをした。財布と一緒に煙草も家に置いてきた。こんな状況で煙草がないのは最悪だ。前にも何度か同じ目に遭い、煙草が吸えなくて困った。自分の学習能力のなさにはいやになる。こんなだから、女房が腹を立てるのはもっともなのだ。

香苗はいつからこんなに怒りっぽくなったのだろうと、悟志は考えた。元ヤンキーだけあって、確かに気の強い性格だとは思う。しかし、つきあい始めたころはここまでキレやすくはなかった。

知り合ったのは、悟志が仙台から仙河海に戻ってきた翌年の夏だ。毎年開催される夏の最大のイベント「仙河海みなとまつり」のときにナンパした。中学時代の仲間ふたりが帰省していて、祭りの初日、三人で灯籠《とうろう》流しを見物しながらぶらぶらしていたときに見かけて、声をかけた。向こうもこちらと同じ三人グループで、そのなかに香苗がいた。尋ねてみると、出身中学は別だが、悟志たちと同学年だった。それで盛り上がり、祭りの二日目も同じ顔ぶれで会ってカラオケへと繰り出した。

祭りが終わり、悟志の友達は、それぞれ仙台と東京に戻った。香苗のほうも悟志と同じだった。つまり、ナンパした三人組で、祭りのあとで仙河海市に残ったのは、市内の居酒屋でバイトをしていた香苗だけだった。それがきっかけで、悟志と香苗はつきあいだした。つきあいだしてまもなく、香苗が妊娠した。我慢できずに避妊具なしでやった回数を数えてみれば、それも当然のことである。

香苗から妊娠を告げられたとき、「堕《お》ろすのに、いくらかかるんだろ」と訊いたのがすべての始まりだったように思う。あのとき香苗は、ぞっとするような目をして悟志を睨んだ。それで、香苗には、赤ん坊を堕ろす気はかけらもないのがわかった。意外にも、嘘みたいに子ども好きだったのである。つきあい始めたころ、ほんとうは幼稚園の先生になりたかった、と香苗は言っていた。適当に聞き流していた。でも、あたしバカだから、と香苗が続けて言ったとき、もっとましな男だったら、まだあきらめるには早いぞ、とか言うのだろう。しかし悟志は、やはりそれも聞き流しただけだ。ともあれ、そんな香苗が堕胎に同意するわけはなく、ひとりで産んでひとりで育てる、と言いだした。そこから先は、できちゃった婚、の典型のようなものである。

やっぱり、そもそものスタートがよくなかったのかもしれない。おまけに、子どもが子どもを育てているようなものだ。育児のストレスというやつなのだろう。ちょっとのことでキレるようになった。瑠維が小学校に入学してからは、虚勢を張るというかなんというか、瑠維の同級生の母親たちにバカにされてはならないと、四六時中神経をぴりぴりさせている。だが、女房がキレる原因を作っているのは自分のほうだ。たとえば、風呂の掃除をうっかり忘れた、だとか、頼まれていた買い物を忘れた、だとか、食器洗いをしているときに香苗が大事にしている皿を割ってしまった、だとか、あいつが怒り出すときは、必ず俺の失敗やうっかりミスがきっかけとなっている。

今夜だってそうだ。一週間も前に打診されたリストラの話をいまになって打ち明けたら、誰だって怒るに決まっている。しかも、自分の女房に言う前に他人にしゃべっているんだからなおさらだ。自分が情けないくらいのダメ人間なのが原因なのだ。香苗が悪いわけじゃない。笑ってさえいれば、いまだにアイドルみたいに可愛い。誰が見ても、あと三ヵ月で三十路《みそじ》になる女には見えないだろう。それに、子ども好きなだけに、ふだんは優しいやつなのだ。そんなあいつを、あんなふうにキレさせてしまう俺がいけない。そうならないように気をつけているのだが、ちょっとした弾みで今夜みたいに余計なことを口にして、香苗を怒らせてしまう。それもこれも、俺の頭の回転が鈍いせいだ。香苗だって怒りたくて怒っているわけじゃない。

それに、息子のことも心配だ。襖の奥から覗いていた、小動物みたいな怯えた目が、悟志の脳裏に焼きついている。こんな情けない親父の姿を見て育つのは、可哀相でならない。もしかしたら、瑠維は本当に学校でいじめられているのかもしれない。さっきまではそう思っていなかったのだが、あの怯えた目を見て、考えが変わった。香苗が言うように、瑠維がいじめを受けているとすれば、それもやはり俺のせいだ。こんなダメ親父が、息子の見本になんてなれるはずがない。

いったい俺は、これからどうしたらよいのだろう……。

黒い川面《かわも》を眺めながらしばらくのあいだ考えていた悟志は、やっぱりそれしかないよな、と胸中でうなずいた。

それ、というのは、マグロ船に乗ることである。香苗から蹴りを入れられながら、さっきは、苦し紛れに言った。だが、考えれば考えるほど、それが最善の解決策のように思えてきた。遠洋マグロ船に乗って一度出航すれば、一年半から二年近くも家に帰って来られない。一緒にいなければ、香苗を怒らせなくてすむ。

漁船員の給料が、昔のようにはよくないのは知っている。だが、いまの給料よりも少ないということは、いくらなんでもないだろう。このところ、日本人の若い船員は皆無に近いとはいえ、希望すれば乗せてもらえるはずだ。なにせ親父は、腕のいい漁労長として、この街では一目置かれている存在だ。兄貴も、貴重な若手の日本人機関士として名前が通っている。どの船の船主《せんしゅ》だって、頼めば乗せてくれると思う。いざとなったら、親父に口を利いてもらえばいい。

確かに、航海のあいだ女房と子どもと会えなくなるのは寂しい。マジェのハンドルを握れないのもつらい。船上での仕事も半端でなくきついはずだ。操業中に海に落ちて死ぬ危険もある。

だが、それくらいの代償を払わなければ、壊れかけている家族を元に戻すことはできないと思う。俺の家族は、マイナス五十五度の超低温冷蔵庫内で凍りついているようなものだ。見た目はなんでもなさそうでいて、実際には、ちょっとの衝撃でバラバラに砕け散る。それでも、上手に解凍してやれば、マグロの刺身のように元に戻すことができるはずだ。マグロ船での航海は、その解凍期間だと思えばいい。

決心が鈍らないうちに香苗に言おう。悟志がそう決意したとき、

「シーちゃん……」背後で、か細い声がした。

振り返ると、堤防の上に香苗がうなだれて立っていた。

「シーちゃん、ごめんなさい。あたしのこと、怒ってる?」消え入りそうな声で言った香苗に、

「いや、怒ってない」と答えると、

「ほんとに? ほんとに怒ってないの?」そう言った香苗が左隣に腰を下ろし、切なげ

な表情で悟志の顔を覗き込んできた。

「怒ってない、ほんとうだよ」

「よかった……」

涙ぐんだ香苗が、悟志の手の甲に自分の手のひらを重ね、「痛かった？」と訊きながら、もう片方の手を、悟志の頬に添えた。

「いや、痛くなんかない」

頬に添えられた手を握り、少し力を込めてやると、香苗は大粒の涙をこぼしながら泣きだした。

「ごめんね。叩いたりしてごめんね。シーちゃんが隠し事をしてたと知って、つい、かっとしちゃったの。あたしは美樹さんに焼きもちを焼いているんだって、自分でもわかっていたの。それなのに、シーちゃんばっかり責めて、ほんとうにごめんなさい」

「カナちゃんは悪くないから」

「あたしのこと、許してくれるの？」

「許すもなにも、悪いのは俺のほうだし」

そう言った悟志は、洟《はな》をすすっている香苗に、

「それでさ、カナちゃんに話というか、相談があるんだけど、やっぱり俺、マグロ船に乗ろうかと思う」

「やだ」

「なんで？」

「そしたら、シーちゃんと離れ離れになるじゃない。そんなのやだよ」

「でも、そうするのが一番よさそうに思う。いまの会社、クビになるのは確実だし、だったら、自分のほうから辞めてやったほうがすっきりする」

「いやだ、シーちゃんと別れたくない」

「べつに、別れるわけじゃ――」

「やだ、あたしをひとりにしないで。瑠維のそばにいてやって。ね、お願い。シーちゃんの分もあたしが働くから、ずっとそばにいて。船にだけは乗らないで」

「でも……」

「ねえ、お願い――」

懇願するように言った香苗が、握っていた悟志の左手を自分の乳房にあてがって、強く押し付けた。

「シーちゃん、どこにも行かないで。お願いだから、ね？」

そう言いながら、悟志の右手を自分のスカートの中に持っていく。香苗は、下着を身につけていなかった。

「エッチ、しよ」

香苗が耳元で囁《ささや》いた。

「ここで？」

乗ってきた。

「うん、ここで」

そううなずくや、香苗は悟志が穿《は》いていたズボンのファスナーを下ろして、膝の上に乗ってきた。

「シーちゃんが好きなの。死ぬほど愛してるの」

そう言って、片手を悟志の股間にあてがい、唇と舌を貪《むさぼ》ってくる。

「俺も、カナちゃんが好きだ」

唇を離して答えると、

「愛してる？」悟志の股間に伸ばした手は休めずに、重ねて訊いてきた。

「どうしようもないくらい、愛してる」

「うれしい」

うっとりしたように言った香苗が、悟志の上で腰を沈めてきた。温かいものに包まれた下腹部から快感が駆け昇り、喉の奥から呻《うめ》き声が漏れる。

「シーちゃん、好き。どこにも行かないで」

腰を上下させながら言った香苗が、

「船に乗るなんて、もう言わない？」と訊いてくる。

「言わないよ」

スカートの中に差し入れた手で、香苗の尻を支えながら答えた。

「船には乗らないって、ちゃんと言って」

「船には乗らないよ」

「ほんとに？」

「ほんとに、船には乗らない」

「ああ、シーちゃん……」

激しく喘《あえ》ぎながら、香苗が悟志に抱きついてきた。両手でわしづかみにした尻を、香苗の動きに合わせて前後させる。

夜、この場所で香苗とセックスするのは初めてではなかった。同じようなことはこれまで何度も繰り返されてきた。悟志がマグロ船に乗ろうと考えたのも、今夜が初めてではない。そして、そのたびに撤回している。「船には乗らない」と、香苗と交わりながら何度となく言ってきた。今夜と同じ夜がまた繰り返されるだろうことは、悟志も香苗も知っている。知っているのだが、どうしようもない。

もし、本当に俺がマグロ船に乗ることがあるとすれば、そのとき、俺の家族はどうなっているのだろう。一瞬、脳裏に疑問が浮かんだが、それ以上考えるのはいつものように先送りにして、悟志は妻を愛し続ける。

# 壊れる羅針盤

息が白い。気温は氷点下に違いない。いくら朝早いとはいえ、三月の上旬も過ぎようとしているのにまだこの寒さかよ、と文句の一つも垂れたくなる。

西寄りの風が湾内の海面にさざなみを作っている。それでよけい寒く感じるのかもしれない。しかし天気は悪くない。雲は出ているものの空は青い。

ダウンジャケットを着込んだ優人《ゆうと》が佇《たたず》んでいるのは、仙河海市の魚市場である。といっても、構内にいるのではない。屋上の駐車場から仙河海湾を眺めている。

三階建ての魚市場の屋上全部が、だだっ広い駐車場だ。正確には一部三階建ての建物なので、二階部分の屋根が駐車場になっている。リアスの入り江に抱かれた港町の典型で、使える土地が限られている。とりわけ、内湾地区と呼ばれている、港に面した街の中心部では土地に余裕がない。フェリーや旅客船の船着き場にあるビルも市役所の新庁舎も、同じように上層階や屋上が駐車場になっている。

ただし、魚市場の屋上駐車場は、他の駐車場とはかなり異質だ。市場で活躍するフォークリフトが、乗用車や軽トラックの隣に当たり前のように停められている。見慣れてしまえばどうということはないが、初めて見たら驚くだろう。その上、時間帯によっては、爆走、といってもいいようなスピードで走り回っているので、危なくて仕方がない。

たとえ轢《ひ》かれてしまっても、ぼうっとしていた自分のほうが悪いと納得してしまいそうな、そんな雰囲気が漂う場所だ。

春、夏、冬と、学校が長期の休みに入ると、時おり優人は朝早く家を出て魚市場に足を運ぶ。長期休業以外の時も、登校前に市場に立ち寄ることがある。三年前、中二の時の総合学習でカツオの水揚げを見学したのがきっかけだ。魚市場の喧騒《けんそう》は見ていて飽きない。自分でもよくわからないのだが、何かこう、惹《ひ》かれるものがある。市場の様子に見とれているうちに、遅刻をしてしまったことも何度かある。

仙河海魚市場を初めて見学したのは、小学校三年の社会の授業でだったと思う。ただしその時は、特に興味を引かれなかった。というより、むしろ、びびった。フカヒレ用のサメが並んでいる光景を前にして、ぬめりを帯びた血腥《ちなまぐさ》さに腰が引けた記憶がある。

そのネガティブな第一印象が逆転したのは、たぶん、カメラのせいだと思う。中二の総合学習で見学した時、発表用の写真を何枚か撮った。そのうちの一枚を、カメラ好きだった学級担任の勧めで写真雑誌のコンクールに送ってみたら、なぜか入選した。市場の説明をしてくれた魚屋さんが、丸々と太ったカツオを両手に一尾ずつ持って笑っている写真だ。

使ったカメラは特別なものではない。学校の備品の、旧型のデジカメだった。というか、携帯のカメラ以外、まともなカメラで写真を撮った経験など、それまでなかった。だから、入選したのは完璧なまでのビギナーズラックだったに違いない。事実、まぐれの入選に気をよくして、その後もあちこちのコンクールに写真を送っているのだが、結果はさっぱりだ。

現在の優人の使用機材はキヤノンのデジタルカメラなのだが、残念ながら一眼レフじゃない。パワーショットシリーズの、そこそこ上級のモデルではあるが、あくまでも、そこそこ、だ。そもそも、高校生の財力では、ボディだけで十万円近くするような一眼レフカメラを持つのは無理である。カメラのせいにはしたくないのだが、落選を知った時の落胆がいやで、前ほど頻繁には応募しなくなった。

それでも写真は撮り続けている。

基本的なモチーフは魚市場を中心にした港の風景だ。モチーフ、などと言えるほど偉そうなものではないが、成功体験というやつで魚市場の風景を撮り続けているうちに、市場の雰囲気そのものが好きになった。ここにいると嫌なことが忘れられる。魚市場の喧騒を眺めてこんなことを言うのはかなり変だと自分でも思うのだが、濡《ぬ》れたコンクリートが光を反射して様々に表情を変える光景には、なぜだか妙に癒される。

そんな優人の今日の目当ては、イサダの水揚げ風景である。

イサダというのは、綺麗な桜色をしたオキアミの一種で、確か正式名称はツノナシオキアミと言ったはずだ。乾燥させた加工品が煎餅《せんべい》やスナック菓子の原料にもなるみたいだ。だが、漁獲のほとんどはそのまま冷凍され、鯛《たい》やハマチなど養殖魚の餌として出荷される。そういえば、イサダを餌にすると鯛のピンク色が鮮やかになると聞いたことがある。ただし、調べてみたわけではないので、真偽のほどはわからない。

三月の上旬くらいに解禁になることの多い三陸沿岸のイサダ漁は、春を告げる漁として仙河海市民に親しまれている。初水揚げの時にはニュースにもなる。ローカルニュースではあるけれど。

ともあれ、市内を流れる潮見川沿いの桜よりも、一足先に魚市場がピンク一色に染まる光景は優人も好きだ。

腕に嵌めたG-SHOCKで時刻を確認してみる。もう少しで八時半だ。魚市場の入札の時刻は午前七時なので、構内の喧騒はだいぶ引いている。だが、日の出前から操業していたイサダの引き網船が、そろそろ入港してくるはずだ。そうなれば、再び市場は活気に包まれる。

優人は、魚市場の対岸に見える唐島半島の付け根から、さらに南へと視線を送ってみた。視線の先で、周囲よりも若干小高く見えているのは大島の亀臥山《かめふせやま》だ。この位置からだと陸続きのようにしか見えないものの、大島という名前の通り、かなり大きな独立した島になっている。リフトで山頂まで行けるようになっていて、小学生のころまでは、夏休みになると毎年のように家族で遊びに行っていた。

島と陸との距離は近い。最も狭い場所だと二百メートルちょっとしか離れていないはずだ。今は船でしか渡れないので片道三十分近くかかる。だが、あと十年もしないうちに橋が架けられる計画になっている。

その大島と陸とのあいだの狭い湾内を、岸壁に向かって滑ってくる最初の船が見えてきた。沿岸漁業用の十トンクラスの船だ。イサダ漁を終えて戻ってきた船に違いない。近づくにつれ、イサダで溢《あふ》れそうになっているプラスチック製の四角い籠《かご》が、船の甲板に何層にもなって積まれているのが見えてきた。いっぱいにすると一籠で三十キログラムにもなる大きな籠だ。プラスチックの青色とイサダの桜色の対比が美しい。

接近してくる漁船に向けてカメラを構えた優人は、ファインダーを覗き込んでシャッターを切った。一眼レフではないものの、ポケットカメラよりもボディは大きい。ファインダーを覗いたほうが安定するし、視界もクリアだ。もちろん、構図も決めやすい。ファやがて船が岸壁に横付けにされ、すぐに水揚げ作業が始まった。視線を湾内に戻すと、続々と漁船が入港しつつあった。

先を争うようにして入港してくる船の群れを何枚か撮影したあと、見学デッキへと向かう。

仙河海魚市場の二階には、構内を見下ろせる見学者用のデッキが備わっている。全長が三百五十メートル以上もあって、国内でも最大級の見学デッキらしい。魚市場が休みの日以外は、許可なしで誰でも自由に入れるところがいい。

見学デッキに下りる階段は、水揚げ用の岸壁が見下ろせる位置から少し離れている。駐車場内を行き交う車両に気をつけながら、海岸沿いを走るバス通りが見えるほうへと移動する。塔屋のようになっている入り口から建物の内部に入って階段を駆け下り、厚いガラス張りのドアを潜《くぐ》ると、優人の目の前に構内が開け、魚市場特有の魚臭さが足元から立ち昇ってきた。

見学デッキには先客がいたものの、それほど多くはない。これならゆっくり眺められるし写真も撮れる。イサダ漁が解禁になる初水揚げの日をあえて外したのはそれが理由だ。いや、本当の理由は違う。違うのだけれど、今はあまり考えたくない……。

気を取り直して構内に視線を向けると、先ほどまでは無機質な灰色にくすんでいた魚市場が、あっという間に淡い桜色に満たされ始めた。イサダ漁には漁獲制限があって、一隻あたり二百五十個の籠が一日の上限になっている。といっても、四十隻あまりの船が次々と入港してくるのだから相当な量になる。

イサダを満載した船から次々と降ろされた籠がコンクリートの上にずらりと並べられたあと、フォークリフトを使って今度はトラックへと積み替えられていく。トラックの行き先は、魚市場の背後に建ち並んでいる巨大な冷蔵庫や加工場だ。

魚介類は鮮度が命とばかりに、構内で働く人々の動きはとにかく慌ただしい。しかし、荒っぽいとしか目に映らないような動きや振る舞いも、実はとても合理的でスムーズなことが、市場の様子を何度も見ているうちにわかってきた。ここで働く人たち、漁師さんと同様で、ちょっと、いや、かなりかっこいいかもしれない。

写真を撮りながら水揚げの様子を眺めているうちに、あっという間に一時間が経ってしまった。そろそろバイト先へ向かわないとまずい。

イサダの水揚げが続いている構内に背を向けた優人は、屋上駐車場に出たあと、屋外の階段を使ってバス通り側に下りた。停めてあった自転車にまたがり、魚市場の裏手の道路を走り始める。バイト先は、以前と同じでハンバーガーショップだ。国道のバイパスに近い、市内でも新しい街並みの一角に店舗がある。入試採点のために学校が休みになっている今日は、午前十時から午後四時までのシフトにしてもらっている。

部活はやっていない。一応自然科学部に籍があるのだが、ほぼ完全に幽霊部員だ。中学まではバスケ部に所属していた。いや、高一の春までは、高校でもバスケ部に入っていた。練習中に膝の靱帯を伸ばし、それをきっかけに退部した。今はすっかり回復しており、痛みが出ることもない。しかし、怪我が治っても部活に戻る気は、最初からなかった。中学時代もそうだったが、スタメンレギュラーはどうしたって無理、という程度の選手だった。運動部を辞めるちょうどいい口実になったと言えなくもない。

優人が自転車のペダルを漕《こ》いでいる道路を挟んで、内陸側には雑多な建物が並んでいる。水産会社を筆頭に、倉庫や食品加工場や巨大な冷蔵庫、さらには鉄工所やガソリンスタンドもある。路地を一本入ると、段ボール箱を製造している箱屋や電気設備会社、船の無線機を専門に扱う会社などもあり、バラエティ豊かだ。そのほぼすべてが漁業に関連した仕事をしていると同時に、地元資本の中小企業だ。立派な社屋があるかと思えば、かなりくたびれた建物もある。そんな具合なので、なかなか怪しく雑多な雰囲気が漂う界隈なのだが、空気感は悪くない。というか、かなりいい感じだ。

そう感じるようになったのは、間違いなく魚市場に通うようになってからだ。それまでの優人は、この街に育っていながら、漁業には無関心だった。無理もない。優人の両親はどちらも学校の先生で、父の代で三代も続いている教員一家である。食卓に魚が上《のぼ》る以外、漁業とは無縁の生活をしている。

ほどなく、行く手に遼司さんの会社の社屋が見えてきた。ペダルを漕ぐ力を緩めて首を伸ばすと、長靴履きでホースを片手にした遼司さんが、お店の従業員に何か指示をしている姿が見えた。

ブレーキを握って自転車を停め、

「おはようございます！」と声を張り上げると、優人のほうに顔を向けた遼司さんが、

「おう、優人！　また写真か？」と言って相好《そうごう》を崩した。

かなり強面《こわもて》の人なのだけれど、笑うと一転して愛嬌のある顔になる。三年前にファインダーに納まった時と同じ笑顔だ。水産会社といっても色々ある。遼司さんが社長を務める磯浜《いそはま》水産は、平たく言えば目利きの魚屋さんである。寿司屋とか料亭とかのプロの板前さんが買い付けに来るようなお店だ。総合学習でインタビューした時に四十二歳と言っていたから、今は四十五歳になっているはずだ。

「どれ、見せてみろや」

手にしていたホースを置いた遼司さんが、そう言って近づいてきた。

自転車のサドルから降りてスタンドを下ろし、背負っていたデイパックからカメラを

取り出す。

　遼司さんが隣に立った。背丈は優人よりも十センチくらい低いのだが、威圧感がある。学生時代は柔道をやっていて、その後はアームレスリングの選手で鳴らしただけあって、信じられないような太さの二の腕と胸板の厚さだ。並んでいると、自分の貧弱さが恥ずかしくなる。

　カメラの液晶ディスプレイを遼司さんにも見やすい角度に保持して、撮影したばかりの画像を呼び出していく。

　ほうほう、とか、ふーん、と言いながらディスプレイを覗き込んでいた遼司さんが、

「なかなかいいんじゃないの――」と口にしたあとで、

「送るのか？　コンクールに」と尋ねてきた。

「いえ、最近はほとんど送っていないです」

「なんで？」

「なんか、こう、俺、写真のセンスがないみたいなんで」

「何言ってんだよ。初めての応募でいきなり入選したじゃないか」

「あれは被写体がよかったからですよ」

「まあ、それは確かだけどな――」まんざらでもなさそうに頬をゆるめた遼司さんが、

「そうだ。むしろよ、優人。おまえ、風景じゃなくて、人物を撮ってみたほうがいいんじゃねえか？」とアドバイスめいたことを口にする。

「そうですかね」

「そうそう、そのほうが絶対にいいって。それで芽が出れば、ほれ、グラビアアイドルとかキャンギャルのねーちゃんとか、いくらでも撮り放題だろ。そしたら、俺にも内緒で生写真分けてくれ」

「逵司さーん、もっと真面目に考えてくださいよぉ。俺、これでも最近、進路でけっこう悩んでいるんですよ」

「そうなのか？」

「来月から高三だし」

「カメラマンにはならないんか？」

「趣味でいいです」

「なんだよ、あきらめの早いやっちゃなあ」

そう言って顔をしかめた逵司さんが、

「大学には行くんだろ？」今度は真顔で訊いてきた。

「とりあえずは――」と答えたあとで、

「志望校はまだ決めていませんけど」質問される前に付け加える。

「なんだかなあ――」と漏らした逵司さんが、

「しっかりしろよ、青年。日本の将来を背負って立つべき若者がよ、おまえみたいな草食系男子ばかりになったら、この国は沈没するぞ。草ばっかり食ってねえで、もっと肉、いや、魚をバンバン食って、ＤＨＡやＥＰＡを摂取しろ。これからの日本の未来は魚《ぎょ》食《しょく》系男子がしょって立つのだ」と訳のわからないことを言う。

「遼司さん。言ってること、めちゃくちゃ」

「いやあ、馬鹿なんだから勘弁してくれ」

などと本人は言うが、全然そんなことはない。とても頭が切れる人だし、ものすごい勉強家であるのは、三年間も付き合っていれば、高校生の優人にもわかる。

「すいません。バイトに遅れちゃうんで、俺そろそろ」

自転車にまたがりながら優人が言うと、おう、とうなずいた遼司さんが、

「しっかり労働しろよ！」と言って、気合いを入れるみたいに、優人の背中を、ぱしっ、と叩いた。音も感触も、なんだか気持ちいい。

「うっす」と返事をしてペダルを漕ぎ出したところで、

「優人！」と名前を呼ばれた。

「なんすか？」

自転車を停めて振り返ると、

「何か悩みがあったら、遠慮しなくていいぞ。いつでも相談に乗っからな」そう言って遼司さんが大きくうなずいた。

タイミングがタイミングだけに、ちょっと、じわっときた。でも、今日は厚意だけ受け取っておくことにしたほうがいい。話せば、絶対バイトに遅刻してしまうし……。

なので、

「ありがとうございます！」とだけ言って頭を下げると、

「その時は、カツオ船でもマグロ船でも、何でも紹介してやっからよ！」遼司さんが破顔一笑した。

「ばばっ。それだけは遠慮しときまーす」

そう返した優人は、自転車のペダルに思いっきり体重を乗せた。


バイトを終えたあと、優人はまっすぐ家には帰らずに、魚市場のある界隈に再び戻った。

魚市場に付随する大きな土産物《みやげもの》屋の向かい側に、異国から抜け出してきたような洒落た外観をした赤い壁の建物が建っている。二つの棟に挟まれた中庭がカフェテラスになっている「錨珈琲《いかりコーヒー》」という名前の喫茶店だ。

ただし、普通の喫茶店とはちょっと違う。表看板に「珈琲焙煎《ばいせん》所」と書いてある通り、片方の棟の一階部分が、コーヒーの焙煎工房とお菓子の工房になっているのだ。なので、店の前を通りかかると、いつも香ばしい匂いが漂ってくる。

そんな構造になっているため、飲食するスペースは、通り側に蔵がくっついている棟のほうの二階のフロアと、戸外のカフェテラスになる。全体がちょっと変わった造りになっているのは、以前は船会社が所有していた建物だからだそうだ。さすがにこの寒さだと外は使われていないが、気候がよい季節にパラソルの下でくつろいでいると、何となく外国のハーバーにでもいるみたいで気持ちがいい。海が直接見えないのは残念だけど。

　ここに店ができたのは、優人が中三になった年の春だ。建物がかっこいいので気になってはいたのだけれど、中学生の身分では、気軽に足を踏み入れることができなかった。というか、生徒だけで飲食店に入るのは、建前上禁止されていたはずだ。だから、この店を利用するようになったのは高校に入ってからなのだが、今ではかなり気に入っている。とりわけ、アイスでもホットでも、カフェ・ラテが美味《おい》しい。小腹が空《す》いている時は、ドーナツやサンドイッチをつまむこともある。街の中心部から八キロほど南の瀬波《せのは》多《た》地区に、ドライブスルー形式の一号店ができたのは、優人が小学校六年生の時だというのは、あとになって知ったことだ。仙河海市の内外に、今ではここを含めて六店舗くらいあるはずだ。

　店の前の邪魔にならない場所に自転車を停めた優人は、二階に続く階段を上る前に、焙煎工房になっている棟のほうを覗いてみた。いつもいるわけではないのだが、錨珈琲の経営者の靖行《やすゆき》さんがいるようだったら、挨拶をしておいたほうがいい。というか、靖行さんの顔を見たかった。バイト中は忙しさで忘れることができていたあれこれが、雪崩《なだれ》を打つみたいにどっと戻ってきて、正直、かなりブルーになっていた。今朝の遼司さんもそうだったが、会って話をするだけで気分が楽になるようなところが、靖行さんにもある。

工房には、遠目からでも一目で本人とわかる靖行さんがいて焙煎機を前にしていた。

「こんちはっす！」

優人が声をかけると、朝の遼司さんと同じように、

「おう！　優人じゃんか。バイト、終わったのか？」と靖行さんが頬をゆるめる。

はい、と返事をしたあとで、

「お店、混んでますかね？」と訊いてみると、優人の問いかけを無視して、

「なになに、デートかあ？　えー、おい。相手は誰だ？　おまえ、来年は大学受験だろ？　あん？　受験生が女にうつつを抜かしてていいんかあ？」大げさに眉を上げながら迫ってくる。

「違いますよ。妹と待ち合わせです」

首を横に振ると同時に、思わず後ずさりをしてしまう。遼司さんとは違った意味で威圧感があるのだ。

学生時代、というより、子どものころからずっとラグビーをやっていた人で、身長は優人よりも十センチ以上高い。体重となるとマジで二倍近くあるかもしれない。事実、コーヒー豆の詰まった麻袋が積まれている焙煎室はけっこうな広さがあるはずなのだが、靖行さんがいると狭く感じてしまう。

その靖行さんの年齢は、遼司さんのちょうど十歳下のはずだ。魚市場に通ったりここ

の店に顔を出したりするようになるまでは直接の面識はなかったものの、実は、遼司さんも靖行さんも、優人にとっては中学と高校の先輩に当たる。まあ、狭い街なので、そういう話はしょっちゅうだ。

　妹、と聞いた靖行さんが、

「あ、そうか。サッちゃん、今年で卒業か。そりゃ、おめでとう。仙中《せんちゅう》の卒業式、明後日《あさって》だっけか？　なんだ、知ってたら、お祝いでも用意しておいたのに――」と言ったあとで、

「そうだ。コーヒーでよかったら、取って置きのブレンドで一袋挽《ひ》いておいてやっから、帰りにでもこっちに寄れ」と顎《あご》をしゃくった。

「ありがとうございます。何だか、催促したみたいになってすいません」

　頭を掻いている優人に、

「で、どこの高校に行くの？」と靖行さんが尋ねた。

「公立は、とりあえず仙高《せんこう》を受験しました」

　仙高というのは、優人も通っている県立の仙河海高等学校のことだ。以前は男子校だったのだが、六年前に市内の県立の女子校と統合されて、今は共学になっている。

「そういえば、昨日が入試だったよな――」思い出したように口にした靖行さんが、

「でもまあ、サッちゃんなら、楽勝で受かってるだろ」うんうん、とうなずく。

「まあ、たぶん」

「どしたの、浮かない顔して」

「いや、このままいくと、中学でも高校でも、俺が三年の時にあいつが一年生じゃないですか」

「別に、いいんじゃね？」

「なんかこう、やり辛いっていうか……」

「あ、わかった」

「何がですか？」

優人が首をかしげると、

「妹が同じ学校だと、うっかり女も作れないってか？」そう言って靖行さんが肘で突っついてくるものだから、五十センチくらい身体が飛ばされる。

「そういうことじゃ――」言いかけた優人をさえぎって、

「で、優人。おまえ、彼女いるの？　ん？　もうエッチしたの？」にやにやしながら靖行さんがいっそう詰め寄ってくる。

「勘弁してくださいよ。とりあえず、帰りに寄りますから」

文字通りほうほうの体《てい》で焙煎室から逃げ出した優人の背中に、

「ゆっくりしていってな。サッちゃんによろしく！」と靖行さんが声をかけてくる。

遼司さんと同様、見るからに強面で、しかも圧倒的に巨漢だけれど、実際は優しい人なのだ。そして二人とも、今の優人にとっては兄貴のような存在になっている。

他愛《たわい》もない内容ではあったけれど、靖行さんと話ができて、だいぶ気分が楽になった。

昨夜の出来事でショックが大きいのは幸子《さちこ》のほうに決まっている。いくらしっかりしている妹だとはいえ、まだ中学校を卒業してもいないのだ。この大事な局面で兄貴がうろたえていては話にならない。


隣の棟の入り口から階段を上り、ドアを開けて優人が店内に入ると、八割がた席が埋まっていた。

今日のお客は、ほぼ百パーセント日本人のようだ。マグロ船が一度に何隻も入港していたり、台風で出航できなかったりすると、インドネシア人の船員でお店がいっぱいになることも多い。シアトルスタイルの店にしたのだと靖行さんが言っているように、彼らにとっても居心地がいいらしい。シアトルスタイルって何のことだか、よくわからないけど。

注文カウンターでカフェ・ラテをオーダーしながら首を伸ばして姿を探すと、先に到着していた幸子がすぐに見つかった。フロアの奥、角に置かれたテーブル席に座り、コーヒーカップを前に文庫本を広げている。こんな時、携帯電話をいじっていないところが幸子らしい。

カフェ・ラテができるのを待ちながら、いつものように、何とはなしに店内を見渡してみる。

少しオレンジがかった濃い黄色の壁から上のほうへと視線を送る。天井はない。屋根まで吹き抜けの、梁《はり》がむき出しになった空間が頭上に広がっている。屋根には採光用の窓が嵌め込まれていて、晴れた日には陽射しが店内を明るくする。テーブルと椅子が、かなりゆったりした配置で観葉植物とともに置かれている。フロアの一角にはソファセットまであり、大手チェーンのコーヒーショップには真似ができない贅沢な空間だ。他の席との距離が適度に保たれているので、プライベートな話もしやすい。それもあって、この店で妹と待ち合わせをすることにした。

出来上がったカフェ・ラテのカップを手にして、妹の座っているテーブルまで店内を横切り、

「家に寄ってきたのか？」と声をかけると、優人が店に入ってきたのには気づいていなかったらしく、

「あ、お兄ちゃん——」驚いたように文庫本から顔を上げた幸子が、

「ううん、学校のあと、図書館で時間をつぶしてた」と首を横に振った。

「制服は？」

「制服だと目立つから、向かいの海鮮市場のトイレで着替えた」

市場と名前はついているが、小売店が何軒も入っている商業施設のことである。なるほど、幸子が腰を掛けている椅子の下に通学用のカバンがあった。

「朝、私服を持って出たんだ」

「うん」

「保護者と一緒なんだから、別に制服でも問題ないじゃんか」

「お兄ちゃんが保護者？」

「そう」

「頼りなくて、悪かったな」

「頼りなーい」

こうして話している限り、いつもと変わらないように見える。

「なんか食うか？」

「ううん、いらない――」と答えたあとで、

「それで、お兄ちゃんはどうするか決めたの？」幸子のほうから本題に入ってきた。

「一日で決められるような問題じゃないだろ」

優人が言うと、

「わたしは決めたよ」と幸子。

「もうかよ。おまえ、決断早すぎねえ？」

「そんなことない。こういうことになるんじゃないかって、何となく思っていたもん。お兄ちゃんだってそうでしょ？」

「まあ、薄々気づいてはいた」

「でしょ？　それに、ゆっくり考えている時間もないし、決断は早いほうがいいじゃ

ん」

「なんだかなあ」

「何が、なんだかなあよ」

「おまえ、妙にドライというか、可愛くないぞ」

「お兄ちゃん、何を期待してたの？　もっと自分に頼ってほしいとか？」

ほぼ図星であったので、

「もう少し落ち込んでいると思ってたからさ、可愛い妹を慰める言葉を色々考えてたんだけど、おまえがこれじゃあ、全然、使えねえじゃん」と言って肩をすくめる。

「わたしのこと、可愛い妹だと思ってるんだ」

「まあな」

「ありがとう、お兄ちゃん」

「まともに言うなよ、照れくさい――」照れ隠しに顔をしかめてみせたあとで、

「で、どう決めた？　親父とお袋、どっちと暮らすことにするんだ？」と訊くと、

「どっちとも暮らさない」という答えが返ってきた。

「どういうこと？　意味、わかんねえ」

「仙台の私立に行く。そこの寮で一人暮らしをする」

「マジかよ。それ、本気なのか？」

「うん」

「公立、受かったらどうすんだよ。というか、おまえの成績だったら、間違いなく受かるだろ」

「入学を辞退すればいいだけの話でしょ」

「といっても、かなり面倒なことになるんじゃねえの？　せっかく受かった公立を蹴るなんてさ、たぶん、学校でも前代未聞の話だろうから」

「どこに行くかは、最終的には本人の意思なわけじゃん。違う？」

「そりゃそうだけど、さすがに親父やお袋が――」

言いかけた優人を幸子がさえぎる。

「自分たちが好きにしといて、子どもの自由は認めないなんて、そんなのってなしでしょ？　それくらいのわがままをさせてもらう権利はあると思う」

明らかに怒った目をしている。その目を見て、少し優人は安心した。あまりに淡々とされているよりはずっとましだ。

カフェ・ラテを一口すすり、

「しかしさあ――」と、ため息を吐いたあとで、

「何となく予想していたこととはいえ、何かこう、昨夜はテレビドラマでも観ているみたいだったよなあ。そう思わねえ？」感想めいた言葉を優人が漏らすと、

「しかも、ベタすぎて出来が悪い脚本の」と言って、幸子が鼻の上に皺《しわ》を寄せた。

昨日三月九日は県内の公立高校の入試日だった。優人は今日と同様、バイトに出ていた。もう少しで正午になろうとしていたころに、けっこう大きな地震があった。三陸沖

を震源地とするマグニチュード七・三の地震で、最大震度は五弱、仙河海市でも震度四を記録した。ちょうどお昼時に差し掛かる時刻だったので、バイト先のハンバーガーショップもちょっとした騒ぎになった。だが、怪我人も出なかったし、店の設備や備品にも損害はなかった。バイトを終えて家に戻ってみると、入学試験も中断することなく続けられたと、受験を終えて先に帰っていた幸子から教えられた。

高校の入試日にそこそこ大きな地震というのは、その夜の家での展開を考えると、ある種の予兆だったと言えなくもない。

家族四人全員そろって食卓を囲んでの夕食が終わったのは八時ごろだった。食器を台所のシンクに下げたあと、優人が自分の部屋に引き揚げようとしていると、二人に大事な話がある、と親父に言われて、食卓に戻った。あとで訊いてみたら、何の話か、その時点ですでに幸子は感づいていたみたいだ。

具体的な話を最初に切り出したのは、お袋のほうで、

「突然のことで驚くかもしれませんが、お父さんとお母さんは離婚することになりました」と、まるで自分が勤めている学校で、生徒を前に話をするみたいな口調で言った。

優人と幸子の母は、中学校の校長をしている。昨年度から着任している市内の条畠《じょうはた》中学校は、校長としては二校目で、その前の三年間は、他管区の中学校に勤務していたため単身赴任だった。

母と同様、父親も中学校の教員だ。三年前から出向の形で仙河海市内の美術館の副館

長をしているのだが、来年度、つまりこの四月から仙河海市内の中学校に教頭として着任することが、すでに決まっている。

二人の年齢はというと、親父が五十歳でお袋が五十三歳。いわゆる姉さん女房ではあるのだが、それだけにとどまらず、夫よりも一足早く出世している、民間企業で言えばバリバリのキャリアウーマン、といったところだ。

二人から離婚の話を切り出されて、一瞬、はあ？　と思ったものの、優人がそれ以上のリアクションをしなかったのは、幸子から指摘されたように、いずれはこういうことになるんじゃないかと、心のどこかである程度予想していたからかもしれない。

そのせいか、何かテレビドラマみたいだな、と妙に冷めた目で成り行きを見守っている自分がいた。

その後、時おり親父が言葉を挿《はさ》みながら、主にお袋が主導権を握って二人の子どもに語った内容はというと、
・離婚の直接のきっかけは、お袋が単身赴任中に始まった親父の浮気。
・親父の浮気相手が誰かは、子どもたちには直接関係ないので明らかにする気はない。
・浮気相手と親父の関係は、今は切れているが、お袋には離婚を思い留まるつもりはなく、それについては親父も同様。
・今家族で住んでいる片倉町《かたくらまち》のこの自宅は、夫から妻への慰謝料として、お袋、つまり旧姓岩渕多香子《いわぶちたかこ》のものになる。

・親父、菅原貴之《すがわらたかゆき》は、今は空き家になっている六瀬《むつせ》の自分の実家で生活する。
・家屋以外の資産の分割については、今後の協議によって決めていく。
・二人の子どもが大学を卒業するまでの学費と生活費は双方で責任を持って負担するものとするが、具体的な負担割合については、これも今後の協議によって決めていく。
・二人の子どもが成人するまでの親権をどちらが持つかは、子どもらの自由意思に委ねるものとし、どちらと暮らすかについても同様とする。

箇条書きにまとめてみると、ざっとこんな感じだ。要するに、両親の離婚は避けられないものとして決定済みだが、父と母、どちらと暮らすかは自分たちでそれぞれ決めろ、という話である。

夫の浮気が発覚しての離婚という、ありきたりではあるがそれなりにどろどろしていて、場合によっては修羅場《しゅらば》になりかねない話があまりに淡々と語られるので、優人としては拍子抜けしたくらいだ。

両親の説明が終わったあと、優人も幸子も離婚そのものには反対しなかった。両親の夫婦関係が冷め切っていることは、もう何年も前から感じていたからだ。感じていたというより、家族内では周知の事実で、しかし、あえて誰も口に出さずに、家族という関係を黙々と演じ続けてきたように思う。そのまま全員が仮面を被《かぶ》りながら家族を演じていく、という形も有り得ただろう。しかし、残念ながらそうはならなかった、という話だ。

　直接の引き金になったのは親父の浮気であるが、それがなくても、いずれこの二人は離婚することになっただろうなと、まるで自分の親ではなく、知らない家族の知らない夫婦を見ているような、冷めた気分で優人は二人の話を聞いていた。

　だから、優人が最も案じたのは、妹の幸子だった。両親の離婚がきっかけでぐれだして、挙げ句の果てはヤンキーになってしまうとか、昔のドラマの世界ではよくある話じゃないか、などと心配していたのだけれど、むしろ自分よりもあっけらかんとしているくらいなので、正直、ほっとした。それだけに、

「しかしさあ、おまえだけ一人暮らしってのも、ちょっとずるいよなあ」ため息まじりに本音が漏れる。

「で、お兄ちゃんはどうするの？　どっちと暮らすの？」

「六瀬じゃ、めちゃくちゃ不便だからなあ。家もボロいし」

　今は空き家になっている親父の実家があるのは、潮見川の支流、六瀬川沿いの小さな集落で、周囲を国有林で囲まれているような山奥である。あそこから毎日高校に通うのは、無理ではないものの、想像しただけで目眩《めまい》がしそうになる。

「じゃあ、やっぱりお母さんと、この家に？」

「仕方ないだろ」

「気が進まないの？」

「だってさあ、おまえばっか一人暮らしってのが、やっぱり、どうしても引っかかる」

「だったら、お兄ちゃんも一人暮らしすればいいじゃん」

「は？　どういうことだよ」

「お父さんにでもお母さんにでも、どっちでもいいからさ。お兄ちゃんが暮らすアパートを市内に借りさせるの。そうすれば一人暮らしができるじゃん」

「それ、無理っぽくねえか」

「いいのよ、あの人たちには、それくらいお金を使わせても。子どものわたしたちのほうが離婚の慰謝料を欲しいくらいなんだから」

「うーん。とりあえず、ダメもとで言ってみるか」

「うん、そうしよう。それに、たとえ無理でも、お兄ちゃんはさ、わたしと違ってあと一年で高校を卒業できるんだから、それまでの我慢じゃん」

「そりゃそうだけど……」

「そうだ。お兄ちゃんも、来年、仙台に来なよ。仙台の大学を受けてさ。お兄ちゃんが近くにいてくれれば、わたしも心強いし」

「そうだなあ、確かに、それもいいかも」

「ねっ、そうしよ。そしたら、時々ご飯おごってもらえそうだし」

「幸子。おまえって、めちゃくちゃ逞《たくま》しいな。なんだか、今日一日悩んでいたのが、あほくさくなってきた」

「いざという時って、女のほうが強いんだよ」

幸子の言葉に、だろうねえ、と納得するしかない。確かに、兄貴よりもずっと優秀でしっかりしていると、周りから言われ続けて育ってきた妹だけのことはある。おかげで、こっちのほうが励まされた気分だ。

「よし。それじゃあ、とりあえず結論は出たことだし、そろそろ帰ろっか」

うん、とうなずいた幸子と一緒に席を立った。カップを返却口に返し、靖行さんが挽いてくれていたコーヒーをお土産に家路についた時には、街並みがすっかり暗くなっていた。


優人と幸子の今の自宅がある片倉町にはＪＲ仙河海駅があり、市内では比較的古い街並みになる。錨珈琲からだと歩いて三十分以上かかるのだが、暗い海面を右手に見ながら、内湾沿いの道を優人は自転車を引いて幸子と肩を並べて歩いている。そうしてゆっくり歩いているのは、二人とも、できれば家に帰りたくないからだ。

ずっと前から、あの家の空気は澱《よど》んでいた。平気なふりをして呼吸をしていたけれど、澱んでいる空気が、実はかなり息苦しかった。それが両親の離婚騒ぎであらわになった。

昨夜寝る前、優人の部屋をノックした幸子から、「明日の夕方、お兄ちゃんのバイトが終わってからでいいから、どこか外で相談しようよ」と持ちかけられた。この家の澱んだ空気の中で大事なことを決めるのは嫌だと、暗に仄《ほの》めかしていたのだと思う。そして実際に、靖行さんの店の異国を思わせるような乾いた肌触りの空気には助けられた。

家の中で相談していたら、二人とも行き詰まっていたかもしれない。

しかし、錨珈琲を出てからの二人は無言だった。とりあえず結論は出たと言っても、大事なことが何も決まっていないのを、二人ともわかっているからだ。

今後、父方と母方、どちらの姓を名乗るかという問題もあるが、それ以上に、将来の自分の進路をどうするか、ますますわからなくなってきた。

それはたぶん、隣を歩いている幸子も同様だろう。仙台の私立高校に入学して寮生活を送るという決意は、将来の人生設計と直接は結びつかない。大きな決心をしたことで、何かを決めたような気がしているだけで、実際は何も決めていないのと一緒だ。頭のいい幸子には、それもわかっているはずだ。幸子自身が、これから三年間かけて考えていかなければならない問題である。

それにしても、ある意味において、自分たち兄妹《きょうだい》は恵まれているのかもしれないな、とも思う。

家庭の崩壊を目の前にして恵まれているも何もあったものじゃないが、両親が離婚しても経済的に困窮しないですむ、というのは大きい。両親の離婚＝家族の崩壊＝生活の困窮というケースのほうが、世の中には圧倒的に多いだろう。その点では、親父とお袋には感謝しなければならないのかもしれない。

それはそれとして、問題なのはこれからの具体的な進路だ。

今までは、自分の将来について、正直なところ、漠然としか思い描けていなかった。

一時期、プロのカメラマンになりたいと思ったこともあったが、そんな子どもじみた夢物語はとっくの昔に放棄している。なので、とりあえず理系の大学に行って、その先のことはそれから決めようと考えていた。

しかし、今回の親父とお袋の離婚騒ぎで、はっきりしたことが二つある。

一つは、今までみたいな甘えた考えは捨てて、そろそろ真剣に将来のことを考えなくちゃならないということだ。

そしてもう一つは、自分はやっぱりこの街が好きだということ。逵司さんや靖行さんのような人たちと一緒に、この街で暮らしていきたい。今日一日で、切実にそう思った。早朝の魚市場の風景を眺め、逵司さんや靖行さんと会って話をして、あらためてそう思った。

二つともマジでそうだよなあ、と思ったところで、そういえばと、以前、本かなにかで読んだ内容を思い出した。

たとえ一度は都会に出ても、故郷に戻って根を張り、故郷の血となり肉となる人こそ素晴らしい、その一方で、都会に出たきり故郷には戻らずに、自分の故郷を心の中では田舎だと馬鹿にして蔑《さげす》む人間ほど浅ましいものはないと、そんなことが書かれていたはずだ。

それを目にした時は、それはちょっと気負いすぎなんじゃないの、みたいに、斜めな感想を抱いた。しかし、今あらためて考えてみると、まったくその通りだと思う。

やっぱり俺は、将来この街に戻り、この街とともに生きていきたい。

けれど、そこで問題になってくるのは、じゃあどんな仕事をするのだ、という現実だ。地元の会社は職種が限られているうえ、求人数そのものが少ないし、給料も安い。理系の大学で学んだ内容を十分に生かせる仕事は、そう簡単には見つからないと思う。となると、親父がそうだったように、教員にでもなるのが一番いいのかもしれない。遼司さんや靖行さんと違って、継ぐべき会社や商売があるわけじゃない。そんな自分が、この街で暮らしながらできる仕事と言えば、その筆頭が学校の先生だろう。あるいは、市役所の職員になるとか。

でもなあ、何か違う気がするんだよなあ、と思うのも事実だ。仕事を選ぶ動機としては安易すぎる気がしないでもない。それに今は、公務員になるのもかなり難しいみたいだし……。

なかなか見えない自分の将来について悶々《もんもん》としながら歩を進めていた優人は、隣を歩いていたはずの幸子の姿が消えているのに気づいて、慌てて足を止めた。

自転車を支えたまま、後ろに首をねじる。

幸子は、旅客船の桟橋のそばにある街灯の下で佇み、街の明かりを映し出している海面を眺めていた。

自転車のスタンドを下ろした優人は、

「幸子?」と呼びながら引き返した。

妹の隣に立ち、

「どしたの？」顔を覗き込むようにして訊くと、海を見つめながら、

「お兄ちゃん――」と言った幸子が、

「うちの家族、何で壊れなくちゃいけないんだろ……」呟《つぶや》くように漏らした。

「幸子……」

「わたし、本当は仙台に行きたくない。一人で仙台に行くのが怖い。でも、今はお父さんともお母さんとも暮らしたくない。それだけは絶対に嫌。自分たちの勝手な都合で家族を壊したくせに、あんなふうに冷静でいられる人たちとは、一緒にいられないよ……」最後のほうで声が震え始める。その声が消えたあと、くすん、くすん、と幸子が洟をすすり始めた。

一人で暮らすのは怖いけれど父親とも母親とも暮らしたくないという、妹が抱えている不安とやるせなさは、痛いほどよくわかる。

ちっくしょう。

親父とお袋に向けて罵《ののし》った。

幸子を泣かせてどうすんだよ。

自分に対しても罵った。

しかし、時給七百円ちょっとのアルバイトでしか金を稼げない今の自分には、泣いている妹にしてやれることが何もない。せめて今できることは、

「幸子」名前を呼び、震えている妹の肩を抱き寄せる。

「お兄ちゃん……」

優人の胸に顔を埋《うず》めた幸子が、声を上げて泣きじゃくり始めた。

「大丈夫だ。幸子のことは兄ちゃんが守ってやるから。なっ、大丈夫だから。幸子は何も心配しなくて大丈夫だから……」

大丈夫だと、妹に向かって何度も何度も繰り返す。

しかし、いったいどこに向かって足を踏み出せばよいのか、皆目見当がついていない。

全然大丈夫じゃねえじゃん、俺……。

自分に向かってため息を吐くと同時に、羅針盤が故障した船で太平洋に浮かんでいるような心細さに襲われた。

自分の家族が乗っていた船の羅針盤は、いったい、いつから壊れていたのだろう……。

いくら懸命に考えても、今の優人にはわからないことだった。

# パブリックな憂鬱《ゆううつ》

真哉が籍を置く、仙河海市役所秘書広報課の内線電話が鳴った。

「はい。広報広聴係、佐藤《さとう》です」

受話器を取って答えると、受付の女性職員が、少し困ったように、市民相談室まで来てほしい、と言ってきた。

用件を尋ねる。住民の苦情処理で困っているとのこと。その住民の家の近くにカモシカが出没して被害に遭っているらしい。

被害の内容は？　と確認すると、食害のようです、という答えが返ってきたので、

「それなら農林課を案内すれば？」と言ってみる。農作物の被害であれば農政係が、林業被害であれば林政係が、それぞれ直接の窓口になる。

「それが――」一度口ごもった受付職員が、

「そちらをご案内したのですが、話にならないと言ってすぐに戻ってきて、もっと上の者に取り次げとおっしゃっているんです」と説明する。

「そう言われてもなあ」

「あのー、担当の者が来るまで市民相談室でお待ちくださいということで、何とか納得してもらったのですが……」

やれやれ、またかよ。

受話器を握りながら真哉はため息を吐いた。

電話が鳴った時、席を外していればよかった。後悔しつつも、わかりました、と答えて受話器を置く。

居合わせた同じ課の職員に行き先を告げ、デスクの引き出しから取り出した書類を携えて、一階の玄関から入ってすぐのところにある市民相談室に向かう。

対応や処理に困る来庁者があると、たいていこうして真哉にお鉢が回ってくる。それもこれも、真哉が担当する広報広聴係の業務内容に、「世論の広聴および市民相談に関すること」という項目が入っているせいだ。

広報紙やインターネットによる広報活動、各種の要覧の作成、正式な手続きを経た陳情や請願の処理、あるいは報道機関との連絡調整などが、広報広聴係の本来の仕事である。しかし、市民相談、と謳《うた》っている以上、住民からの苦情の受付も担当しなければならない立場に、必然的に置かれている。

通常の市民相談であれば、最初の相談窓口になり、必要に応じて専門の部署や専門家——たとえば弁護士や行政書士など——を紹介する交通整理的な役割をすればすむのだが、そうでない時もある。

いわゆるクレーマーとか。そういうタイプの来庁者の場合、真哉が対面するころには、文字通りたらい回しにされたあとなのが普通だ。機嫌が悪くなっていて当然である。

で、案の定、今日もかなり手強《てごわ》そうな相手が、いらいらしながら市民相談室で待ち構えていた。見た感じ七十歳前後の、作業着の上にジャンパーを羽織り、くたびれたキャップを被った年配の男性だ。

秘書広報課の者ですが、と所属部署を明かして向かい合わせのソファに腰を下ろしたとたん、アルコールのにおいが鼻を突いた。昼間から酒を飲み、その勢いを借りて苦情を言いに来たようだ。

「秘書広報課？」と口を開いた相手に、

「はい」とうなずいて、首から下げたプレートを掲げて見せる。

「秘書っつうのは、市長の秘書のことが？」

厳密に言うと、同じ課の秘書係が市長秘書の仕事を担当している。しかし、あえて否定する必要もないし、この文脈では嘘を吐いたことにもならないと判断して、「はい」と、もう一度うなずいた。

相手が言うところの「上の者」ではまったくないのだが、勝手な勘違いのおかげで男の態度が少し和らいだように見えた。

意識して笑みを頬に張り付け、

「カモシカの被害に遭っている、とのお話のようですが」と切り出してみた。

「んだ――」と大きく首を縦に振った男が、

「まったく図々しい奴《やづ》らだ」と口をへの字に曲げる。

「奴ら、ということは、複数、出没しているんですか？」

「そったらこと、おらにわがる訳《わげ》なかんべ」

「でも、目撃はなさってるわけですよね」

「当だり前《めえ》だ」

「なるほど――」と相槌《あいづち》を打ち、

「で、具体的にはどのような被害で？」

「さっきた、語《かだ》ったど」

「すみません。できればもう一度」

これだから役所っつうのは、と小声でぶつぶつ漏らしたあと、

「あったげ育《おが》ってだタラの芽が、カモシカにさっぱど食われでしまったのだ」と男が顔をしかめる。

「タラの芽を栽培していらっしゃるんですか？」

「誰がや？」

「誰がって、えーと、あの、よろしかったらお名前を教えていただけないでしょうか？」

あん？　と眉根を寄せた男が、

「個人情報を明がす訳《わげ》にはいがねえな」かなり偉そうに首を横に振る。

「あ、はあ。では、せめて、お住まいの地区だけでも」

「岸田《きすだ》だ」

「岸田のどのあたりですか？　線路より上のほう？」

「まあな」

仙河海市の内湾に面した一角に、戦前は魚問屋がずらりと並んでいたという五十集町《いさばまち》がある。その名残《なごり》で、今でも水産関係を中心とした商店や会社が軒を連ねているので、市民から「屋号通り」と呼ばれている場所だ。

その五十集町から街を見下ろす泰波山《たいばさん》へと登る道路があって、登り口になっている一帯が岸田地区である。大型マグロ船の船員がすべて日本人だったころは、飲み屋街としてかなり賑わった界隈だ。母からは、自分が子どものころは、酔っぱらいの漁船員が怖くて昼間でも通りを歩けなかった、と聞いている。しかし、今はすっかり廃れてしまって、見る影もない。

その岸田地区は、JR線を挟んで麓《ふもと》側の一丁目と山側の二丁目に分かれているので、この男の住居は二丁目にある、ということになる。

であれば、カモシカによる食害に遭っているという話もうなずける。全国的にカモシカやエゾシカあるいはニホンジカ、さらにはイノシシやサルなどの野生動物の数が増えており、それに伴う農林被害が年々増加している、という報告が行政にも回ってきていた。仙河海市も例外ではない。真哉が子どものころよりも、カモシカの出没頻度が増えているのは確かだ。事実、線路を越えて麓に近い岸田一丁目でもカモシカの目撃情報がある。

「えーと、岸田のあたりでタラの芽の栽培をしているという話は、これまで聞いたことがなかったのですが、どの辺で栽培を？」

真哉が尋ねると、

「何の話や？」と訊き返された。

それでわかった。

「もしかしたら、野生のタラの芽がカモシカに食べられたと、そういうことですか？」

「当だり前《め》だべぇ。何故《なして》わざわざタラの芽の栽培なんかするっけや――」と言った男が、

「おらしか知らねえタラの木が生《おが》っている場所があるのだ。ところがよ、カモシカの野郎っこに目を付けられでしまってよ。このままでは先に食われてしまうから、役所で何とかしてもらえねえかと思って、こうして頼みさ来たわけだ」わかったか、と言うようにふんぞり返る。

「えーと、野生のタラの芽が出てくる季節は、もう少し先だと思うのですが」と言ってみる。

最近では、かなり早い時期からハウス栽培のタラの芽がスーパーに並ぶようになっているが、野生のタラの芽の採取時期は桜の季節がやって来るころのはずだ。冬の寒さがあまり厳しくない仙河海市とはいえ、まだ三月の上旬である。自生のタラの芽が食べご

ろになっているとは思えない。

「あんだも馬鹿《ばが》だっちゃなあ。去年の話に決まってるべ。んだから、今年も奴《やづ》らに横取りされる前に対策してけろってお願いさ来たのだ。それぐれえ、ちょっと考えればわがるべや」

呆れた口調で男が言ったが、呆れているのはこっちである。

「自生しているタラの芽ですからねえ。その場所、お宅様の山というわけでもないんでしょう？　それではちょっと対策の打ちようがないですが」

「簡単なこったべ」

「簡単とは？」

「タラの芽が食われる前《めえ》に奴《やづ》らを駆除してけろって語《かだ》っているのだ」

「駆除、ですか」

「んだ」

「ニホンカモシカは特別天然記念物に指定されていますから、駆除はできませんよ」

「其処《そご》を何とかしてけろって頼んでんだべ」

「いやあ、何ともなりませんねえ」

「なんだあ？　結局、さっきたの職員《わらす》と語《かだ》ってることが一緒があ？　こっつが年寄りだと思って小馬鹿《こばが》にしてんのか？」

「いやいや、そういうことではありませんので――」と宥《なだ》めたあとで、

「それでは、とりあえずこうしましょう」と切り出した。

「こうしましょうって、何すんのや？」

携えてきた封筒から書類を一枚取り出した真哉は、

「これ、住民の皆さまから書類を市長宛ての陳情書になっています。それで、お手数ですが、お宅様の陳情内容を書いていただいたうえで、あらためて私どもにご提出ください。少し時間はかかってしまいますが、具体的な対策が可能かどうかの検討だけは、させていただきます」と言って、ペーパーを反転させ、男の前に差し出した。

ちらりと書類に視線を落とした男が、

「あんだ、何語《なぬかだ》ってんのや？」と言って視線を上げた。

「ですから、お宅様のご要望にお応えできるかどうかは別として、とりあえず、この陳情書を――」

言いかけた真哉をさえぎり、

「おめえ、このっ。さっきがら、おらを馬鹿《ばが》にしくさってよ」

これまで「あんだ」だった呼称を、「おめえ」に変えて、男が眉間に皺を寄せる。

「いや、そんな、めっそうもございません」

顔の前で手をひらひらさせて否定した真哉に、

「そいづだ。そいづが小馬鹿《こばが》にした態度だって語《かだ》ってんだ」と人差し指を突き付けてくる。が、指先が震えて定まらない。

これはアルコール依存症なのかもしれないな、と思いつつ、

「えーと、あの、どういうことでしょうか」と、へりくだって尋ねてみる。

「めっそうもございません、だとか、お宅様だとかよ。そいづはいったい、何処《どご》の言葉《ことば》や？」

「日本語ですが……」

冗談で言ったつもりはなかったのだが、

「ぬっさこのっ、おだづなよっ」

ついに呼称を「ぬっさ」と変えた男が、ソファのあいだのテーブルを手のひらで叩いた。ばしんっ、という派手な音が上がり、卓上カレンダーが倒れる。ぬっさ、おだづなよ、というのは、真哉が暮らす仙河海地方の方言で、直訳すれば、てめえ、ふざけるなよ、という意味にでもなろうか。

隣のソファで雑誌を読みながらくつろいでいた中年女性が立ち上がり、真哉と男にちらりと不快げな視線を向けてから部屋を出て行った。

これで目の前の男以外、市民相談室には誰もいなくなってしまった。

人目が失《う》せたせいか、男の態度がいっそう横柄になる。

「あんちゃんよぉ。ぬっさは此処《こご》の生まれなんだべ？　何故《なして》そんたな気取った標準語ば使って、市民を小馬鹿《こばが》にするのだ？」

今度の誕生日で三十六歳になる。あんちゃん、と呼ばれるような年齢ではないのだが、

と思う。

とはいえ、目の前にいる、白いものが交じった無精ひげだらけの男の年齢にしてみれば俺が若造に映るのも無理はないか、と思いつつ、テーブルの上で倒れているカレンダーを元に戻した。

「お宅様を馬鹿にしているとか、そういうことは一切ありませんので」

「そいづだっ。何故《なすて》、おらに対して、お宅様などと、木で鼻をくったようなしゃべり方をすんのやって、さっきたからそう語《かだ》ってっぺど！」

お宅様と呼んでいるのは、訊いても氏名を明かさないからである。それに、木で鼻をくくったようなしゃべり方、という言い回し。この状況では用法が違うような気がするのだが、男がそんな言葉を知っていること自体に、ちょっと驚いた。

ともあれ、このまま相手をしていても埒《らち》が明かないのは明白だ。実際、男の言っていることは、途中から話の論点が逸れて、単なる言いがかりと一緒になっている。という以上に、酔っぱらいの相手をこれ以上していられない。

「とにかく、お宅様のご要望は、この場で私の一存で決められるものではありません――」と少し強い口調で言ってから、

「しかし、お宅様のおっしゃるように、全国的に野生動物による被害が増加しているのも事実です。ですから、陳情内容によっては十分検討に値すると判断されて議会で取り上げられ、何らかの条例が制定される可能性もゼロとは言えません。もしかしたら、

我々の選挙区の国会議員を通して法改正の動きに発展するやもしれないわけです。もちろん、本件の場合、非常に難しいだろうことは最初に言っておきますよ。しかしですね、すべては住民の皆さまによるきちんとした手続きに則《のっと》っての陳情や請願が最初にあってのことなのです。そういうことで、お宅様には、そのご協力をお願いしているのです。何でしたら、この場で書類作成のお手伝いをいたしますよ」畳みかけるように言って、ポケットから取り出した鉛筆を男の手に握らせる。

「まずは、下書きをしてみましょう」

真哉が迫ると、

「今、忙しいっけよ。そんな暇はねえ」と少し腰が引けたように言った男が、手にした鉛筆をテーブルに置いた。

「そうですか。それではご自宅に戻ってご記入のうえ、ご捺印《なついん》いただいて、あらためてご提出いただけますか？　あ、それと、該当のタラの木の写真を必ず添えてください。付近にカモシカの足跡とか残っていれば、その写真も有力な証拠になります。糞《ふん》とか、物的な証拠があればなおよいですね。そのほか、必要になりそうな関係書類はあらためてご自宅のほうに郵送しますので、すみません、お手数ですが、この書類にご住所とお名前だけ、先にご記入いただけませんか？　コピーを取らせていただいたうえで、ファイルしておきます。そうすれば、書類の提出があとになっても、今日の日付で優先的に取り上げさせていただきますので、さあ、どうぞ」

鉛筆ではなく今度はボールペンを握らせると、男はいやいやをするように首を横に振って、ボールペンを突き返してきた。

「この書類、後《あど》であらためて出せばいいんだべ？　今でなくていいんだすぺ？」

「ええ、そうですが」

「んだったら、とりあえず今日は、この書類だけ持って帰っからっさ」

「いいんですか、それで」

「ああ」

「本当に？」

「いがす」

わかりました、とうなずき、書類を入れ直した封筒を男に押し付けた真哉は、ソファから腰を上げて部屋を横切り、市民相談室のガラス張りのドアを開けた。

「今日はお忙しいところ、わざわざご足労いただきまして、誠にありがとうございました」

もはや男には抵抗する気力は残っていないようで――単に酔いが醒《さ》めてきただけかもしれないが――、真哉にうながされるままにドアをくぐり、受付の前を通り過ぎて正面玄関から庁舎の外へと出ていった。

その後ろ姿が見えなくなったところで、やれやれ、と大きなため息を吐き出す。

陳情書云々は、訳のわからない苦情が持ち込まれた際、時おり真哉が使う手段である。

もちろん、これでいつもうまくいくとは限らない。しかし、陳情書を持ち帰った者があらためて提出にやってきたことは、これまで一度もない。今日の男の場合も、家に帰って酔いが醒めれば、あの書類はゴミ箱行きになるだろう。

相手を煙《けむ》に巻こうとしてるだけだろ、と言われてしまえば否定はできないが、これぐらいは大目に見てもらわないと身が持たない。それに、服務規程違反をしているわけでもないし……。

それより、カモシカ騒ぎで三十分以上も無駄な時間を費やしてしまった。それでなくても、年度末で忙しい時期である。さっさと仕事に戻らなければ。

こちらを見ていた受付の女性職員に向かって軽く肩をすくめてみせてから、真哉は自分の部署に戻った。


人口が七万人程度の地方都市の市役所とはいえ、やるべき仕事は限りなくある。放ってあるわけでもないのに、どんどん溜《た》まっていく。自分の仕事の要領が悪いのだろうかと、時々憂鬱《ゆううつ》になるが、人手が足りていない、というのが実態なのだと思う。

それと、昨日の地震も仕事の遅れの原因になっている。

地震があったのは、昨日、三月九日の午前十一時四十五分ごろだった。三陸沖を震源地とするマグニチュードが七・三、最大震度が震度五弱のかなり大きな地震で、仙河海市では震度四を記録した。

大きな地震が発生すれば、当然ながら官公庁では緊急態勢が取られる。とりわけ、仙河海市のような沿岸部の市町村は、津波に対する警戒で緊張が走る。事実、ちょうど一年ほど前、二月の終わりに発生したチリ地震による津波の際に、ワカメや牡蠣などの養殖筏にかなりの被害が出たばかりだ。

昨日の地震があった時、真哉は自分のデスクでパソコンに向かっていた。役所内に大きな被害はなかった。市内全体でも揺れによる建物被害はなかった。ちょうど公立高校の入試日だったが、数分間中断しただけで、試験は滞りなく実施された。

最も懸念された津波の被害は、それほど大きなものにならない見通しではある。それに、今朝の新聞には、今回の地震によって、海底のプレートの、通常は強く固着しているが地震の時に大きくずれ動くアスペリティという領域が壊れ、確実に来ると予想されている宮城県沖地震の危険性はむしろ低下した、という内容の記事が載っていた。

昔の宮城県沖地震があった時、真哉はまだ三歳になるかならないかだったので、地震の記憶はまったくない。したがって聞いてもあまりピンと来ないのだが、当時の記憶を生々しく持っている年かさの職員は、その記事を読んでかなりほっとしているというか、むしろ、喜んでいるようだった。

とはいえ、昨日の午後は通常の業務は一切できず、情報の収集と整理に追われて、帰宅は深夜になった。

あらためて考えてみれば、公務員という存在は緊急事態の際に役に立たないのでは意味がない。というより、そのためにこそ給料をもらっているのだと言えなくもない。だから、地震のせいでどんなに仕事が増えても文句は言えない。言うつもりもない。だが、地震発生から丸一日が経過して、なんとか仕事の遅れを挽回《ばんかい》できてきた、と思っていた矢先のカモシカ男騒ぎには、さすがにうんざりした。

そのカモシカ男を撃退したあと、気を取り直してデスクのパソコンにへばり付き続けた。そして気づくと、すでに午後の七時を回っていた。

どんなに頑張っても一段落するのは九時近くになってしまうと判断した真哉は、自宅の母親宛てに、〈遅くなりそうなので、外で食べてから帰ります〉と、携帯電話でメールを送った。そうしておかないと、自分のぶんの夕食が食卓に載ったままの家に帰らなければならなくなる。

ところが、案の定、メールを送信してから五分としないうちに、携帯電話が震えた。メールで返信するだけでいいのに、と思いながらも席を立ち、廊下に出て通話ボタンをプッシュする。

「真《しん》ちゃん、本当にいいの？　晩御飯、取っておかなくても」

携帯を当てた耳元でお袋の声がした。

「大丈夫だってば。残しとかなくていいから、先に寝てて」と念を押す。でないと、いつまでも起きて息子を待っている。実際昨夜も、帰宅したのが午前一時近かったというのに、お袋は寝ないで待っていた。

「無理しんすなよ」

「うん、わかった。じゃあ——」と言って携帯電話を耳から離そうとしたところで、

「そうそう、真ちゃん——」急《せ》いた口調で言ったお袋が、

「今度の日曜日、大丈夫よね？　昨日の地震のせいで、休日出勤とかになったりはしないわよね」と、不安げな声で尋ねた。

「どこにも大きな被害は出てないみたいだから、大丈夫だと思う」

「そう？　それならよかった」安心した声で言ったお袋に、

「じゃあ、切るからね」とだけ告げて、向こうが何かを言う前に通話を切った。

はあ……と、カモシカ男に対するのとは違う種類のため息が出た。

一人息子のせいだろうか。お袋はやたらと息子の世話を焼きたがる。時おり、鬱陶しくて仕方なくなることがある。たぶん、今のお袋の頭は、日曜日に控えた息子のお見合いのことで一杯になっているはずだ。

お見合いと言っても、畏《かしこ》まったものではなく、フェリー乗り場のそばにある、海の見えるイタリアン・レストラン「アクアポート」でランチを食べるだけだ。正直、あまり気乗りがしない。細かい事情はわからないのだが、お袋の友達の顔を潰さないためにも、会うだけでもいいから会ってみて、ということで、渋々同意した。

一応、見合い相手のことは、簡単にではあるが教えてもらっている。真哉よりも三歳下の三十二歳。職業は保育士。現在は仙河海市内の保育所に勤務。実家は唐島半島。父

親は遠洋マグロ船の船頭、つまり漁労長で、二年前に引退。きょうだいは二歳下の弟が一人。弟はすでに結婚して家を継いでいる。もちろん本人の写真もある。顔立ちは悪くない。いや、見合い用の写真ということを差し引いても、美人の部類に入るのではないかと思う。体形は、写真だけではよくわからないものの、ややふくよかな感じ。だが、肥満体型でないのは明らか。

こうして並べてみると、お袋が言う通り、確かに悪くない相手かもしれない。息子の結婚を焦り始めているお袋の気持ちもわからないではない。そろそろ潮時かなと自分でも思う。それほどもてるようなタイプじゃないのはわかっている。女性経験は皆無ではないものの、相手を選《え》り好みできるような立場ではない。事実、これまでを振り返ってみると、付き合っている相手がいない期間のほうが圧倒的に長い。

高校卒業後、仙台の私大に進学した真哉が仙河海市の職員採用試験を受けたのは、故郷に戻って家を継ぐためである。自分にきょうだいがいて、他の誰かが家督になるのなら、たぶん戻らなかっただろう。

しかし……と真哉は考える。仙河海の街自体に魅力を感じない、というわけでもない。中学から高校にかけて陸上で長距離をやっていた。ロードワークで泰波山に何度も駆け登ったことがある。標高は二百四十メートルほど。正確には二百三十九メートルだったか。心肺能力を高めるトレーニングにはちょうどいい。

その山頂からの眺望が、文句なしに素晴らしい。足元の内湾から大島と岩根崎《いわねざき》に挟まれた仙河海湾の入り口まで、ゆるやかに湾曲したリアスの入り江が続き、その先には太平洋の大海原が広がっている。空が青い日には海も輝き、いつまでも眺めていたくなる。

高い場所からの眺望だけではない。たまに早朝、日の出の時刻にジョギングすることがある。澄んだ空気の中、唐島半島から昇ってくるオレンジ色の太陽は、山から見ているわけでもないのに、御来光と同じような神々《こうごう》しさがある。

あるいは夜。街に明かりが少ない裏返しではあるのだが、晴れてさえいれば仙河海市の夜は、息を呑《の》むほど星空が美しい。学生時代、仙台で暮らし始めてしばらくのあいだ、自分でもよくわからない違和感があって、首をかしげ続けていた時期がある。まともに星空が見えないせいだと気づいた時、妙に納得した。

星だけではない。満月の夜、唐島半島と大島の上にぽっかり浮かぶ月は、何かの冗談のようにでかくて、目にしただけで自然に頬が緩んでくる。

仙河海市は、平らな土地が少ないせいで、そこそこ建物が密集した街なのだが、自然との距離が近い。なにせ、市街地に平気でカモシカが出没する。都会の雑踏が大好きだ、という者なら別だが、仙河海市程度のバランスが自分にはちょうど合っている。

それでも、俺が家督でなかったら故郷に戻らなかっただろうな、と振り返ってみて思うのは、人との距離が近すぎるところにあるかもしれない。隣の家の晩飯のおかずまで知っている、というのは、あながち比喩ではない。あるいは、互いに初対面であっても、人の輪の範囲を従兄弟《いとこ》くらいまで広げると、たいていどこかで繋がってしまう。

そんな生活環境が、高校生のころは窮屈で仕方がなく、窒息しそうになるくらい息苦しかった。この街を脱出したいと切実に思った。大学に入って仙台で暮らし始めた時の、得も言われぬ解放感には自分でも驚いた。得も言われぬ、という形容はこれを指すんだと、真面目に思った。キャンパスから離れた自分の生活圏に、直接知っている人間が誰もいないというのがどんなに気楽なことか、故郷を離れてみて心から実感した。

しかし、最終的には自分が親の面倒を見なければならない、という現実が足枷《あしかせ》となった。

だから、積極的に故郷に戻ったわけではない。職員採用試験を受けた時は、何としても受かりたい、とまでは思っていなかった。結果的に試験に合格して実家に戻り、いつの間にか干支《えと》が一回りしている。

で、実際今はどうかというと、この街での暮らしはまあまあ気に入っている。若いころの脱出願望は、麻疹《はしか》みたいなものだったと今では思う。この不況のなか、安定した職業に就けていること自体が幸運だし、いずれは自分の名義になる持ち家もある。

で、今の自分に足りないものは嫁だけ、という話なわけだ……。

そこまで考えたところで、あれ？　何で俺はこんなところでぼうっとしているんだと、節電のために蛍光灯が消され、薄暗くなっている廊下の片隅に佇んだまま、首をひねった。

握っていた携帯電話を見て思い出した。お袋が電話なんかしてくるからだ。たいしたことのない、というより、くだらない用件で。

自分では世話焼きのお袋を鬱陶しく思っているのだが、以前、半年ほど付き合っていた女から、真哉くんってマザコンなの？　と、まともに訊かれたことがあった。そんなふうに俺は見えるのだろうか。全然そんなことはないのに。あ、まずい。また余計なことを考え始めている。早いところ、残っている仕事を片付けなければ……。

折り畳んだ携帯電話を尻ポケットにねじ込んだ真哉は、先ほどよりも少し人がまばらになってきている仕事部屋へと戻った。


時計の針が午後九時に差し掛かる前に退庁することができた。一緒に玄関をあとにした同僚はいない。どこで晩飯を食うか。

思案するまでもなく市役所前のゆるい坂を下りた真哉は、商店街になっている旧国道を左に折れて南坂町に向かう。

通勤はいつも徒歩である。家があるのはＪＲ仙河海駅のある片倉町だ。内陸側の古くからの街並みだ。以前はまあまあ賑やかだった駅前通りは、今ではすっかり寂しくなっている。シャッターが下りたままの店舗もあちこちに目につく。

市役所までの往復四キロを、遠いと感じるか近いと感じるかは人さまざまだろう。陸上競技で長距離をやっていて、今でも走っている真哉にとっては目と鼻の先だ。飲んだあとも、タクシーで帰ることはめったにない。

真哉が向かっている南坂町は、とりあえず仙河海市の夜の繁華街ではある。居酒屋やスナックだけでなく、風格のある建物で知られている割烹料理店もある。とはいえ、仙台の盛り場のように、通りが酔客で溢れているという光景は一切見られない。飲食店の看板が、明かりが点《つ》いて並んではいるものの、たまさかカラオケの音が耳につく以外は、夜の九時だというのに嘘みたいに静かだ。

一人で飲みに行く時の店は、ほぼ決まっている。真哉の母校の仙河海小学校がある高台から、南坂町に向かって下りてきた交差点のそばにある雑居ビル。その一階に入っている居酒屋だ。ちょっと変わり者のマスターがやっている店なのだが、妙に居心地がいい。

市役所をあとにして十分とかからずに、雑居ビルに到着した。一階部分の廊下が通路のようになっている。市役所側から歩いてくると、通路に入って手前から三軒、スナックとバーが並んでいて、四軒目が寿司屋。その先のマンボウ通りに面した店が目的の居酒屋である。

暖簾《のれん》をくぐり、引き戸を開けると、通りの静けさとは裏腹に、店内はそこそこ賑わっていた。暖簾越しにちらりと見えた寿司屋も客が入っていたし、並びのスナックからもカラオケが聞こえていた。決して賑やかではないとはいえ、この街はこの街なりに、需要と供給のバランスがまあまあ取れている。

「おう、真ちゃん」

カウンターの奥から声をかけてきたマスターに、

「ちわっす」と挨拶して、空いていたカウンター席に腰を下ろす前に店内を見回す。この街で暮らしていると、真哉に限らず、知り合いがいないか、まずは確認する癖がつく。

案の定、知った顔が二組あった。カウンターで飲んでいる男性二人組の片方が、中学時代の同級生だった。同僚と飲みに来ているらしく、店に入ってきた真哉に、おう、とだけ目で挨拶して、すぐに会話に戻った。

通路を挟んで右手側の小上がりにも知り合いがいた。手前側の座卓を囲んでいる四人のうち三人は、中学時代に学年が二つ下だった後輩たちで、そのうち一人が真哉と同じ陸上部員だ。

真哉に気づいて挨拶してきた部活の後輩、吉大《よしひろ》に、

「今日は定例会?」と訊くと、はい、とうなずいた吉大が、

「といっても、残ったメンバーでただの飲み会になってますけど――」と苦笑したあとで、

「真哉先輩、こっちに嵌まりませんか?」と誘ってきた。

「いや、今日はいい」

軽く手を上げて断り、カウンター席に腰を下ろす。一つ席を空けて座っているカップルと、奥のほうの小上がりで飲んでいる三人組は、直接の面識はない顔だ。

カウンター越しにお絞りを渡してきたマスターが、

「いつものか?」と訊いてくる。

はい、と返事をするのとほとんど同時に、地元の酒蔵で造っている冷酒の二合瓶が、目の前に置かれた。

「マスター、グラス」

真哉が言うと、おっと、と言って、冷酒用のグラスを手渡してきた。冷酒のキャップを開けて手酌でグラスに注いでいると、お通しに、ワカメの酢の物が山盛りになった小鉢をカウンターに置きながら、

「腹減ってんの?」とマスターが訊いてきた。

「ぺこぺこ」

うなずいたマスターが、自分の手元に置いていたコップ酒をひと口啜り、フライパンを火にかける。この店の名物のようになっている蟹玉《かにたま》を作るらしい。らしい、というのも妙な話だが、馴染み客となってからは、この店に来てまともに料理を注文した記憶がない。頼まなくても勝手に出てくるのだ。いや、正確には、メニューを見て注文しても、こっちのほうが美味《うま》いぞ、と言って違うものが出てくる場合が多い。で、食べてみると、やたらと美味くて安い。何度かそんなやりとりをしているうちに、面倒くさくて料理の注文をしなくなった。といっても、いわゆる「お任せ」でもないので、初めてこの店に来たお客は戸惑うこと必至である。

「はいよ」

あっという間に出来上がった、カニ肉が大量に入った蟹玉を箸で突《つつ》きながら、

「けっこう飲んでるんでしょ?」とマスターに訊くと、

「なんも、そんなことはないっちゃあ。いつもと一緒だぁ」と言いながら、蟹玉の皿の隣におでんを盛り合わせた皿を置いた。

午後九時に差し掛かったあたりから、お客に酒や料理を出しながら、自分も飲み始めるのがいつものことだ。遅い時間帯になると、いつの間にか、お客と一緒に飲んでいたりする。時にマスターがお客よりもべろんべろんになってしまうこともある。だが、この店の常連客はまったく気にしない。

この時間帯にしてはいつもより酔いが回っているように見えるのは、吉大たちがマスターに早い時刻からお酒を勧めたに違いない。このぶんだと、閉店時刻には正体不明になっているかもしれない。だが、このマスター、ただの呑兵衛《のんべえ》かと思うと、実は意外にもインテリで、若いころは絵に描いたような文学青年だったらしい。店の名前も、自分が好きな小説のタイトルからつけたのだと、いつだったか本人が言っていた。

という具合に、見た目が少々強面なうえに、口もかなり悪いのだが、お客から愛されるキャラなのだ。実際、真哉も一人で飲む時には、最近では、ほぼ百パーセント、この店のカウンターである。

マスターとカウンター越しに話をしながら大根を箸でほぐしていると、

「真ちゃん、あっちさ嵌まらなくていいんかい?」とマスターに訊かれた。マスターな

りに気を遣っているらしい。

「今日は、はい」と、真哉は小声でうなずいて、盛り上がっている小上がりにちらりと視線をやった。

吉大と一緒に飲んでいるのは、いわゆる地域おこしグループのメンバーである。毎週一回開いている定例会が終わったあと、飲みに行けるメンバーでこの店に繰り出したのだろう。吉大以外の今日のメンバーは、啓道《ひろみち》と俊也《しゅんや》に晴樹《はるき》。吉大、啓道、俊也が同級生で、晴樹は、そのさらに二つくらい下だったはずだ。

地元に残った若者、という点では真哉と同じなのだが、彼らとのあいだに壁のようなものがあるのは、真哉だけが役所勤めの公務員だからかもしれない。それぞれの職業はというと、吉大は民間病院の事務職、グループの代表の啓道は洋菓子屋の息子、俊也は水産関連企業の息子、そして晴樹は、地元新聞の記者である。

といっても、距離を置いているわけでもなく、いつもなら誘われれば一緒に飲むのだが、先月、ちょっとした事件があったばかりなので、今日は遠慮しておくことにした。

このメンバーと一緒に飲んでいた時に、オフレコだからな、と念を押すのをうっかり忘れて、公にするにはまだ早い情報をちらりと口にしてしまったのだ。それを晴樹が記事にした。いずれは市民に告知する予定だった情報なので大事にならずにすんだのだが、それ以来、若干、気まずい状況になっている。

彼らを見ていて、羨《うらや》ましいな、と思うことがたまにある。面白そうなことを思いつくと即実行、というのが彼らのモットーのようなのだが、役所の仕事はそういう小回りがなかなか利かない。それに、小さな街なので、自分たちで企画して実行したことが目に見える。だから、何かを成し遂げた実感を得やすい。大都会ではなかなかそうはいかないだろう。

などということを考えつつ、時おり、日曜日の見合いに思いを巡らせ、さらにはもう一つ、今現在の、自分にとっての最大の問題に意識を向けながらグラスを傾けていると、ふいに、肩を叩かれた。

晴樹だった。トイレに立ったついでにカウンターに立ち寄ったようだ。

「真哉さん、この前はすみませんでした。俺のせいで面倒なことになってしまって」

申し訳なさそうに言った晴樹に、

「いや、オフレコだって言わずにしゃべった俺が悪かったんだから、気にすることないって――」と答えたあとで、

「俺が晴樹の立場だったら、やっぱり記事にするもんな」と笑って付け加える。

安堵《あんど》した表情になった晴樹が、

「一緒に飲みませんか?」と誘ってくる。

「いや、今日はそろそろ帰るからまた今度。気を遣わせて悪かったね」

「じゃあ、今度また」

そう言って小上がりに戻っていく晴樹の背中を見ながら、駄目だよなあ俺、と少々憂

鬱になる。年下の晴樹や吉大のほうから気遣われるようでは、まったく駄目だ。最初に吉大が同席を誘ってきたのも、わだかまりを解消するきっかけになれば、と考えてのことだったに違いない。

晴樹が小上がりに戻ったあと、冷酒の瓶が空になったところで、マスターに勘定を頼んだ。

ほとんど適当な、しかし、明らかに安過ぎる飲み代を払ってから、表へと出る。

このところ、三月とは思えないほど気温の低い日が続いている。

どうしようか……と、ビルの外へは出ず、通路の真ん中に立ち止まったまま迷い始める。同じ雑居ビルの二階の奥に、真哉の元同級生がやっているスナックがある。いや、どちらかというと、ショットバーと言うべきか……。

今日は木曜日だ。中学時代の同級生の早坂希が切り盛りしている「リオ」は、木曜と金曜はスナック営業、他の曜日はショットバーという、ちょっと変わった営業形態を取っている。カラオケが煩いスナックは、あまり好きじゃない。酒を飲むこと自体が好きなので、腰を落ち着けてゆっくり飲んでいたいほうだ。だから、リオに足を運ぶのは、いつもはショットバーの営業日なのだが……。

二階のリオに顔を出そうか、いっそう真剣に迷い始める。そこまで真哉が迷うのは、タイムリミットが迫っているからだ。何のタイムリミットかというと、日曜日の見合いのことである。漠然とした予感があるにすぎない。でも、見合いの相手に会ってしまったら、そのままずるずると結婚まで行き着いてしまうような気がしてならない。お袋に泣きつかれでもしようものなら、それに負けてしまう可能性は大いにある。そういうのを、やっぱりマザコンと言うのだろうか。いや、お袋はどうでもいい。

見合いの前にはっきりさせておきたい。希の気持ちを確認しておきたい。

いや、違うな……と、そこで真哉は少し冷静になる。

希がこちらのことをどう思っているかは関係なく、自分の気持ちを伝えておきたい。そういうことだ。いまさら自分に嘘を吐いても仕方がない。中学以来、ずっと希が好きだった。

希は、中三の春に仙河海中学校に転校してきた。転校してきたばかりの希は、やばいくらいのヤンキーだった。中身はわからなかったが、見た目がそうだった。興味はあった。しかし、できるだけ近づかないようにしていた。と思っていたら、なぜか希は陸上部に入部した。しかも、同じ長距離班に所属したのだから驚いた。いやいや、それだけじゃない。いざ走り出してみたら、超がつくほどの、とんでもなく速い選手だったので、腰が抜けるほど仰天した。泰波山へのランニングの際、頂上手前からのダッシュで何度か負けたことがあるくらいだ。

希に対する気持ちが決定的になったのは、県大会の時だった。全国大会行きがかかった試合だった。真哉はてんで駄目だった。が、彼女は全国大会へ行くための標準記録を余裕で突破できる、はずだった。はずだった、というのは、大会前の故障で、本番は惨敗に終わったからだ。

希は、足の故障を周りに隠していた。それに誰も気づかなかった。そして千五百メートル走のスタートラインに立ち、残り半周までトップを独走していた。独走どころか、そのままゴールすれば中学生の日本記録を更新できたはずだ。だが、最終コーナーを脱出したところで力尽きた。後続の選手に次々と抜かれていく中、痛みをこらえ、足を引きずりながら懸命にゴールラインに向かって歩いていく希の姿を目にして、その瞬間に、完璧に心臓を貫かれたのだと思う。

今になって振り返ってみると、典型的なまでに青臭い中学生の片想いだと思う。そうなのだ。あくまでも片想いだった。片想いのまま時間が過ぎた。自分の想いの断片すらも伝えられないうちに中学校を卒業して、違う高校へと進学した。

その後の希は、真哉の手の届かないところに行ってしまった。高校でも陸上競技を続けた彼女は、卒業と同時に実業団にスカウトされ、駅伝選手として活躍した。

だけであれば、淡い想い出の一コマで終わっていたはずなのだが、三年前の秋に、病気の母親の介護のために希が仙河海市に帰ってきた。そしてスナックを手伝い始め、今では母親にかわって店を切り盛りしている。

真哉の中で燻《くすぶ》っていた恋心はたやすく燃え上がった。故郷に戻ってきた希に、特定の相手がいないようだということも、拍車をかけた。三十をゆうに超えた大の男が、馬鹿みたいだと自分でも思う。しかし、希がこの街に戻ってから、他の女性には一切目が行かなくなったのも事実である。

今になって考えてみると、中学の時に告白して、あっさり振られていればよかったのだと思う。そうすればここまで引きずることはなかったはずだ。希が自分に振り向いてくれるとは、当時も思っていなかったし、今も思っていない。しかし、このまま他の女と結婚してしまったら、思い切り後悔すると思う。それよりは、当たって砕けて、文字通り玉砕《ぎょくさい》したほうが、よほどすっきりする。

などと、ずっと考え続けながらずるずると時間が経過してしまった。もうこの辺が限界だと思う。

とはいえ、希の店で告白するわけにもいかない。彼女とゆっくり会えるのは、リオが休みの日曜日か、土曜日の日中だけだ。

この前の土曜日と日曜日は、結局誘い損ねていた。見合いがあるのは今度の日曜の昼だ。ということは、土曜日の日中しか時間が残されていない。

決めた。あさっての土曜日、昼飯か店への出勤前の夕飯に、希を誘う。そこで告白して、玉砕する。そして翌日、すっきりした気分で見合いに臨む。

なんだかなあ、と情けなく思う。これじゃあ、ベタな少女漫画の世界みたいではないか。しかし、ベタなことって世の中には嫌になるくらい溢れているに違いない。

よっしゃ！

拳《こぶし》を握り、自分に向かって活を入れた真哉は、リオへと続く階段を一段ずつ上り始めた。

ドアを開けた瞬間、くぐもって聞こえていたカラオケの音が、大音量で鼓膜を打った。わりと最近のJポップだ。真哉とあまり変わらない年齢に見えるサラリーマンの三人組が手前のほうのテーブル席にいて、一人がマイクを握っていた。他にお客はいない。

後ろ手でドアを閉めると同時に、希ではなくアルバイトの結衣が席から離れ、「いらっしゃいませー」と、真哉に笑顔を向けながら近づいてきた。希はテーブル席に着いたまま、目で歓迎の意を示しただけだった。

仕方がない。希の手が空くまで待とう。そう考えながら、カウンター席に腰を落ち着ける。

カウンターの内側に入った結衣が、

「お久しぶりでーす。最近、あまり来てくれないから、結衣、寂しかったなー」甘えるような声を出して、お絞りを差し出してきた。リオがスナック営業の時に来ていないだけなのだが、それは口にせず、受け取ったお絞りで顔と手を拭く。

使い終わったお絞りを返しながら、

「あの三人、来たばかり？」と訊いてみる。

「一時間くらい前かな」

そう答えた結衣が、

「お酒、何にしますか？」と尋ねてきた。

水割り、と出かかった言葉を呑み込む。いいことを思いついた。

「ソルティードッグ」

真哉がオーダーを口にすると、

「かしこまりました」うなずいた結衣が、棚からウォッカの瓶とグラスを取り出した。

「あれ？　結衣ちゃん、カクテル作れるの？」

驚いて真哉が訊くと、

「ママに教えてもらって作れるようになりましたぁ――」と答えたあとで、

「もう十種類以上、レシピを覚えたんですよ。ママが言うには、わたしって筋がいいんですって」にこにこしながらカクテルを作り始めた。

顔には出さないように気をつけて、内心で舌打ちする。カクテルを注文すれば希がカウンターに入ると考えたのだが、当てが外れた。結衣は可愛いし、昼は美容師の卵だけあって話も上手なのだが、今夜は目的が目的だけに……。

後ろを振り返ってちらりとテーブル席に視線を送ってみたが、希は水割りを作りながら隣に掛けている男と談笑中だ。

あいつら早く帰らないかな、と焦《じ》れながら結衣を相手にちびちび舐めていたソルティードッグが、やがて氷だけになった。

「おかわり、何にしますか？」

「うーんと——」と考えてから、

「結衣ちゃん、どんなカクテル作れるの？」と質問してみた。

「えーとねえ。ジンフィズでしょ。ジンリッキーでしょ。モスコミュールとモヒートとぉ、あと、カンパリオレンジと、あ、ダイキリも——」と、指を折りながら名前を挙げたあとで、

「これくらいかな」と言って、小さく首をかしげてみせた。

残念だ。真哉が知っていて、結衣が作れないカクテルがない。

ちょっと希を呼んでくれる？　と言えばすむ話なのだが、

「じゃあ、モスコミュール」と律儀に注文してしまう。

そのモスコミュールが半分ほどに減ったところで、ようやく希が結衣と交代してくれた。

「いらっしゃいませ——」と微笑《ほほえ》んだ希が、「珍しいわね、木金のスナック営業日に来るの」と細い眉を上げる。

「まあ、たまには」

「結衣ちゃんのカクテル、なかなかでしょ？」

「あ、うん」

「美容師の卵だけあって、手先が器用なのよねえ。あたしも教えがいがある」

「確かに、うん。予想以上にちゃんと作ってあるんで驚いた」

そういう話はどうでもいいから、と自分に言い聞かせるのだが、なかなか本題を切り出せない。

当たり障りのない話をしばらくしたあとで、思い切ってランチの誘いを口にしようとしたところで、

「お帰りでーす」という結衣の声がテーブル席のほうから聞こえてきた。

「ごめん、ちょっと待っててね」

そう言った希が、客を送り出すためにカウンターの外に出る。

少しして、サラリーマン三人組を送り出した希と結衣が店内に戻ってきた。煩いカラオケが消えたのはよいのだが、静かになり過ぎたうえ、希と結衣が並んでいるので、かえって話しづらくなる。さっきがチャンスだったのに、と後悔しつつ、希が作ってくれた三杯目のカクテルを口にする。

結衣が作ったことのないカクテル、ということで、彼女に作り方をレクチャーしながら希が作ったドライマティーニは確かに美味い。美味いけれどかなり強い。急に酔いが回り始める。

こうなったら、結衣に聞かれてもかまわない。酔いの勢いを借りて言っちまおう。

そう決めて口を開きかけたところで、ドアのカウベルが鳴り、新しいお客が入ってきた。

誰だ、邪魔しやがって。と思いながら目を向けた先にいたのは、真哉の知り合いだった。リオの常連客の一人で、磯浜水産という水産会社の社長、遠藤《えんどう》遼司だ。彼も仙河海中学校の卒業生で、真哉や希よりも十歳ほど年上だ。なので、学生時代は直接のつきあいはなかったのだが、若いころはかなりやんちゃだったらしく、様々な伝説が尾鰭《おひれ》つきで真哉の耳にも届いている。

おばんです、と声をかけると、

「おう、真哉くん。久しぶり」と笑った遼司が、当たり前のように希の目の前のカウンター席に腰を落ち着ける。

これまた当然のように遼司を相手におしゃべりを始めた希を見ながら、まいったな、と心の中で肩をすくめた。

現実《リアル》はあくまでも厳しい。その後の展開は真哉が望んだようにはならなかった。

土曜日、一緒に飯でもどう？　と口にできるタイミングを見出《みいだ》せないまま時間が経過し、結局、あとから来た遼司を残して店を出ることになった。店の中で最後に希と交わした内容は、来月、大島で開催されるマラソン大会にエントリーしたのかどうかの確認だったのだから嫌になる。

それでもチャンスはあった。帰り際、店の外まで希が見送りに出てくれれば、そこで誘おうと、ぎりぎりまで期待をかけていた。ところが、見送りに出てきたのは、希ではなく、結衣だった。

また来てねー、と階段の下でにこにこしながら手を振る結衣に手を振り返し、冬みたいに寒々とした通りを歩き始める。

空を見上げてみたが、雲がかかっていて星は見えない。

はあ……と、力ないため息が出た。

なんでこう俺って、いざとなると意気地《いくじ》がないんだろうと、めちゃくちゃ憂鬱になる。その一方で、いい大人が色恋沙汰で憂鬱になれるなんて世の中が平和な証拠だ、と笑っている自分もいる。

決めた。まだ時間はある。また明日、仕事帰りにリオに寄る。そして今度こそ、希を土曜日の飯に誘う。土曜日、希の都合が合わないというのなら、閉店まで粘る。閉店後、他のお客がいなくなったところで、希に告白する。そして見事に玉砕する。

そこで気づいた。リオで閉店まで粘るというのなら、土曜日の夜でも間に合うわけだ。タイムリミットが一日延びた。実際には延びていないのだが、チャンスが増えた。

はは、と笑いが漏れた。

ははは。

もう一度、喉の奥から笑いが漏れた。それでますます可笑《おか》しくなって、くくく、ははは、と笑いながら歩き続ける。

しまいには、何が可笑しいのか自分でもわからなくなっている真哉だった。

# 永久《とわ》なる湊《みなと》

近くで雷が落ちたような音がした。

実際には、本物の雷鳴ほど大きな音ではない。しかし、八十歳になる年寄りの心臓には、かなりこたえる。

ふいの爆音に驚いて、携えていたエコバッグを地面に落としそうになった。足元はコンクリートである。買ってきたばかりの卵を危うく割るところだった。

バッグをぶら下げたまま立ち止まった菊田清子《きくたせいこ》は、腰を伸ばして音がしているほうに目を向けた。

最近、徐々にではあるが、腰が真っ直《す》ぐ伸びなくなってきているような気がする。こんなふうに、あらためて腰を伸ばそうとした時にそれを感じる。とはいえ、歩行に際して杖《つえ》もカートも必要ない。特別に足腰が達者だとは思わないものの、老人クラブの仲間の中では、まあまあ丈夫なほうではある。

清子を驚かせた音の発生源は、やっぱりあの黒い車だった。通りかかった水産加工会社の駐車場の一角に、国産の大型乗用車が停まっている。さっきの爆音は、エンジンをかけた時に出た音なのだろう。今は、ゴロゴロという低い音をさせて唸っている。

スーパーマーケットからの帰り道だった。普段は、店内が空いている昼のうちに買い物に行く。今日は、夫の守一《もりいち》が入居しているグループホームに面会に行き、それからスーパーに寄った。そのせいで夕方になった。前にも水産加工会社の退勤時刻にぶつかる時間帯にここを通りかかり、同じ車に驚かされたことがある。しかも、一度だけでなく何度もだ。

違う通りを選べばよいのだが、家までの近道であるため、うっかりそれを忘れて同じ道を使ってしまった。どうも最近、忘れっぽさに拍車がかかっているように思える。自分も夫のように認知症になりかけているのかと、時おり不安になる。

いや、そういう問題じゃない。どこを歩こうとこっちの自由だ。悪いのは、むやみに大きな音を出す迷惑な車に乗っている運転手のほうだ。

いったい、どんな人間が運転しているのか。これまで相手の顔をまともに見たことはなかった。何かあった時のために、顔を覚えておいたほうがいいかもしれない。何かあった時とはどんな時なのかわからないものの、相手の顔を確認しておいても損はないだろう。どうせろくな奴じゃないだろうが。

黒い車のボンネットからフロントガラスのほうへと視線を上げて、目を凝《こ》らしてみる。視力は悪くない。この年まで老眼鏡以外の眼鏡に世話になったことはないし、白内障や緑内障とも無縁である。

ガラス越しに、運転席に座っている男の顔が見えた。案の定、三十にもなっていないような若造だ。いい年をした大人が乗るような車じゃない。本来は高級車なのだろうが、車の底が地面とすれすれだ。ぺったんこと言ってもいい。あれではでこぼこ道は走れないだろう。昔と違い、でこぼこ道を探すほうが大変そうだが。

車の窓ガラス越しに、清子と運転手の視線が合った。運転手が、かすかに顔をしかめたのが清子にはわかった。その直後、さっきと同じように煩い音が、車のマフラーから盛大に吐き出された。

まるで猛獣に威嚇《いかく》されているような気分になる。運転手と車から目をそらした清子は、逃げるようにして家のある方角に歩きだした。視線を外す刹那《せつな》、運転手が勝ち誇ったように、にやりと口許《くちもと》をゆるめたのを清子は見ていた。

腹が立つ。いったいいつから、年寄りがこんなに肩身の狭い思いをしなければならない世の中になったのだろう。清子は歩きながら首を傾《かし》げる。それとも、自分たち年寄りが若い者に遠慮をしすぎているのか……。

いずれにしても、自分が若かったころに比べると、年寄りが暮らしにくい時代になったのは間違いない気がする。前回の選挙で政権が代わって少しはよくなるのだろうと期待したのだが、さっぱりだ。何かがよくなった実感は、清子には一つもない。

そのくせ、シニア向けの何とか、だとか、可愛いお孫さんへの何とか、だとか、その手の謳い文句の商品が増える一方だ。一見すると年寄りを大切にしているように見えなくもない。しかし、騙《だま》されちゃいけない。清子は自分に言い聞かせる。年寄りからどうやって金銭《かね》を搾り取ろうか、皆で汲々《きゆうきゆう》としているにすぎない。

詐欺の標的にされるのも年寄りばかりだ。うちにも去年、オレオレ詐欺の電話がかかってきた。頭が真っ白になるとはどういうことか、その時、初めて知った。息子のピンチを救うため、銀行に行こうとして家を出る寸前、本当にたまたまなのだが、グループホームの件で息子本人が電話をかけてきた。それで詐欺だとわかった。息子が偶然電話をかけてこなかったら、間違いなく引っ掛かっていたと思う。それ以来、電話に出るのが怖くなった。今の世の中、やっぱりどうかしている。

でも……と、そこで清子は胸中で安堵の息を吐く。息子の守《まもる》も娘の美砂子《みさこ》も、鳶《とんび》が鷹《たか》のたとえのように、いや、それ以上に立派に育ってくれた。

知り合った時からすでに船に乗っていた清子の夫は、六十八歳で引退するまで遠洋マグロ船に乗り続けた。したがって、事実上の子育ては、清子が一人でこなしてきた。実際、二人の子どもを産んだ時、どちらの時も夫は船に乗っていて、妻の傍らにはいなかった。学校の父親参観に出られたのも、二人の子どもを合わせて三度しかない。

そんな具合の、ほとんど母子家庭のような成育環境にもかかわらず、二人の子どもが真っ直ぐ育ってくれたのは、いまだに清子の誇りである。

息子の守は誰でも知っている東京の出版社に勤めていて、今はそれなりの地位に就いている。娘の美砂子は、東京の大学を卒業したあと、大手自動車メーカーに就職して社内結婚した。息子一家は東京、娘のほうは名古屋《なごや》と、どちらの家族も遠隔地に暮らしているのが少々寂しいものの、他人から羨まれる自慢の種であるのは確かだ。

そして、三人の孫たちも皆いい子ばかりだ。テレビのニュースを見ていると、思わず眉を顰《ひそ》めたくなるような若者がしょっちゅう映される。しかし、清子の孫たちは、そんな若者たちとはまったく無縁の世界で生きている。

そうなのだ。どんなに世の中が悪くなり、ぎすぎすした時代になっても、ちゃんとしている人間はちゃんとしているのだ。その一方で、いつの世もダメな人間はダメなのだ。たとえば、自分の息子が詐欺グループの一員であったりしたら、とてもじゃないが恥ずかしくて生きていけないだろう。しかし、そういう子どもを持った、いや、そういうろくでもない人間に自分の子どもを育ててしまった親が、現実に存在するのだ。それを考えると、いかに自分が幸せな人生を送ってきたか、感謝してもし切れないほどである。

何本か路地を折れ、通りの先に自宅が見えてきたころには、清子の頭の中からは、さっきの黒い車の若者のことはきれいさっぱり消えていた。かわって思いの大半を占め始めたのは、息子夫婦の一人娘、玲奈《れいな》である。

三人の孫に優劣をつける気はまったくないのだが、初孫であるのに加え、唯一の女の子なこともあって、清子には最も可愛い孫である。

その清子の一番のお気に入りの孫から電話があったのは、一人で夕食を済ませ、お茶を飲みながら、テレビドラマを観ていた時だった。

毎週欠かさず観ているドラマだったので、いったい誰がと顔をしかめた。だが、炬燵《こたつ》から出て電話台を前にしたところで、清子の口許がほころんだ。

鳴り出した電話機の液晶の画面には「玲奈」と表示されていた。それで、玲奈が自分の携帯電話からかけてきているのがわかった。去年の盆に息子一家が帰省した時、守が東京から持ってきた、ナンバーディスプレイ付きの最新式の電話機である。

新しい機械に慣れるのが大変だから今まで使っていた電話機のままでいい。そう言ったのだが、オレオレ詐欺の対策だからと、守は譲らなかった。使い慣れるまでずいぶん時間を要したが、今は買ってもらってよかったと思っている。受話器を取る前に相手が誰だかわかっているとやはり安心だ。必要な電話番号は、電話機を設置した時に守が全部登録してくれた。登録していない番号からかかってきても電話には出ないように、とその際に言われた。その言いつけは、一応きちんと守っている。

「もしもし」

清子が電話に出ると、

「お祖母《ばあ》ちゃん、変わりない？　大丈夫？」と玲奈が尋ねた。

「変わりないってば、あんだ。大丈夫だから心配すんなって昨日も語《かだ》ったばかりだすぺ」苦笑しながら清子が答えると、

「だよねー。でも、やっぱり心配だから」明るい声で玲奈が言った。

昨日の昼前、かなり大きな地震があった。清子が暮らす仙河海市の震度は四で、津波注意報も発令された。潮位の上昇はあったものの大きな被害はなく、清子の自宅でも棚の上の物が幾つか落ちた程度ですんだ。

それでも久しぶりの大きな地震だったので、心細くはあった。そんな清子に最初に電話をかけてきたのが玲奈だった。大丈夫だから心配いらないと状況を説明すると、安堵した様子の玲奈が、清子にとっては極めて嬉しい話を始めた。今度の週末あたりお祖母ちゃんのところに行ってみようかな、と言うのである。

今月末、玲奈は大学を卒業する。卒業後の就職もすでに決まっている。守とは会社は違っているが、東京の大手出版社だ。

高校生のころから玲奈は、仙河海の家に遊びに来るたびに、将来は出版社に就職して編集者になりたいと言っていた。その夢が叶《かな》ったわけである。お祖母ちゃんさあ、出版社に入れたからといって必ず編集者になれるわけじゃないんだよ。そう言って玲奈は謙《けん》遜《そん》するが、頭が良くて頑張り屋で、しかも人から好かれる明るい性格の玲奈は、間違いなく自分の夢を実現すると思う。

唯一の心配は、仕事に打ち込み過ぎて婚期が遅れてしまわないかということだ。しかしそれはまだずいぶん先の話だろうし、そのころには自分は墓に入っている可能性が大である。玲奈の結婚相手の心配は息子夫婦に任せるしかないだろう。

昨日の電話で、二週間後に大学の卒業式があるのだけれど、そのあとは時間が取れそうもないので、お祖母ちゃんに会いに行けるとすれば今週末くらいしかなさそうだと、思案げに言ったあとで、玲奈は、実際に行けるかどうか、予定を組んでみて明日もう一度かけるね、と約束して電話を切った。

名古屋で暮らす娘の美砂子から地震を案じる電話があったのはその一時間後だった。守からは結局、安否伺いの連絡はなかった。たぶん、玲奈から実家の様子を聞いて、わざわざ電話するまでもないと考えたのだろう。

というように玲奈は、年に一度か、多くても二度しか会う機会がないのに、心から祖母を慕ってくれる、息子や娘以上に優しい孫なのである。それと比べると、美砂子のほうの二人の孫は、どちらも男の子だから仕方がないのだろうが、わりと素っ気ない。

ともあれ、そんな会話を昨日していたので、清子が心待ちにしていた電話だった。

「お祖母ちゃん、携帯どこにあるの？　最初携帯のほうにかけたんだけど、さっぱり出ないから家電《いえでん》にかけてみたの」

「あれえ、どうしたんだろうねえ――」と首をひねってから寝室の枕元に置きっ放しなのを思い出した。というより、たいてい充電器のコードに繋いだまま同じ場所に置かれている。外出の時もそのままになっていることが多い。

寝室に置きっ放しだったのを教えると、

「パパにばれたら、また怒られちゃうよ」携帯電話を耳に当てながら眉根を寄せている玲奈の顔が容易に思い浮かぶ。

清子の携帯電話は、これも守から押し付けられたものだ。何かあったらすぐに連絡が取れるのはもちろん、携帯を身に付けてさえいれば、清子がどこにいるのかも、守のほうですぐにわかるらしい。

「わたし、パパにちくったりしないから安心して」

　そう言った玲奈が、

「でね、お祖母ちゃんのところに行く件だけど――」と自分のほうから切り出した。

「明日、行くことにしたよ」

「明日かい？　昨日の電話で週末って言ってたっけから、明後日の土曜日かと思っていた」

「日曜日のうちに東京に戻らなくちゃならないの。土曜日に行ったらお祖母ちゃんちに一泊しかできないでしょ？　せっかく仙河海に行くのに一泊じゃもったいないし、お祖母ちゃんともゆっくり話をしたいしさあ。お祖母ちゃん、明日、何か用事があるの？」

　なんと嬉しいことを言ってくれる孫なのだろう。思わず涙ぐみそうになった清子であるが、それを気取《けど》られないように、あえて軽い口調で答えた。

「いや、何もないけどさ。あざらを作って玲奈に食べさせたいんだけんと、ちょうど塩《あん》梅《ばい》のいい古漬けがうちにないもんでねえ。明日にでも、どっかから貰《もら》って拵《こさ》えようと思ってたのっさ」

　あざらというのは仙河海に古くから伝わる郷土料理で、白菜の古漬けをメヌケのあらと一緒に酒粕《さけかす》で煮込んだものだ。最近の家庭では、あまり作られなくなってきているようなのだが、玲奈は小さいころから清子の作るあざらを喜んで食べてくれた。そんなところも、食わず嫌いであざらを食べようとしない他の孫と違って、玲奈の可愛いところだ。

「何も気を遣わなくていいよ」

そう言った玲奈に、

「こっちさ着くの、何時ごろになんの？」と訊いてみる。

「どうしても朝のうちに済ませなくちゃいけない用事があって、あまり早くは出られないの。でも、お昼ごろ仙台に着く新幹線に乗ることにしたから、お祖母ちゃんちには、二時半くらいには着けると思う」

「んだったら、大丈夫だ。午前中のうちに材料を揃《そろ》えられっから」

「無理しなくていいんだよー」

「あら、祖母ちゃんのあざら、食いたくねえの？」

「ううん、食べたーい」

「んだったら、なんも遠慮することはねがす」

「ありがとう。あざら、楽しみにしてるね。あ、ちょっと待って――」と言って少し間を置いてから、

「ママとかわるね」そう玲奈が告げたあとで、すぐに嫁の声がした。簡単な挨拶を交わしたあとで、

「玲奈がお世話になります。本当はわたしも一緒に行ければいいんですけど、どうしても仕事の調整がつかなくて」と申し訳なさそうに言った。

「いやいや、美香《みか》さん。気にしないでけさい。むしろ、こっちのほうが申し訳なくて」

守の嫁は、部署は違うが夫と同じ出版社に勤めている、いわゆるキャリアウーマンというやつである。最近ではその呼び方をあまり聞かなくなっている気がするが、息子の伴侶としては申し分のない、いい嫁ではある。しかし、そつのなさすぎるところが、清子としては苦手だ。

「昨日の地震は大丈夫でしたか？　玲奈からご無事を聞いていましたので、あえて電話を差し上げなかったんですけど」

「何も被害はながったっけから、安心してけさい。いろいろ気を遣わせてしまって、かえって申し訳ないです」

「申し訳ないなんて、そんな――」と恐縮した声で言った美香が、

「ところで、お義父《とう》さんの様子はいかがですか？」探りを入れるような声で尋ねた。

それで、ああまたあの件か、とわかった。

「今日も面会してきたところだけんと、いつも通りというか、特に変わりはないっけよ」

「バイタル面も問題なさそうですか？」

えーと、バイタルって何だっけ？　と思いつつも、

「問題ないですよ」と答える。

「ところで、例の件ですけど、その後、お考えいただけましたか」

やっぱりそうだ。清子が東京に引っ越しをしての同居のことだ。

「考えてはいるけどねえ。すぐに結論を出せるような話でもないっけがらさあ」

「そうですよねえ。それは十分承知しています――」と言った美香が、

「少し先になりますけど、ゴールデンウィークの前半に守さんと一緒にそちらへ行けると思いますので、ゆっくり考えておいてくださいね」と続ける。

「はいはい、わがりすた」

返事をしてから、ちょっと素っ気なかったかもしれないと思った。だが、素っ気ない返事になってしまうのも仕方がない。

玲奈にかわりますね、という嫁の声のあと、孫の弾んだ声がした。

「じゃあね、お祖母ちゃん。明日、仙台駅に着いたところで、一度電話するからね。出かける時は、携帯電話をちゃんと持って出かけてね。わかった？」

「はいはい、わがりすた」

嫁に答えたのとまったく同じ返事ではあるが、声の響きが全然違っているのが自分でもわかった。

受話器を置いて炬燵に戻り、しばらくしたところで、それまでゆるんでいた清子の口許から笑みが消えた。

守が同居の話を初めて持ち出したのは、この年末年始に帰省した時だ。お袋さあ、そ

ろそろ冬を越すのが大変になってきたんじゃないの？　そう訊かれたので、まあ確かにねえ、と何気なく相槌を打ったのがきっかけで同居の話になったのだが、守は、仙河海市に帰省する前からかなり具体的なことまで考えていたようだ。

さすがに仙河海市と東京では距離があるからさあ。お袋も年だし、万が一何かあった時にすぐに動くのは難しいからなあ。お袋さえよければ、東京のうちのマンションに引っ越してこないか。あんな狭いところにかい？　そりゃあ一戸建てに比べればそうだけど、あの立地のマンションとしてはそこそこ広いほうだし、慣れれば案外快適だと思うよ。それに、玲奈もそろそろ一人暮らしをしたいって言ってるから、今まで玲奈が使っていた部屋を空けられるし。どうだろ？　そのほうがこっちは安心できるんだけどな。お祖父さんはどうするんだい？　仙河海に置いていくのかい？　向こうの施設に移せると思う。そんなに都合よく空いちゃいないだろ。いや、介護付きの有料老人ホームならわりと入居しやすいみたいだ。そのかわり高いんだろ？　それはそうだけど、今年からは玲奈の学費も生活費もかからなくなるからね。親父をホームに入れるくらいの費用は、十分に捻出できる。そりゃあ一流企業で夫婦で稼いでいればそうなんだろうけどさ。お袋としては気が進まないのか？　気が進むも進まないも、突然の話だからねえ。まあ、とりあえず考えといて。はいはい。

そんな内容の会話を息子としてから二ヵ月とちょっとが経っている。

同居の話自体はありがたいと思う。息子夫婦に経済力があるおかげで、恵まれているとも思う。

しかし……。

生まれ育った仙河海市を離れることを考えると、どうしても二の足を踏んでしまう。というより、清子はこの街以外で暮らしたことがない。

昭和六年生まれの清子の実家は、市内で鉄工所を営んでいた。父は、元々は船乗りだった。機関士としてカツオ船に乗り組んでいた。機械いじりの好きな父は、船を下りたあとで、造船所の下請けが主な仕事の小さな鉄工所を始めた。

決して裕福な家庭ではなかったものの、清子は高等女学校に行かせてもらえた。在学中に終戦を迎え、その後の学制改革によって、五年生に進級する際に新制高等学校の二年生に移籍し、新制高等学校の卒業生として高校を出た。

まだまだ戦後の混乱期だった。加えて、戦争に取られた若者たちが数多く戦死した。高校を卒業したばかりの女性が、勤め先を見つけるのも嫁ぎ先を探すのも、なかなか困難な時代だった。結局、細々とではあるが家業を再開した実家の仕事の手伝いをしたり、知り合いの寿司屋で今で言うアルバイトをしたりしながら過ごすしかなかった。もう少し生まれるのが遅かったら、戦後の復興景気に沸き始めた東京に集団就職していただろう。

ともあれ、生まれ育った街から一歩も出ないままにやがて守一と結婚し、二人の子どもを育て上げて今に至っている、というのが清子の人生である。いまさら他所《よそ》の土地に住みたいとは思わない、というのが本音だ。

その一方で、このまま頑固にこの街に居座っていたら、息子たちに迷惑をかけることになるのではないか、という心配がある。一番理想的なのは、夫を看取《みと》ったあとで自分もある日、心臓発作か何かでぽっくり逝《い》くという最期だ。これだと、子どもたちには最小限の迷惑しかかけないですむ。しかし、そう都合よくは行かないだろう。遠くはない将来、身体が利かなくなってきた時のことを考えると、息子夫婦の家にやっかいになっていたほうが、自分が安心できるのはもちろんだが、守にはよけいな負担をかけないですむかもしれない。

事実、夫が認知症になってから今のグループホームに落ち着くまで、東京や名古屋と仙河海間の往復で、守と美砂子には、かなり大変な思いをさせてしまった。自分のことで同じ面倒をかけたくはない。

それに、と清子は思う。自分が東京に行けば、今よりもずっと頻繁に玲奈に会えるはずだ。それにはかなり気持ちがぐらつく。

そこで清子は、もしかしたら、と思い当たった。明日、玲奈がこっちに来るのは、実は守の差し金だったりしないだろうか……。

孫を利用して母親をその気にさせる計略、ということもあり得ないではない。守には、わりとそういうところがある。頭が良いだけあって、子どものころから、なかなかの策略家なのだ。

だとしたら……と、いっそう清子は考え込む。まんまとその手に乗るもんか、と意固地になる自分がいる一方、騙されたふりをしてみるのも悪くないか、と考えている自分もいる。

そこで今度は別の問題が頭に浮かんできて、清子の表情が曇る。菊田家の先祖代々の墓が大島にあるんだった。舅《しゅうと》の父、つまり守一の祖父の代の時、借金のかたに大島の家と田畑を取られて当時の大島村から仙河海町に移った菊田家であるが、檀那《だんな》寺も墓も大島にある。夫のきょうだいは本人を含めて四人であるが、長兄が戦死し、二人の姉は嫁に行って家を出ている。結局、末っ子の守一が家を継ぎ、これまで墓を守ってきた。まあ、夫が認知症になってからは、実質的に清子が守ってきたようなものだが。自分が仙河海を離れたら、いったい誰が大島の墓を守っていくのか……。

いや、待てよ、とさらに清子は考えを巡らせる。もともと自分は菊田家の嫁に入った身である。大島の先祖代々の墓にそれほど未練があるわけでもない。肝心の夫はあの状態なのだから、未練も何もあったものではない。一方、定年退職したあとの守が、仙河海に戻ってくることはあり得ない。だとしたら、大島の墓を守っていくといっても、そもそも無理のある話だろう。であれば、夫のご先祖様には申し訳ないが、自分たちの代を最後に、すっかり他所へ移ってしまうというのもありではないだろうか……。

あれこれ考えながら、ふとテレビに目をやると、玲奈から電話が来た時に映っていたのとは違う番組になっていた。どうやら三十分以上もこうして黙然としていたようだ。

明日、急に孫に会えるとなって気分が浮き立ち、考えが止まらなくなっている。このままだと、いつもより寝つきが悪くなりそうだ。せっかく玲奈が来るのに、寝不足で体調がすぐれないのでは大変である。

少し考えた清子は、寝酒代わりに梅酒を飲むことにして炬燵から抜け出し、台所へと向かった。

そういえば、玲奈が小学生のころ、梅酒に漬けていた梅を齧《かじ》り、顔を真っ赤にさせてふらふらになったことがあったっけ……。それがきっかけとなってしまったのか、清子が作った梅酒も、あざらと同様に玲奈は大好きだ。

夫と一緒に暮らせなくなったあとも、以前と同じように清子が梅酒を作り続けているのは、もちろん孫のためである。

翌朝、朝食を済ませてからあちこちに電話をして、白菜の古漬けが残っているという知り合いがようやく見つかった。以前の近所どうしで、今でも付き合いが続いている櫓崎《やぐらざき》の定子《さだこ》の家だ。これから貰いにいくからと定子に言って電話を切り、出かける支度をしていた時だった。

居間で電話が鳴り、液晶のディスプレイを覗き込んでみると、守一が入居しているグループホームの施設名が表示されていた。

今朝は、昨夜と同様、目覚めた時から気分がよかった。高揚していると言っていいくらいだ。その気分が急速に冷えていく。グループホームのほうから電話がかかってきて、よい知らせだったためしがない。

ゆっくりと受話器を上げて電話に出ると、聞き覚えのある女性職員の声がした。グループホームと自分の名前を名乗ってから、

「菊田守一さんの奥さんの清子さんですね」と確認してきた。

「ほでがす」

清子が答えると、

「ご自宅のほうに、守一さん、お戻りになってはいないでしょうか」と訊かれた。

それで少しほっとした。頭の隅で常に覚悟をしている最悪の知らせではない。

「家さは戻ってないですけど、また居《い》ねぐなったんですか？」

そう尋ねると、そうなんです、と答えた職員が状況を教えてくれた。

今朝の朝食時には他の入居者と一緒に食事をしたという。その後守一は、テレビが置かれている食堂には残らず、自分の個室に戻った。九時ごろ職員が覗いてみた時には部屋にいた。ところが、つい先ほど、十時のおやつの時間に部屋に迎えに行ったら、守一の姿がなかった。玄関ではなく自室の窓から表に出て、そのままどこかへ行ってしまったらしい。

他の認知症患者と比べて徘徊《はいかい》癖が強いのが、守一の特徴である。清子が自宅での介護をあきらめたのも、最終的にはそれが原因だった。最悪だったころは、一日に二度も三

度も夫を捜し回らなければならない状況に陥り、清子のほうが参ってしまった。入居の順番待ちをしていたグループホームにちょうど空きが出て何とか助かったのだが、あのままだったらどうなっていたかわからない。

グループホームでもその点についてはかなり注意をして、気を配ってくれている。ところが、まんまと職員の裏をかいて施設から抜け出してしまうことがある。もちろん、複数の目で見てもらっているので、在宅介護をしていた時よりも頻度はずっと低いのだが。

それでも、月に一度くらいの割合で、今朝と同様の電話がかかってくる。というのも、何とか発見してホームに連れ戻した本人に訊いてみると、いつも決まって、家に帰ろうとしていた、と答えるのに加え、実際に自分の家、つまり清子が一人暮らしをしている家に帰ってきたことが、二度ばかりあるからだ。

二度とも徒歩ではなくタクシーだった。グループホームのある鹿又《しかまた》地区から家のある内《ない》の浦《うら》まで、年寄りの足では小一時間ほどかかる。足腰はまだしっかりしている守一ではあるが、途中で迷わずに辿《たど》り着くのは不可能である。その守一がタクシーで帰ることができたのは、二度とも顔見知りの古株運転手で、自宅の場所を知っていたからだ。タクシーに乗った守一が「家」と言えば、当然ながらこの家に向かう。二度目の時にその運転手に事情を詳しく説明してからは、タクシーで帰って来ることはなくなったのだが、絶対にここに帰って来ないとは、やはり言えない。

一通り状況の説明を終えた職員は、こちらでも港の付近を中心に捜していますので、もしご自宅に戻るようなことがあればすぐに連絡をください、と恐縮しながら告げて電話を切った。

受話器を戻した清子は、深いため息を吐いた。何もこのタイミングを狙ったように徘徊をしなくてもいいだろうにと、少々夫が恨めしくなる。本人が見つかったという知らせがくるまで、この家から出られなくなってしまったではないか。すぐに守一が見つかってくれればよいが、でないと、古漬けを貰いに行きそびれてしまう。

困った、どうしよう、としばらく思案をしていた清子は、腰を上げて寝室に行き、携帯電話を手にした。居間に戻って自分の携帯電話の番号をメモに書きつける。

玄関を施錠して家を出た清子は、隣の家の奥さんに事情を説明してからメモを手渡し、昼には戻るので、それまでのあいだに家の庭や玄関先で守一の姿を見かけるようなことがあったら、この番号に電話をかけてほしい、と頼んだ。清子の家の事情を以前から知っている奥さんは、もちろんいいですよ、ご主人を見かけたら、とりあえずわたしの家で待っててもらいますから、と二つ返事で引き受けてくれた。

よかった、東京のような都会に住んでいたら同じようにはいかないだろうなと思いつつ、櫓崎の方角に向けて歩き始める。

清子の自宅があるのは、ＪＲの南仙河海駅の近くである。戦後になってどんどん拡大した埋立地の一角だ。古漬けを分けてもらえることになった定子の家までは、距離はさほどではないのだが、けっこうな高台にあるので、年寄りの足で歩くと三十分はかかってしまう。

家に戻ってタクシーを呼ぼうかと迷った。しかし……と、立ち止まって考える。徒歩で行くとすれば、途中で魚市場の前やマグロ船が係留されている岸壁を通りかかる。自宅で面倒を見ていた時もそうだったが、徘徊中の守一が港や魚市場の近くで発見されることも多い。夫の姿を捜しながら古漬けを貰いに行けばいい。

そう決めた清子は、家を背にして歩き始めた。

道端を歩きながら清子は、守一の認知症がはっきりした時、今の自分と同じ年齢だったのを思い起こしていた。

だいぶ物忘れがひどくなってきたと案じていた夫のことを、明らかに認知症だと清子自身が疑い、そして認識したのは、今から五年前の夏のことだ。

医者やケアマネージャーの話では、認知症患者によって発症の仕方はさまざまだが、一緒に暮らしている配偶者は、徐々に進行していることになかなか気づけない場合が多いという。そのせいで、たまたま発現した突飛な行動や言動に驚き、慌てふためいて、初めて認知症を疑う場合もあるらしい。

守一の場合もまったくそうだった。ある日の夕方、買い物から帰ってきた清子に、ちょっと大事な話があるからそこに座りなさい、と守一が言った。何だろうといぶかりながらも、言われるままに座卓を前にして座布団に腰を下ろすと、そろそろ白状してもいいのではないか、と責めるような口調で守一が言った。白状って何を？　隠さなくてもいいだろう。隠すって何をですか。後ろめたいのはわかるが、もういい加減隠すのはやめなさい。あなたが何を言ってるのかさっぱりわからないのですけど。自分の口から白状したほうが、気が楽になると思うのだがね。白状、白状って、いったい何のことですか、わたしにはさっぱりわかりませんよ。どうしても白《しら》を切ろうとするのだな。白を切るも何も……。おまえ、男がいるだろう。はあ？　どういうことですか。隠そうとしても無駄だ。おまえが私に隠れて男と付き合っているのはとっくにお見通しなのだ……。というような内容の会話があった。その間の夫は、終始、実に真面目な口調でしゃべっていた。冗談を言っている雰囲気は微塵《みじん》もなかった。その時の清子は、夫の頭がおかしくなったのだと思った。

しゃべるだけしゃべり終えた守一は、とりあえず満足したらしく、そのあとは普通に過ごした。それで少し安心した清子は、やっぱり夫は新手の冗談で女房をからかっていただけなのじゃないかと思った。正確には、そう思い込みたかったのだが、翌日もまた同じことを言われた。さすがに恐ろしくなった。それで、東京の守に助けを求める電話をかけたのだが、話を聞くなり、「母さん、それっておそらく認知症だ」と息子は口にした。

それからしばらくのあいだ、身の回りが慌ただしくなった。役所に行って要介護認定の申請をしたり、嫌がる夫を精神科のある病院に連れて行って診断を受けさせたり、ケアマネージャーと相談して介護のプランを作成してもらったりと、自分一人だったら完全にお手上げだったと思うのだが、守と美砂子が交代で都合をつけて仙河海までやって来て、清子に代わって様々な手続きをしてくれた。

守一の場合、妻の不貞を疑う以外は比較的言動が穏やかな認知症で、声を荒らげることもほとんどなかったし、清子に手を上げることもなかった。それもあって在宅介護を選択したのだが、一年ほど経過したあたりから徘徊が始まり、次第に自宅で看るのはきつくなっていったのだった。

そして、今のグループホームに入居してから今年で三年になるのだが、薬を飲んでいても徐々に進行しているのだろう、症状自体が少しずつ変化している。

今日のように、たまにはあるものの、以前よりも徘徊が減ってきたのは確かだ。グループホームの職員に訊くと、その点に関しては前よりも落ち着いているという。ただしそれは、喜んでばかりはいられないことだった。守一の場合、徘徊が減るということは、活動意欲そのものが低下しているのと同じだからだ。

そしてもう一つ、妻の不貞を疑うこともしなくなった。それはそれで面会に行く清子としては助かるのだが、そのかわり、違う名前で呼ばれることが多くなった。守一が口にする名前はいつも決まって「真知子《まちこ》さん」である。親戚にも知り合いにもその名前に該当する人物はおらず、いったい誰だろうと首をひねっていたのだが、最近になって判明した。

守一がグループホームに入居したあと、夫の書斎はたまに掃除をするだけで、一切手をつけていなかった。清子の心の中には、もしかしたら認知症が治って家に戻れるようになるのではないかという、縋《すが》るような期待があった。

しかし、それはもう不可能だという現実に、清子もそろそろ目を向ける必要があった。東京での同居の話が息子の口から出たのがきっかけだ。

東京に引っ越すのは気が進まないと思いながらも、いざそうなった時にばたばたしないですむように、少しずつ家の中の整理を始めていた。家のことをすべて仕切り、何事も滞らないように段取りをしておくのが、遠洋マグロ船の漁師を夫に持つ妻の責務である。そうして長年生きてきたので、責務というよりは習い性《せい》のようになっている。最後に書斎が残った。覚悟を決めて書斎の整理に手をつけ始めたのが、一ヵ月ばかり前のことだった。

机の引き出しの中の整理をしていた時だった。一番下の引き出しの奥に、ブリキの菓子缶が押し込まれていた。開けてみると、古い手紙の束が出てきた。差出人の名前が真知子だった。読む前から想像はついたのだが、案の定、どれも昔で言う恋文、ラブレターであった。清子が発見した手紙からは、どのようにして恋仲になったのかだとか、二人の関係が最後にはどうなったかなどの、具体的なことは一切わからなかった。しかし、守一に寄せる真知子という女性の想いが痛いほどに伝わってきた。まるでテレビドラマみたいな話である。しかも、昔あった事実を夫の口から聞き出すのは永遠に無理だ。

しつこく尋ねれば、夫は何かを口にするかもしれない。しかし、普段の会話でも、さまざまな脚色がされたり、妄想めいた話になったりしてしまうのが常である。それに、担当の医師やグループホームの職員からは、何かで本人を責めたり、言っていることを否定したり、混乱させるような質問をしたりするのは慎むようにと、しつこいくらい念を押されている。

なので今の清子は、「真知子さん」になりすまして夫と会っているようなものである。ずっと夫の心の中心に居座っていた女性が、自分ではなくて別の女性だと思うと悔しくてならないが、諦めて受け入れるしかない。

結局、魚市場の周辺でも係留岸壁でも守一の姿を見つけられないままに、櫓崎の麓まで来てしまった。今は仙河海の内湾を囲む道路が通り、大きな土産物屋やその駐車場があるものの、戦後になって埋め立てが進む以前は、このあたりは絶壁が海に落ち込む断崖だった。現在は観光ホテルが建っている崖の片隅に、結婚当初の清子と守一が住んでいた家があった。

土産物屋の駐車場の奥、崖の真下に一基のエレベーターがある。このエレベーターに乗ると、観光ホテルの玄関前に出ることができるようになっているのだ。櫓崎の高台まで、別の道路を徒歩で登っていくよりもエレベーターを使ったほうがはるかに楽だ。

そのエレベーターに乗り、ホテルの前を横切った清子は、建物の脇の狭い階段を使って古い住宅が建ち並んでいる高台に出た。白菜の古漬けを譲ってくれる定子の家はこの一角にある。

そちらのほうへと向かって歩き出そうとしたところで、清子の足が止まった。向かおうとしていたのと反対方向、海側の崖っぷちに守一の姿を見つけたのだ。

以前、清子と守一が暮らしていた家があった場所だった。今は空き地になり、転落防止の柵が張り巡らされているが、前からあった柿の木や、夫と一緒に植えた桜の木は、伐採されずに残っている。守一は、その柿の木のそばにじっと佇み、海を眺めているようだった。

夫のその後ろ姿を見て、清子はようやく理解した。守一が帰りたがっていたのは、内の浦の自宅ではなく、自分が生まれ育ったこちらのほうの家だったのだ。その家自体は跡形もないのだが、残されている植木で自分がどこにいるのか認識できているのだろう。

そちらへとゆっくり歩を進めた清子は、驚かせないように、

「なんだ、あんだ。ごさ居《い》だったの」と優しい声で夫の背中に声をかけた。

守一が振り向き、

「ああ、真知子さん」と清子を呼んだ。表情は穏やかだ。徘徊中だったことを除けば、今日は比較的調子がいいようだ。

「何を見てたのっしゃ？」

隣に立って清子が訊くと、

「そろそろ、お父《ど》っつぁんと兄《あん》やが乗さった船が入《へぇ》ってくるころなんだがなあ」期待を込めた口調で守一が答えた。

その言葉で、以前ここに住んでいたころに守一から聞かされた想い出話が、清子の脳裏に甦《よみがえ》った。

守一の父は、カツオ一本釣り船の腕のいい船頭だった。そのカツオ船には、年の離れた守一の兄も乗っていた。当時は大島や唐島をはじめ、仙河海船籍のカツオ船が沢山あって、春先になると南の海に向けて出漁し、初夏になるころに北上するカツオを追って母港へと帰ってきた。

守一の父が船頭を務める船は、毎年必ず一番船として入港したそうだ。それが守一の誇りでもあり、父のような立派な船頭になりたいと、幼いころから夢を描いていたという。

父と兄が乗った船が入港するのをこの木に登って待っていたのだと、柿の木肌を撫《な》でながら懐かしそうに、守一は言っていた。

どうやら今の夫は、すっかり子どものころに戻っているようだ。そのくせ、今は三月上旬でカツオ船が入港する季節ではまったくないことに気づいていないし、隣にいるのは真知子さんだと思い込んでいる。

しかし、こんな穏やかな表情の守一を見るのは久しぶりだった。認知症が進行するにつれ、表情が乏しくなってきて、笑うことも少なくなっていた夫が、今は口許をほころばせ、優しげな目で海を見ている。

この海から夫を引き剝がしてはならない。

清子はそう思った。守一が生涯をかけて仕事場にしてきた海を、好きな時に好きなだけ見させてやりたい。

夫と肩を並べ、穏やかな仙河海湾を眺めることで、清子の気持ちが固まった。

息子たちには悪いが、当面は、少なくとも守一が生きているあいだは、東京には行かない。そして、グループホームにお願いして、天気が良い日を選び、時々ここに守一を連れてこよう。そうしてここから二人でこの海を眺めよう。そういう時間が持てるなら、自分は真知子さんのままでもかまわない。

丁寧に説明すれば、守もこちらの気持ちを理解してくれると思う。そのかわり、これまで以上に自分がしっかりせねば。

そう自分に言い聞かせた清子は、昨夜から今日にかけての気分の浮き沈みが、今は嘘のように消えているのに気づいた。

とはいえ、このままずっとここに佇み、来るはずのないカツオ船を待っているわけにはいかない。

「守一さん」

若いころ、子どもが生まれる前に呼んでいた呼び方で夫の名前を口にしてみた。

「なにっしゃ？」

普通の口調で守一が答えた。

「あざら、久しぶりに食いたくはねがすか？」

そう尋ねてみると、少し眉根を寄せて、あざら、あざら……と、口の中で呟いていた守一が、

「あざら、あんだが作るのすか？」と訊いた。守一が自分から質問をするのは珍しい。

それに少し驚きつつも、

「んだすよ。これから古漬けば貰いに行くからっさ。定子さんの家さ守一さんも一緒に行きませんか？」と訊いてみる。

「んだすな——」とうなずいた守一が、

「清子の作るあざらは天下一品だものな」と言って、顔をほころばせた。

その守一の顔がふいにぼやけた。自分の目から涙が溢れ出しているのだと気づくまで、少し時間がかかった。

手の甲で涙を拭おうとした清子の頬に守一の手が伸びてきた。その手のひらで清子の頬が包まれ、零《こぼ》れ落ちた涙を拭う。

「如何《なじょ》した清子。なして泣いでっけな」

戸惑ったように守一が言う。

「なんでもねがす」

そう答えて、微笑みを浮かべた清子は、頬に当てられた守一の手に自分の手を重ねた。

強く握りしめた夫の手は、いまだに漁師の手をしていた。それが清子には、この世で最も大切な宝物のように思えてならなかった。

# リベンジ

昂樹《たかき》は急いでいる。

しかし、目立ってはいけない。

帰りの会が終わって「さようなら」をしたあと、教室の後ろ側のドアへとにじり寄っていく。

瑛士《えいじ》たちはいつものように教卓の周りに群がっている。

担任の侑実《ゆみ》先生に相手をしてもらいたいからだ。小学校の先生になってから三年目の若い先生である。常にアニメ声なのはどうかと昂樹は思うのだが、それがむしろ受けるみたいだ。

実際、アニオタだ。前にエヴァンゲリオンの話をし始めて止まらなくなったことがある。エヴァ弐号機が一番好きらしい。その趣味は悪くないと思う。話していると先生というあらたまった感じがしない。男子にも女子にも人気がある。だからたいてい、放課後になると先生の周りには人垣ができる。少し前まではその輪の中に昂樹もいた。

教卓のほうを見やりながら、音を立てないようにして半分だけ開けたドアの隙間から、そっと廊下へ抜け出した。その刹那、瑞希《みずき》と目が合った。それだけだ。瑞希は声をかけてこなかった。助かる。ほかには誰も昂樹に気づいていない。

四年二組の教室をあとにした昂樹は、急ぎ足で児童用の玄関へと向かった。階段を駆け下り、昇降口にたどり着いた昂樹は、下駄箱から外履きを取り出した。四年生のみならず、あちこちのクラスで帰りの会が終わったらしく、子どもたちが廊下や昇降口にあふれはじめている。

これからの何分間かは校庭の争奪戦で騒がしくなる。戸外はまだけっこう寒いが、三月になってから外遊びのグループが急に増えてきた。たいてい卒業間際の六年生が一等地をゲットして、そのおこぼれに五年生があずかる。四年生や三年生がいい場所を確保できる日はめったにない。

しかし、今の昂樹にはそれも無縁だ。

足を突っ込む前に、靴の中を確かめた。大丈夫だ。画鋲《がびょう》もガムも仕込まれていない。

運動靴に履き替えた昂樹は、校舎の壁に身を寄せるようにして裏門へと向かった。

裏門から表へと出ると空気が変わった。

少しほっとする。学校は、校庭を含めて、見えないバリアで囲まれたドームのように思える。前はそんなことはなかった。今はバリアの内側が息苦しい。

昂樹が通う南仙河海小学校は、街の中心を流れる潮見川沿いに建っている。河口からの距離は二キロ弱。潮見川自体はさほど大きくない。川幅は、小学校のあるあたりで五、六十メートルくらい。ほぼそのままの川幅で仙河海湾に注いでいる。

対岸は埋立地だ。魚市場をはじめ、巨大な冷蔵庫や倉庫、食品加工場や重油タンクが建ち並んでいる。といっても、商工業施設だけがあるわけではない。ＪＲの南仙河海駅の周辺には住宅地もあって、昂樹の家はその一角にある。

学校の裏門を出てすぐのところには、潮見川に架けられた歩道橋がある。川の反対側から小学校に通って来る子どもたちが使う、徒歩専用の橋だ。昂樹の家に帰るには歩道橋を渡ったほうが早い。

だが、三階の四年二組の教室からは丸見えだ。

少し迷ったあとで、歩道橋を渡るのはやめにした。それだけでなく、川沿いの道路も避けた。いったん川とは反対方向に向かってから、潮見川と並行している裏通りを歩いて信号のある交差点へと出た。バスも走っている大通りである。

左手の内陸側は、仙河海市では比較的新しい街並みだ。といっても、どこがどう新しいのか、昂樹にはよくわからない。父さんや母さんが言っている話を鵜呑《うの》みにしているだけだ。でも確かに、内陸側の街並みには、ホームセンターとか家電量販店とかの大型店舗が多くて道幅も広い。

交差点を右手に折れて歩いて行くと、仙河海大橋に行き当たる。小学校からは上流方向に二百メートル以上離れている。しかも、上手《うま》い具合に教室の窓からは見えない。

橋の全長は百メートルくらいだ。

川面を見ながら橋の歩道を渡り切ったところですぐに右手に折れ、桜並木が連なる土手を歩いていく。桜が咲き始めるのはまだ一ヵ月半くらい先だ。でも枝先をよく見ると、蕾がほんの少し大きくなってきている。

満開の時期になるとさくらまつりが開催されて、土手のそばの公園には屋台が並ぶ。家が近いので、昂樹も毎年楽しみにしているお祭りだ。しかし今年は、部屋に籠《こ》もっていたほうがいいような気がする。

いや、でも、もう少しで五年生に進級する。その際にクラス替えがある。瑛士たちと違うクラスになれば今の状況が変わるかもしれない。

そう期待しながら土手を歩いていたところで、ふいに、

「昂樹っ」と声がして、二本先の桜の幹の陰から瑛士が現れた。

同様に、違う桜の背後から尚毅《なおき》と潤《じゅん》が出現する。まるで仮面ライダーオーズに出てくる敵みたいな登場の仕方だ。客観的にはかなり笑える。しかし、今の昂樹には笑いごとじゃない。

せっかく遠回りしたのにこれだ。どうせ遠回りするのなら、橋を渡ったあとで土手のほうには折れずに真っ直ぐ行って、ＪＲ線の下をくぐってから曲がるんだった。

そう昂樹が後悔していると、

「昂樹。おまえ、何でこんなところ歩いてんの？」

とぼけた口調で瑛士が言った。

遠回りして帰ろうとしていたところを、三人のうちの誰かに見つかったのは明らかだ。

「これから祖父ちゃんの家に行かなくちゃならないから」

「おまえの祖父ちゃんの家、こっちじゃないだろ」

「忘れ物をしたのを思い出したんで、一度家に寄ってから行くところ」

「嘘だろ」

嘘である。しかし、

「嘘じゃないってば」昂樹が言い張ると、

「約束、忘れたわけ？」と瑛士。

忘れてはいない。しかし、約束もしていない。一方的に、明日遊びに行くからよ、と言われたにすぎない。

いつものことだが、尚毅と潤はにやにやしながら成り行きを楽しんでいるだけだ。

「約束って？」

「なんだよ。ミニ四駆で遊ばせてくれるって、昨日、言ったじゃん」

それも言っていない。何も言えなくて黙っていただけだ。

「ちょっと、来いよ」

土手の下にある公園に向かって瑛士が顎をしゃくる。

「行こうぜ」

「ほら」

尚毅と潤が同時に口を開いた。瑛士の意図を取り違えずにすむようなシチュエーションなものだから、ここぞとばかりに勢いづいている。

三人に挟まれるようにして歩きながら昂樹は迷う。

瑛士たちを家に上げてやってもいいのだけれど、来月のミニ四駆の大会に向けて制作中のマシンがある。今朝も登校ぎりぎりまで改造に励んでいたので、パーツや工作用の道具と一緒に、シャーシを机の上に載せたままだ。瑛士がそれを見逃すわけがない。

困っているうちに、公園の片隅にある公衆トイレの裏側に連れていかれた。敷地内に植えられている木々のせいで、通りからの死角になる唯一のポイントだ。

やっぱり今日は、瑛士たちを家に入れてはいけない。そうせずにこの場を切り抜けるためには……。

うつむいていた顔を昂樹は上げる。そして瑛士に言う。

「いいよ、首絞めて」

それを聞いた三人が、昂樹の前で互いに顔を見合わせる。

昂樹の家に作ってあるミニ四駆のコースで、これまで何度も瑛士たち三人組とは遊んでいる。

コース自体は、中古車販売の会社とともに車の修理工場を経営している昂樹の父さんが作ってくれたものだ。できは悪くない。ミニ四駆ステーションのサーキットとまったく同様、というわけにはいかないものの、二コースあるから競走も可能だ。

最初のうちは、瑛士たちと普通に楽しく遊んでいた。そのころは、ある意味、昂樹がヒーローだった。

ヒーローというのは、去年の秋に開催されたミニ四駆レースの全国大会で、昂樹はジュニアクラスのチャンピオンになったからである。それが地元の新聞に大きく載っただけでなく、歴代最年少チャンピオンということでテレビのローカルニュースにも出演し、一時期昂樹は、この街の有名人になった。それがきっかけで、瑛士たちもミニ四駆に興味を持ちはじめ、昂樹は自分の家で遊ばせてやるだけでなく、改造についても色々教えてやった。

その後、潤は自分のミニ四駆を手に入れ、昂樹の手ほどきで少しずつ改造に励んでいる。けれど、瑛士と尚毅は自分のマシンを持っていない。

尚毅のほうは、ミニ四駆をしたいならゲームは禁止だと家で言われ、結局、ミニ四駆のほうをあきらめた。

悲惨なのは瑛士だ。父さんに言ったとたん、たんこぶができるくらい思い切りぶん殴られたらしい。

だから、昂樹の家で遊ぶ時は、瑛士と尚毅には自分のマシンを貸してやっている。

そうして最初は楽しく遊んでいたのだが、ある日、瑛士たちが帰ったあとで、あれ？と首をひねった。改造用に取ってあった部品が見当たらなくなっていた。スライドダンパーに取り付けるガイドローラーが何個か消えていた。直径が十二ミリの小さな部品なのでどこかに紛れてしまったのかとも思った。しかし、一度に複数個消えるのは、どう考えても変だった。

その次は、スライドダンパー本体が一個、無くなった。昂樹が紙ヤスリで削って軽量化したパーツだ。瑛士たちの誰かが犯人のような気がしてならなかった。ガイドローラーなら自分でうっかり紛失、ということもありそうだが、スライドダンパーとなると、それはあり得ない。しかし、翌日学校に行ってから、何も言えないままで一日が過ぎた。証拠はあるのかよ、と言われたら反論できない。

そうしているうちに、余っているマシンを一台譲ってくれ、と瑛士が言いだした。迷いながら昂樹は考えた。自分がミニ四駆を買ってもらえない腹いせに、パーツを盗んで嫌がらせをしているのかもしれない。

さんざん迷った昂樹は、結局、中古のマシンを一台、瑛士に譲ることにした。もちろん瑛士がお金を払うわけがないのでタダである。最初のころに手がけたものなので、戦闘力はいまひとつのマシンだった。未練はあったものの、これなら譲ってもいいや、と最後には決めた。

もちろん、マシンの戦闘力のことは瑛士に話した。改良を重ねればもう少し速くなるはずだけど、と嘘ではない事実を付け加えて。黙っていて、あとで文句を言われたり難癖をつけられたりしてはかなわない。

その時の瑛士は、昂樹の説明に納得した。もっといいのをくれよ、とはさすがに言わなかった。むしろ感謝されたくらいだ。瑛士にお礼を言われた回数は、合計で五本の指にも満たない。ミニ四駆が手に入ったのがよほどうれしかったらしい。

それからしばらくのあいだ、パーツが消えることはなかった。しかし、それもそう長くは続かなかった。

次にパーツが消えた時には、さすがに訊かずにはいられなくなった。瑛士たちが帰ったあとで無くなっていたのがペラタイヤだったからだ。

ペラタイヤというのは、ミニ四駆の加速力を高めるために改造したタイヤのことだ。市販タイヤの表面を丁寧に削ってタイヤの径を小さくすると、ギヤ比を変えるのと同じ効果がある。しかも、削ったぶんだけ軽くなる。軽量化はミニ四駆改造の基本中の基本だ。ペラペラに薄いタイヤということで、この名前がついたのだと思う。

もちろん、タイヤの径が小さくなるから、絶対的な最高速度は落ちる。でも、加速を重視したほうが、ほとんどのコースで有利だ。実際、大会で優勝したり上位入賞したりするマシンには、たいてい自作のペラタイヤが装着されている。

問題なのは、加工がひどく難しいこと。四本のタイヤを少しの狂いもなく削らないと、ミニ四駆はきちんと走ってくれない。普通の小学生には難しい技術力が要求される。昂樹と同じレベルの加工技術を持った小学生は、全国的に見ても何人もいないはずだ。手先の器用さは父さん譲りなのだと思う。父さんが経営している「ヨシキモータース」は車のチューニングアップも請け負っていて、腕がいいという評判だ。

その昂樹が苦労して作ったペラタイヤが、ワンセット盗まれた。無くなったのではない。盗まれたのだ。証拠はないけれど、犯人は瑛士に決まっている。たとえ直接手を下していなくてもそうだ。尚毅も潤も、瑛士の命令には逆らえない。同じ学年に瑛士に勝てる奴がいないのは、幼稚園のころからみんなが知っている事実だ。それを知らずにこの街に越してきて、最初のころひどい目に遭った。一度だけで助かったが。

ペラタイヤが消えた翌日の昼休み、昂樹は瑛士に訊いてみた。昼休みになってしまったのは、なかなか言い出せなかったからだ。

「昨日のペラタイヤだけどさ。あのあと、どっかに行っちゃって見つからないんだよね。瑛士くん、知らない？」

そう尋ねた。四年生の男子で瑛士を呼び捨てにする奴は一人もいない。

「知らねえよ」

質問の仕方を間違えたと悟った。俺が盗ったなんて、瑛士が言うわけがない。

次の言葉を昂樹が探しあぐねていると、

「尚毅と潤に訊いてみようか」瑛士が言った。

昂樹に同意を求めたわけではなかった。昂樹がうんともいやとも言えないでいるうちに、瑛士が大声で二人の名前を呼んだ。

教室のほぼ反対側にいた二人が、口笛で呼ばれた牧羊犬みたいに飛んでくる。

「昂樹のペラタイヤ、おまえら知らねえ？」

二人とも即座にかぶりを振った。ペラタイヤがどうしたのか、何の説明もないにもかかわらずだ。

「だとよ――」と言った瑛士が、

「まさか、俺たちを疑ってるんじゃないよな」と昂樹に訊く。尋ねる、というより、凄んだ、と言ったほうが近い。

ぷるぷると首を横に振るしかなかった。情けないことこの上ない。けれど、昂樹にはそれしかできなかった。

それが今年の年明け直後のことで、そこから瑛士たちによる嫌がらせが始まった。それまで時々いじめられていた栄介《えいすけ》が、冬休み明けとともに学校に来なくなったのも影響している。昂樹が栄介の身代わりにちょうどよかったのだろう。

先生たちにはたぶんじゃれ合いにしか見えないような、プロレスごっこから始まった。休み時間に瑛士から、ヘッドロックだとかオクトパスホールドだとか、４の字固めだとかの技をかけられる回数が増えた。

そのあたりでは、自分が新たなターゲットになっていることに、まだ気づいていなかった。

最初に、あれ？　と昂樹が疑問に思ったのは、ふだんの倍くらいの時間ヘッドロックをかけられた時だ。

ギブ、ギブ、ギブッ。いつものように言って瑛士の腕を叩いたのだが、いっかな力が緩まない。このままじゃ窒息すると思ったところで、ようやく力が緩められ、解放された。

それまでは形だけだったプロレス技が、ガチになった。涙目になりながら、4の字固めって実は凄く痛いんだと知った。オクトパスホールドも同じ。本当に首が折れるのじゃないかと恐怖を覚えた。

あのころ、苦しさや痛さで大泣きしていたらどうなっただろうと、昂樹は今になって、かすかな後悔とともに考える。幼稚園の時に瑛士と喧嘩して泣かされた時のように、涙と一緒に洟汁を垂らしながら、わんわんと。そうしていれば、もしかしたら瑛士は満足してやめてくれたかもしれない。

しかし、幼稚園の時の記憶が昂樹にそうさせなかった。泣いてしまうのが悔しくて、必死で我慢した。瑛士への精一杯の抵抗だった。

プロレスごっこが過激になると同時に、細かな嫌がらせも始まった。上履きや外履きに画鋲やガムが仕込まれるとか、片方だけ靴が無くなるだとか、教科書がどこかへ行ってしまったり、あるいは、ページが破られたりだとか、呆れるくらいに古典的というか、昔からあるような嫌がらせだ。

ところがそんな時、ほとんど決まって、困っている昂樹を瑛士が助けてくれる。正確には、助けるふりをする。「先生っ、誰かが昂樹の靴に悪戯したみたい」などともっともらしく担任に報《しら》せに行くとか、「別のクラスのゴミ箱で見つけたよ」とか言って、行方不明になっていた上履きや教科書を見つけてきてくれたり、だとか……。

そりゃあ自分で、あるいは自分たちで隠したんだから発見できて当然なのだが、侑実先生はころりと騙される。

クラスメイトも微妙だ。何が起きているのか、半数くらいは薄々気づいているようだ。けれど、残りの半数はたぶん侑実先生と同じで、昴樹と瑛士たちはいつもつるんでいる仲間どうしだと思っている感じだ。あるいは、余計なことを知って面倒に巻き込まれたくない、というのが本音なのか。

昴樹自身も、瑛士たちにされていることが、いじめなのかどうかわからなくなることが、時おりある。

たとえば、最近になって頻繁にかけられるようになったプロレス技に、チョーク攻撃がある。首を絞める反則技だ。反則なのに技という言い方をするのもおかしいと思うのだが、それが最近の瑛士のお気に入りである。

確か、三度目に首絞めされた時だった。昴樹は、一瞬、意識を失った。いわゆる「落ちる」というやつだ。すうっ、と意識が遠のいていく感覚は、ヘッドロックをかけられた時の息が苦しい状態とは違っていた。どちらかというと、落ちるほうが全然楽である。今では、首絞めチョークをかけられると、十秒以内に落ちることができるようになった。

昴樹が一度落ちると、瑛士はそれでかなり満足するらしく、その日のうちにそれ以上の嫌がらせをされることはない。それに、慣れたせいか、最近では落ちるのがむしろ気持ちいいし……。

「首、絞めていいよ」

昂樹は、顔を見合わせている三人にそう言って近づいていく。

「ほら」

ジャンパーの襟元を開いて首を突き出す。

「馬鹿じゃねえの、おめえ」

後ずさりしながら瑛士が言う。気持ち悪がっているような声だ。

「遠慮しなくていいから、絞めてよ」

さらに一歩近づく。

が、調子に乗り過ぎた。正面にいた瑛士が身をかわすように横に動いたと思ったら、左膝の裏側に衝撃が走り、かくんと膝から地べたに崩れた。瑛士にローキックを食らったことが最初は理解できなかった。

打撃系の暴力を受けたのは初めてだ。それが瑛士の引き金になったのかもしれない。膝立ちになった昂樹の太腿、腰、左腕の肘から二の腕、肩へと、続けざまに瑛士の蹴りが入る。

昂樹は、今までとは種類の異なる暴力に呆然《ぼうぜん》としていた。痛みはもちろんある。しかし、鈍い音とともに感じる痛みは、どこか他人事《ひとごと》のようでリアリティがない。空中に漂った意識が、映画の中の自分を俯瞰《ふかん》しているように。

肘の下をかすめた瑛士の足の甲が、昂樹の脇腹にめり込んだ。

うっ、と声が漏れて息が詰まった。宙に浮かんでいた意識が、一気に現実に引き戻された。

うずくまりながら見上げると、頬を紅潮させた瑛士が、肩で息をしながら昂樹を見下ろしていた。

目の色が妙だ。泣き腫らしたあとみたいに充血して潤んでいる。そのくせ、ぎらぎらと輝いていて気持ちが悪い。

「おまえらもやれよ」

息を弾ませて瑛士が言う。

「でも……」

躊躇《ちゆうちよ》の声を漏らした潤が、次の瞬間、頭に手をやってうずくまった。

潤を殴りつけた拳をさする瑛士に目を向けられた尚毅が、慌てたように足蹴りをする。

昂樹の太腿につま先が当たったが、力がこもっていないので全然痛くない。

瑛士が尚毅を睨みつける。

三発、連続で尚毅の蹴りが飛んできた。しかしこれもほとんど痛くない。

「こうだろ！」

言った瑛士が、昂樹でも尚毅でもなく、うずくまっていた潤の尻を蹴り上げる。顔をしかめたくなるような鈍い音がすると同時に「痛《いで》っ！」という悲痛な悲鳴が上がった。

苦悶の表情で自分の尻を押さえている潤を見た尚毅が、目をつぶって足を繰り出し始める。

どすっ、どすっ、どすっ！

昂樹の身体のあちこちで鈍い音がした。それでも瑛士の蹴りよりはましだ。

「どけっ」

苛ついた声を出した瑛士が尚毅を払いのけた。と思ったら、側頭部に強烈な衝撃が走って目の前が白くなった。

真っ白な閃光《せんこう》から一転して視界が暗くなる。しかし、昂樹の意識が完全に飛ぶことはなかった。一瞬暗くなった視界が耳鳴りを伴うじんじんという痺《しび》れとともに戻った時、昂樹の鼻先には湿り気を帯びた地べたがあった。

靴の先で脇腹を突かれる。

うつ伏せに倒れた昂樹が身じろぎをすると、

「ほら、生きてるって」

頭上で瑛士の声が聞こえた。

「先生に言いつけたら、こんなんじゃすまないからな」

同じ声がそう吐き捨てた。直後に背中のランドセルが踏みつけられ、それを最後に昂樹の周囲から人の気配が消えた。

公園の地べたにしばらくうつ伏せになっていた昂樹は、その姿勢のまま、ジャンパーの袖口で目尻の涙を拭った。

少し泣いてしまった。しかし、瑛士たちがいるあいだは泣かなかった。意地を張るわけではないけれど、少し誇らしい。

それに、これで瑛士たちに遊びに来られるのを回避できた。制作中のマシンを守ることができた。

だが、昂樹の気分はすぐに滅入《めい》る。

蹴られた箇所があちこち痛い。太腿とか肘とか耳たぶの上あたりとか、いまだに鈍痛が続いている。

何でこんなにぼこぼこにされたんだろ……。

どう考えても、やっぱり調子に乗り過ぎたからだ。首を絞めて、と言った時の、気持ち悪そうにした瑛士の反応に優越感を覚えて、調子に乗り過ぎた。もともとキレやすい奴だ。火に油を注ぐって言ったっけか。自分はそれをしてしまったに違いない。

明日から先どうしよう……。

それを考えると憂鬱になる。

プロレス技をかけられるのは別にかまわない。五回に一回くらいは、昂樹にも技をかけさせてくれる。もちろん本気を出すわけにはいかない。でも、演技だとはいえ、ヘッドロックをかけた腕の中で「ギブ、ギブッ」と瑛士が言ってくれると気分がいい。それに、首絞めチョークは痛くないし、かけられて嬉しいわけはないが、それほど嫌でもない。

しかし、これからはそれだけじゃすまなくなる気がする。

蹴りやパンチを受けるのは嫌だ。とにかく痛い。しかも、絞め技と違って終わったあとでも痛みが残る。そしてそれ以上に屈辱的だ。衝撃を受けるたびに、自分の中の何か大切なものが壊れていく感じがする……。

リベンジ、という言葉が不意に浮かんだ。

リベンジというのは、スポーツやゲームで再挑戦することだと思っていた。前に負けた相手に今度こそ勝つとか、そういう意味の。

本来の意味は「復讐《ふくしゆう》」だと知ったのは最近だ。テレビに出演していた大学教授が言っていた。だから嘘ではないはずだ。昂樹の中で、どちらかといえば爽やかだったリベンジのイメージが変わったのは、その時からである。変わったあとの今のイメージは、どこかおどろおどろしい秘密の呪文みたいな怪しいものになっている。

瑛士にリベンジできたら、どんなに気分がすかっとすることか。もっとも、その方法が何も浮かばなくて困る、というより途方に暮れるのだけれど……。

とにかく家に帰ってミニ四駆の改造の続きをしよう。

昂樹はそう思い直して、身体を起こした。

どんな時でも、ミニ四駆のパーツや工具を手にして改造に没頭していると気分は紛れるし、嫌なことも忘れられる。今日は瑛士たちに邪魔される心配もない。

でも明日になったら、学校に行かなくちゃいけない。

仮病を使ってずる休みしようか。

明日は金曜日だ。そうすれば土日とあわせて三日間、学校に行かなくてすむ。明日一日上手くやり過ごせば、土曜日と日曜日は、自動車屋をやっている父さんと母さんは、仕事で家にいない。たとえ瑛士たちが押しかけてきても、息を潜めて居留守を決め込めばいい。

それで問題が解決するわけじゃないけれど、正直、明日は学校に行きたくない。

迷いながら立ち上がった昂樹は、ズボンの膝についた泥汚れを払う。あちこちに痛みは残っているものの、血が出ている感じはしないし、手も足もちゃんと動かせる。

これなら、父さんや母さん、先生にも、今日のことはばれずにすみそうだ。

そう考えながら歩き出そうとしたところで思い当たった。

背中のランドセルを下ろして検《あらた》めると、蓋に被せてある交通安全の黄色いビニールカバーの真ん中に、運動靴の足跡がくっきりついていた。

危なかった。これを見られたら怪しまれるところだった。

公園のベンチに腰掛けて、ランドセルを膝の上に置く。ポケットから取り出したハンカチでビニールカバーをごしごし擦る。

ちょっと掠《かす》れたような跡は残ったものの、目を凝らしても足跡だとはわからない程度に汚れは落ちた。

座ったままランドセルを背負い直し、ベンチから腰を上げようとした時、

「昂樹っ」背後から声をかけられて跳びあがりそうになった。

振り返ると、視線の先に瑞希がいた。葉月《はづき》も一緒だ。

瑞希と葉月、似たような名前ではあるけれどまるで性格の違う二人はなぜか気が合うらしく、ほとんどいつも一緒にいる。男子の目から見ると、仲良しの度を越しているように思えなくもない。

葉月は転校生だ。去年の春、父親の転勤に伴い、仙台から越してきた。以前に暮らしていたのが仙台市というのは昂樹と同じだ。そのおかげで、最初から親近感を抱いた。といっても、昂樹の場合、幼稚園の年長組に入る時に越してきたので、転校生というちょっとミステリアスな響きとは事実上縁がなかった。残念ながら。

転校してきたばかりの葉月と最初に仲良くなったのが瑞希である。クラスの中で二番目か三番目くらいにしっかりした女子だ。二番目か三番目になるのは、少しおっちょこちょいというか、軽率なところがあるからだ。

瑞希は、人の面倒を見るのが好きだ。優しいから、というよりも、誰かが困っていると放っておけないらしい。実は、昂樹も瑞希にはかなり助けられている。この街に越してきた時、家が近所で同い年ということもあって、実はほかの男子たちよりも先に仲良

くなった。

その瑞希とは対照的に、葉月はとても大人しい子だ。ただし、暗い雰囲気ではない。一歩引いて周りを見ているような、ちょっと大人びた感じ。本が大好きで、毎日のように市立図書館に足を運んでいるみたいだ。

図書館は陣山《じんやま》の上にある。小学校を卒業したら昂樹たちが通うことになる仙河海中学校の隣だ。行き帰りの上り下りがけっこう大変なのだが、葉月には苦にならないらしい。そんなだから、すごく頭が良いのだと思う。大人しいけれど、授業で先生に指された時の答えには、へえー、すげえやって、いつも感心する。

白状すると、昂樹が最初に好きになった女子は瑞希だ。そこへ葉月が現れて微妙になった。

どちらかというと今は、葉月のほうに気持ちが傾いている。でも、瑞希に悪い気がするのも確かだ。どちらに対してもこれまで気持ちを伝えたことなんかないし、そもそも、二人が自分のことをどう思っているかもわからないのだから、悪い気がするも何もあったものではないのだが。

そんな二人に、今の場面を見られてしまったかもしれない。焦る。だとしたら、めちゃくちゃかっこ悪い。

「大丈夫？」

心配そうに葉月が訊いた。

「大丈夫って、なにが？」

とぼけようとしたが、無駄だった。

「見てたよ、さっきから」

瑞希に言われた。

あっさり観念する。適当な嘘は瑞希には通用しない。

「黙っててくれよな。誰にも言っちゃダメだからね」

「仕返しされるから？」

「それもないとは言えないけど、実際、たいしたことなかったから」

「あれで？　あれでたいしたことないなんて、昂樹、あんたおかしいよ」

ちょっと呆れたように瑞希が眉を顰めた。

「先生に言おうよ」

葉月が心配そうに言う。

瑛士のプロレス技が過激になってきたころ、昂樹には内緒で二人が侑実先生に相談に行っていたことをあとで知った。

結果はというと、それぞれが個別に事情を訊かれた上で、間違って怪我でもしたら大変だから乱暴な遊びはしないように、と釘《くぎ》を刺されて終了した。

それだけで終わった最大の理由は、瑛士くんにいじめられているの？　という先生の質問に、そんなことはないです、と昂樹が答えたからだ。だから、いまさらいじめられていますとは言いにくい。

それに、その件があってからだった、首絞めチョーク攻撃が始まったのは。先生に告げ口をして、暴力がこれ以上エスカレートしたらたまらない。

ついさっきはリベンジという言葉を思い浮かべたばかりなのに、もうこれだ。マジで情けない。今の昂樹にせめてできることは、二人の女子に対して虚勢を張るくらいだ。心配してくれるのはありがたいけれど、こっちにはこっちの事情がある。

「大丈夫だって」

「このままだと、死んじゃうよ」

「そんな大げさな」

「昂樹くん、瑛士くんにいつも首を絞められてるじゃない」

「あれは遊びだってば」

「遊びで気絶なんかしないよ。そういうの、遊びって言わないでしょ」

そう問い質《ただ》した葉月に、

「葉月ちゃん。あれってさ、昂樹にとっては遊びなのかもよ」と瑞希が言う。

その言い方というか、口調の響きが引っ掛かる。

「瑞希。おまえ、なんか俺のこと馬鹿にしてない？」

「馬鹿になんかしてないよ。気持ち悪いだけ」

気持ち悪い、という思ってもみなかった言葉に、頬がかあっと熱くなる。

「それってどういうことだよ」

昂樹が口を尖《とが》らすと、それに対抗するように瑞希が顔をしかめた。

「さっきさあ、わたしたち最初から見てたんだよ。学校で瑛士に首を絞められているのを見た時は、昂樹のこと可哀相だと思ったけどさ。さっきは、自分から首絞めてとかって、なにあれ。オエッ、キモッ、て感じ？　昂樹ってヘンタイなんじゃん？」

「瑞希ちゃん。それ言い過ぎだよ」

「ヘンタイだからヘンタイって言ってんの。葉月ちゃんだって気持ち悪がってたじゃない」

「そんなことないよ」

「ううん、絶対気持ち悪がってた」

「違うってばぁ」

言い争いみたいになりかけた二人が、はっとした表情になって昂樹に目を向ける。

「昂樹。あんた、泣いてんの……」

瑞希が眉根を寄せる。

葉月はものすごく困った顔になって固まっている。

二人に何も言わずに背を向けた。

「昂樹っ」

「昂樹くん、待って！」

呼び止める声を無視し、ランドセルを揺らしながら家に向かって走り始める。瑞希と葉月が追いかけて来る足音が背後から届いてきたものの、昂樹は全力で二人を振り切った。

溢れてくる涙で目の前がぼやけているにもかかわらず、家にたどり着くまで、幸いにも、いや、かろうじて、と言うべきか、昂樹は一度も躓《つまず》いたり転んだりしなかった。

家に戻った昂樹は、二階の子ども部屋で、ニューマシン用のペラタイヤの制作に没頭しようとしていた。

しかし、いつもと違って全然集中できない。

ワークマシンのホイールにセットしたタイヤを髭剃《ひげそ》りの刃で削る最も大事な作業中にもかかわらず、明日どうしよう、と考えてしまう。

そう考えたとたん、髭剃りを持っている右手に嫌な振動が伝わってきた。

慌てて髭剃りの刃をタイヤから離し、モーターのスイッチを切る。

タイヤの削り屑《くず》が飛び散るのを防ぐために昂樹が自作した作業箱から手を引き抜き、アクリル製の上蓋を開けた。

箱の中からワークマシンを取り出してホイールを確かめた昂樹は、

「あーあ、やっちまった……」深くため息を吐いた。

刃の当て方がまずかったせいで、タイヤの端がギザギザに削れてしまっていた。これじゃあ、タイヤを交換して最初からやり直さなくてはならない。

ダメになったホイールを取り外した昴樹は、新しいタイヤに伸ばしかけた手を止めた。

それだけでなく、作業台として使っている事務用の机の上にワークマシンを放り出した。

この集中力のなさでは、何回やっても失敗しそうだ。

ペラタイヤの制作は後回しにすることにした。

かわりに何の作業をしようか考えていたところで玄関のチャイムが鳴って、ぎくりとする。

身を凍らせて息を潜める。

瑛士たちが来たのじゃないだろうか……。

足音を忍ばせて窓に近づき、レースのカーテンの隙間から外を覗く。けれど、玄関の庇《ひさし》が邪魔になって誰が来たのか確認できない。

再びチャイムが鳴る。

まずい。部屋の蛍光灯と机のスタンドが両方とも点いている。外はまだ明るいけれど、これでは人がいるのがバレバレだ。というか、すでにばれている気がする。

レースのカーテンだけじゃなく遮光性のカーテンも引いておくんだった。

昴樹が動けずにいるうちに、もう一度チャイムが鳴った。

やっぱりそうだ。このしつこさは瑛士たちに間違いない。

あきらめて帰ってくれ。

昂樹が必死で念じていると、死角になっていた庇の下から人影が出て来た。

「あっ」

そう声を漏らした昂樹は、錠を外して窓を開けた。

窓が開く音に気づいた葉月が、二階を見上げた。

瑞希だったら、今日のところは、という留保付きで開けなかったかもしれない。

「やっぱりいたんだ」

昂樹を見上げながら言った葉月に、

「うん」とうなずいてから、

「瑞希は一緒じゃないの？」と確認してみる。

「景山島《けいざんじま》公園で昂樹くんを待ってる」

葉月が口にした公園は魚市場の近くだ。ひしゃげた五角形をした敷地の真ん中に神社が建てられている、ちょっと変わった公園である。というより、神社の境内《けいだい》が公園として整備された感じだ。

「何で？」

理由を尋ねた昂樹に、

「昂樹くんに謝りたいんだって。一緒に謝りに行こうって誘ったんだけど、家には行きづらいって言うから、わたしが昂樹くんを迎えに来たわけ。それにあそこなら、たぶん瑛士くんたちとばったり会わずにすむと思うし」と葉月が答える。

どうしようか迷っている昴樹に、

「ね、行こう。お願い」と言って葉月が胸の前で手を合わせた。

葉月にここまでされては、行かないという選択肢はあり得なかった。

景山島公園の中央部分は、こんもりとした杜《もり》になっている。コンクリートの鳥居を二つくぐった先、その小さな杜の中に朱色に塗られた社殿が建っていて、瑞希は賽銭《さいせん》箱の奥の階段に腰を下ろして昴樹と葉月を待っていた。

二人の姿に気づいた瑞希が階段から腰を上げて駆け寄って来た。

昴樹の前に立った瑞希に、

「連れて来たよ」と葉月が言う。

「どうもありがと――」とうなずいた瑞希は、

「昴樹、ごめん。わたし、言い過ぎた。本当にごめんなさい。許して」そう言って深々と頭を下げた。

こういうところ、瑞希らしいなと思う。そして昴樹にしても、ここに来るのに同意した時点で、瑞希のことは許してやろうとすでに決めていた。

でも、あっさり許すのもちょっと悔しい、というより、もったいない。

顔を上げた瑞希に、

「どうしようかなー」勿体《もったい》をつけて言う。

「昂樹ぃ」

懇願する表情になった瑞希に、

「瑞希にあんなこと言われるなんて思っていなかったからさ、俺、すっげー傷ついた」

「だから、こうして謝ってんだってばぁ。ね、許して。いや、許してください、お願いします」

「どうすっかなあ」なおも焦らすと、瑞希は、

「お願い、ラーメン奢《おご》るから」と言いながら両手を合わせて拝む仕草をした。

「おまえん家《ち》の？」

「うん。わたしのお小遣いで奢る」

「今日？　これから？」

「うん、これから」

瑞希の家はラーメン屋をやっている。といっても、最初からラーメン屋をやっていたわけではない。開店したのは三年前だ。それまで瑞希の父さんは普通に会社員をしていた。だから、いわゆる脱サラというやつだ。瑞希の自宅は昂樹の家の近所だが、店舗は魚市場のそばにある。今いる公園からだと五分も歩けば到着する。

「わかった。それで手を打つ」

「ほんと？　許してくれるの」

「うん」

「よかった」

ほっとした表情になった瑞希が、

「ところでさ、昂樹――」と前置きをしてから、

「ほんとにこのままでいいの？」と尋ねる。

「このままって何が？」

何のことかはわかっていたが、あえて訊くと、

「瑛士のことに決まってるじゃん」瑞希が頰を膨らませる。

「いいよ、別に。大丈夫だから放っといて」

「なんかさあ。見ないふりをしてるのも、もう嫌なんだよね。瑛士の馬鹿、今日のはさすがにちょっとやり過ぎだもん」

「でもさあ、瑛士くんにも可哀相なところがあるんだよね。あいつってさ、家で父さんにしょっちゅう暴力を振るわれてるし、まともにお小遣いも貰えないみたいだし。俺が瑛士くんだったら、やっぱりぐれるかも」

「呆れた。あんたってどこまでお人好しなわけ？　そりゃあ、瑛士にも同情の余地はあるけどさ。でも、それとこれとは全然別の問題じゃん」

「それはそうなんだけど、でも、本当に大丈夫だから」

「大丈夫じゃないよ！」

大声を上げたのは葉月である。

驚いて葉月の顔を覗き込む。

葉月がこんな大きな声を出すのを初めて聞いた。瑞希も驚いたみたいで、昴樹と同様、目を丸くしている。

「このままにしてたら絶対ダメだよ。昴樹くんが我慢すればするほど、こういうのってエスカレートするんだから。だから、今のうちに何とかしなきゃダメ。昴樹くんが何もしないなら、わたしが先生にいいつける。前の時はプロレスごっこと区別がつかなくてうやむやになっちゃったけど、今度は今日あったことを全部先生に話す。いくら止めても無駄だからね」

言い終えた葉月の目が涙で潤んでいる。今にも泣き出しそうな表情に、昴樹のほうがうろたえてしまう。

「ど、どうしてそこまで俺のことを……」

「あんた、ばっかじゃないの」

瑞希が口を挿んだ。

「えっ、なに？　どーゆうこと？」

「まだわかんないの？　葉月ちゃん、昴樹のことが好きなんだってば」

「瑞希ちゃん、ちょっと、それは言わないって、この前……」

頰を赤くして瑞希の袖を引っ張った葉月に、

「いいじゃん、もう。ミニ四駆のチャンピオンのくせに、こういうことに関しては、昴

樹ってすっごい鈍《ニブ》ちんだからさ。黙ってたら、絶対に葉月ちゃんの気持ちに気づかないから――」と言い含めたあとで、

「だから、うん、ちょうどいいきっかけなんだよ、今日は」と、わかるようなわからないようなまとめ方をした。

昂樹は、耳たぶまで真っ赤にして俯《うつむ》いている葉月と、その隣で腕組みをしている瑞希を交互に見やった。しかし、適当な言葉がなかなか見つからない。

「で、どうなの昂樹。葉月ちゃんのこと、どう思ってんの？」

じれったそうに瑞希がうながす。

「え、あの、俺も好き、かも……」

「かも？」

瑞希が眉間に皺を寄せた。

「いや、俺もさ、葉月が好きだ」

瑛士の話だったはずなのになんで告白タイムになっちゃったんだろ、と胸中で首をひねりながらも、昂樹は言った。

ありがとう、と消え入りそうな声で言った葉月が、赤く染まった自分の頬に手をやった。

気づくと、昂樹も頬が火照《ほて》って熱くなっている。

「なんでわたしが、あんたたちのキューピッドなんかしなくちゃならないんだろ」

口調とは裏腹に目を細めた瑞希が、真顔に戻って言う。

「葉月ちゃんのためにもリベンジしようよ、昂樹」

リベンジ、という言葉に、瑞希の顔を覗き込む。

「先生に告げ口するのが嫌だったら、自分で何とかするしかないじゃん。昂樹だって、葉月ちゃんに、これ以上かっこ悪いところ見せたくないでしょ」

それはそうだ。でも、しかし……。

「リベンジって簡単に言うけどさ。瑛士には勝てる気がしないというか、あいつに喧嘩で勝った奴はこれまで一人もいないの、瑞希だって知ってるだろ」

「そこはまあ、玉砕覚悟で」

「他人事だと思って適当な。痛い思いをするのはこっちなんだぜ」

昂樹が顔をしかめると、

「喧嘩なんかする必要ないよ――」葉月が割って入った。

「瑛士くんにきっぱり言ってやればいいと思う。クラスのみんなが見ている前で、これ以上嫌がらせをするのはもうやめろって。そういうこと、面と向かって瑛士くんに言ったことのある人って誰もいないんでしょ？　だから、それだけで立派なリベンジになると思う」

「それいい――」と言って瑞希が目を輝かせる。

「さすが葉月ちゃん。やっぱりわたしみたいにがさつな人間とは違うよねー。そうだ、どうせなら昼休みにさ、クラスの全員を集めて、みんなの前で言うといいかも。そしたら昂樹、かっこいいよ」

「そうだね。クラスのみんなが見ている前なら、瑛士くんも迂闊《うかつ》には暴力をふるえないだろうし」

「そうそう、みんなの前で宣言すればさ、昂樹がいじめられてたのを知らなかった子も含めて、全員が知っちゃうわけでしょ。そしたら瑛士、クラス全員を敵に回すことになっちゃうじゃん。いくらあいつでも、あとで仕返しがしにくくなると思う」

本人を差し置いて、二人はすっかりその気になっている。

しかし、考えれば考えるほど、それが最善の方法のような気がしてくるのも確かだ。

問題はそんな勇気が自分にあるかどうかなのだが……。

迷っている昂樹を葉月が真剣な眼差しで見つめる。

「大丈夫だよ、わたしがついてるから。瑛士くんが昂樹くんに何かしようとしたら、わたしが間に入って守ってあげるから。ね、だから勇気を振り絞って、頑張って」

「あっ、妬《や》けるなあ。いよっ、ご両人。ひゅうひゅう」

どこのおじさんかと勘違いしそうになるような瑞希のリアクションに、思わずずっこけそうになる。

「瑞希、おまえなあ……」

そう言いながらも、昂樹の気持ちは固まった。

明日、クラスのみんなが見ている前で瑛士と対決しよう。いざとなったら、膝がかくかく震えそうだし、声も上ずりそうだけれど、葉月とそして瑞希が応援してくれるなら、なんとか乗り切れそうだ。

「わかった。俺、明日、瑛士と対決して、あいつにリベンジする」

「言ったね、昂樹。絶対だからね」

「応援してるから、頑張って」

「うん」

昂樹がうなずくと、

「うーん、愛の力の何と偉大なことよ――」芝居がかった口調で言った瑞希が、

「さ、ラーメン食べに行こ。葉月ちゃんも一緒だよ」と言って、ぽんと一つ手を叩いた。

その音が、神社の境内に響く。

三人で顔を見合わせた。

誰が言い出すでもなく、本殿の前に横一列に並ぶ。

「誰か十円持ってる?」

真ん中に立った瑞希が左右に首をねじって尋ねる。

ズボンのポケットを探ってみると、硬貨が一枚、指先に触れた。

「あー、あった。あ、でも十円じゃなくて五円玉だ」

「いいじゃん、それで」

ちゃりんと賽銭箱から音が昇り、頭上の鈴がガラガラと鳴る。

パンパン、という三人の柏手《かしわで》が社殿の屋根に反響して気持ちのいい音を立てた。

それぞれ何を祈っているのか、互いにはわからない。しかしそれは、信頼という絆《きずな》で結ばれた今の昴樹たちにとって、大きな問題ではなかった。

そして何より、あれだけ嫌だったはずの明日が来るのが待ち遠しい。

# 卒業前夜

「倫敏《みちとし》先生」

職員室に入ろうとしていたところで、背中に声をかけられた。

「なに？」

立ち止まり、振り返りながら尋ねる。

村岡《むらおか》倫敏の目の前で、三年二組の担任、小山千尋《おやまちひろ》が珍しく表情を曇らせている。

確かに珍しい。千尋がここまで難しそうな顔をするのは。

膝上のスカートにピンクのカーディガン、それにジャージの上だけ羽織っている千尋は、中学校の教員になって三年目の若手だ。教科は国語。臨時講師をしながら何年も教員採用試験を受け続けている者が多いこの時代、新卒で正採用になっただけあり、なかなかに優秀。

たとえば、倫敏の長男の陸《りく》は、去年教育大を卒業したあと、仙台で一人暮らしをしながら中学校で講師をしている。去年の夏、二度目の採用試験を受けた。だが、また駄目だった。この春から講師生活二年目に入ろうとしている。

千尋が優秀なのは、今に始まったことではない。二つ前の学校に在任中、倫敏は中学生のころの彼女を一年間だけだが担任している。

印象の強い生徒だった。倫敏が学級担任を持てた、最後の年度の生徒だったこともある。

千尋の学年を最後に学級担任から外れた倫敏は、同じ学校で生徒指導主事を二年間経験したあと、前任校と今の仙河海中学校では、ずっと学年主任をしている。自分の学級を持たなくなってから、すでに十年が経過している。それにも慣れてしまった自分がいる反面、時に寂しくも感じる。

たとえば、千尋のような若い教師が、生徒と一緒になって笑い転げているのを目にすると、正直、羨ましい。まあ、五十歳に手が届いてしまった自分が、生徒と友達のようにじゃれあっていたら、不気味ではあるが……。

子どもたちの言うところの、キモイというやつだ。この言い回し、なかなか消えていかないせいか、最近では自分でも頭の中で使っていたりする。

倫敏が千尋を担任したのは、彼女が二年生の時だ。生徒会長選挙で圧勝して生徒会長になった。成績がいいだけでなく、周りの生徒からも好かれていた。男女の別なくだ。優等生にありがちな生真面目さや堅苦しさがない。むしろ、かなりそそっかしい。動作が若干がさつとも言える。ささいな失敗でよく騒いでいた。そこが受けるのかもしれない。

性格的には大らかである。昔から変わっていない「ふくよか」という表現がぎりぎりセーフの体形通り、と言ったら本人には失礼だが。

実際、よく笑う生徒だった。中学生のころの千尋が、深刻そうな顔をしている場面を見た記憶がない。

それは大人になっても同じだ。人間の性格は、そうそう簡単に変わるものではない。長年この仕事をしていると自明なことだ。

もちろん千尋も真面目な顔はする。仕事をしている社会人なのだから当たり前だ。しかし、生徒指導で振り回されている時でさえ、暗い表情は見せたことがない。

もしかしたら鈍感なのか？　と思わせるような、いい意味でのタフさを備えている。父親が遠洋マグロ船の船頭という、教員としては変わり種のせいかもしれない。いずれにしても、中学校の教員には向いているタイプだ。

だから、倫敏の前で顔を曇らせている千尋は珍しい。

「うちの幸子。ちょっと変なんですけど……」

眉根を寄せたまま、千尋が言う。

うちの、というのは、もちろん自分のクラスの、という意味だ。千尋が名前を口にした菅原幸子は、彼女のクラスに倫敏が授業に行っている、という以上に、よく知っている。

「幸子が変って、どんなふうに？」

倫敏が訊くと、

「もしかしたら、公立には行きたくないのかもしれないです」困惑した口調で千尋が答える。

「行きたくない？　本人がそう言ったの？」

「あのぉ、はっきり言ったわけじゃなくて、公立高校に合格したら絶対に行かなくては駄目なんですかって訊かれたんです。それでわたし、幸子の言い方が冗談っぽかったこともあって、あまり深く考えずに、それはまあ絶対ということはないけどって答えたんです。そしたら、先生ありがとうって言って、それで帰っちゃいました」

「は？　意味がよくわからんな」

「わたしも」

「千尋先生。もうちょっと詳しく聞かせてくれないかな」

そう言って職員室のドアを開け、ソファのほうへと千尋を連れて行く。

六時間目の授業が始まっていることもあって、職員室内は閑散としている。教頭と教務主任以外は、空き時間の教員が数名いるだけ。その数名のうち二人は、倫敏が学年主任を務める三学年の所属だ。

昨日、県内の公立高校の入学試験があった。

今日は、一、二年生は通常授業だが、三年生は授業がなかった。かわりに、体育館で明後日に迫っている卒業式の予行演習をした。入場から始まって、卒業証書の受け取り方、合唱の練習に退場の仕方まで、午前中いっぱいかかった。昼を挟んで午後は、一時間だけホームルームを行い、他学年よりも早く下校させた。

そのせいで今は静かなのだが、あと小一時間もすると、職員室に出入りする教員や在校生たちで騒がしくなる。

管理職の机が並ぶ職員室の前方の窓際には、ソファセットが置かれている。来客用ではあるのだが、教員どうしが何かを相談する時に使うことのほうが多い。相談内容によっては、複数の教員に声をかける必要が出てくる。そんな際、ソファセットのテーブルを囲んでいれば、手狭な職員室内で場所を移動しなくてもすむ。

ソファが置かれている位置は、二十年前から変わっていない。といっても、二十年間同じ学校に倫敏が居続けているわけではない。公立中学校の教員は、短ければ三年、長くとも五、六年程度で転任して、職場が替わっていく。

倫敏が中学教師になって二校目の学校が、今と同じ仙河海中学校だった。その後、同じ教育事務所管内の中学校を三校回ったあと、三年前、仙河海中に二度目の着任をした。三陸沿岸部のように学校の絶対数が少ない田舎では、同じ学校に複数回勤務するのは珍しいことではない。

新任として仙河海中にやってきた千尋とは、三年間、同じ生徒たちを一緒に見てきた。クラス数は学年に三クラスしかない。二十年前の仙河海中学校は、各学年に六から七クラスもあった。当時と比べると、生徒数が半分にまで減っている。

他の地方都市と同様、仙河海市も過疎化が進んでいる。とはいえ、この二十年間で、市の人口自体はさすがに半減まではしていない。つまり、全体の人口が減る以上に、子どもの数が極端に減っている。街の未来は明るいとは言えない。

ともあれ、三クラスで百二十人弱の生徒数である。たいていの生徒は、本人のみならず保護者の顔や職業も把握している。

千尋とテーブルを挟み、布製のカバーが掛けられたソファに腰を沈めた倫敏は、「幸子に訊かれたのはいつ？」と確認してみた。

「さっきです。帰りの会が終わってすぐ」

「その時、幸子一人だったのかな」

「はい」

「自己採点の結果は？」

午後のホームルームの際、公立高校を受験した生徒には、入試問題の自己採点の結果を提出させている。

「えーと、四百二十四点……ですね」

千尋が手にしていたバインダーをめくりながら答える。

「控えめに見ても四百点は堅いな。合格は確実か……」

幸子の普段の成績を考えれば順当な結果である。

幸子が受験した仙河海高校は、以前は男子校だったのだが、六年前に市内の県立の女子校と統合して共学校となった。統合の前も後も、地域では随一の進学校で、倫敏の母校でもある。

「私立はどうなってたっけ？」

倫敏の問いに、千尋は手元の資料を確かめることもなく、仙台市内の私立高校の名前を二校、よどみなく口にしてから、

「両方とも合格しています」とうなずいた。

公立高校の併願校としては、どちらもレベルが高い。だが、仙河海高校を蹴ってまで行くほどの学校でもない。普通であれば。

そもそも首都圏などとは違い、県内には超難関の有名私立高校というものが、基本的には存在しない。特別進学コースのような科を設置している私立高校はあるものの、成績の優秀な子どもにとっては、地元の進学校がほぼ百パーセント第一志望校となる。

それに、仙河海から仙台までとなると、とてもじゃないが通学できる距離ではない。入学するとすれば、寮に入るか、親戚がいるようなら、そこでやっかいになるかのどちらかだ。

実際、幸子の第一志望は仙河海高校で、すでに結果が出ている仙台の私立高校は、担任の千尋に確認するまでもなく、あくまでも滑り止めだったはずだ。

それが急に変わったとなると、確かに不可解である。

「今日と同じようなことを、前にも匂わしたことがある？」

「一度もないです」

「家庭のほうから何か相談をされたりとかも？」

「ないです」

「幸子の言い方が冗談っぽかったって、さっき言ってたけど、好奇心とかで訊いてみただけっていうことはないかな」

「ありがとうって言った時の幸子の顔、なんだか、とてもほっとしているように思えたんです。それで、あれ？　と思って呼び止めようとしたんですけど、間に合わなくて——」

そう言った千尋が、

「考えているうちにだんだん心配になってきて、倫敏先生に報告しておいたほうがいいような気がして……」と口にして語尾をにごした。

少々鈍感な部分があるのは否めない千尋だが、こういう部分の勘はいい。勘というのは、教員として選択すべき行動に対する勘のことだ。

学級担任を持っていると、文字通り目が回るほど、クラス内では様々な問題が頻発する。そのすべてを上司、つまり学年主任に報告していたのでは、報告だけで一日が終わってしまう。

次々と起こる問題を、自分だけで処理が可能なもの、同僚教師に相談したほうがよさそうなもの、学年主任や生徒指導主事に報告して事に対処すべきもの、といった具合に、瞬時に判断しつつ日々を過ごしていくのが学級担任であるのだが、おうおうにして、その判断に失敗する。

とりわけ、自分だけで処理しようとして、結果的に泥沼に嵌まってしまう場合が多い。これは経験の多寡というより、本人の性格や資質による部分が大きい。若いから駄目でベテランだから安心という話ではないのだ。

千尋はその判断力が優れている。意識してというよりは、無意識に判断しているようだ。三年間も身近で見ているとよくわかる。それを倫敏は、勘のよさ、と呼んでいる。

幸子の質問に深い意味はないのだろう——そんな具合に自分を納得させずに、千尋が報告してくれてよかった。

進学先を最終的にどこにするかは、もちろん本人と家庭次第である。が、この土壇場になって、第一志望だったはずの公立高校には行かない。仙台の私立に行きたい。幸子が本当にそう考えているのであれば、はいそうですか、と簡単に済ませられるような問題ではない。二重の意味で。

もし、合格が出た公立高校の入学を辞退するとなったら、どうしても対外的な対応に追われることになる。簡単に言えば、自分のところに入学するのが当然だと思い込んでいる高校側に、事情を説明する必要がある。

まあしかし、それはどうでもいいことだ。めったに前例がないとはいえ、高校側には受験生に対する拘束力などそもそもない。結果として礼儀を欠くことになってしまったことを、学校として詫《わ》びればすむ話だ。

問題なのは、幸子の家庭のほうである。

入試の合否が出るのは来週だ。発表の翌日が三年生の登校日になっている。合格した生徒には、教員で手分けして各高校から預かってきた合格証と入学手続きの書類一式を渡すことになる。不合格だった生徒には、可能なら保護者と一緒に、午後になってから学校に来てもらう。そこで相談して最終的な進路先を決定する。

その段になってから、公立に行く行かないであたふたしたのでは、話がややこしくなってしまう。

「千尋先生。幸子が公立に行きたがっていなそうなのは間違いないかな」

あらためて訊くと、

「たぶん、間違いないと思います」

うなずいた千尋の顔から視線を外した倫敏は、職員室前方にある行事黒板の上に掛かった時計に目を向けた。

少し考えてから、顔を戻して千尋に言う。

「まずは、念のために幸子本人にもう一度確認してみてくれないかな。保護者と連絡を取り合うのは、そのあとにしよう。こっちの思い違いだったら、家庭を混乱させるだけだから」

倫敏の指示に、一瞬、不満そうな表情を見せた千尋だったが、わかりました、とうなずいてソファから立ち上がった。

夕方の五時近くになっても、幸子とは連絡がつかなかった。

千尋が何度か幸子の自宅に電話をしてみた。いずれも留守番電話が応答するだけで、受話器が取り上げられることはなかった。

居留守を使っているということはないだろう。どこかで寄り道をしているに違いない。この時期は、受験が終わった解放感から、友達と誘い合ってカラオケボックスに行ったりゲームセンターで遊んだり、という生徒も出て来る。幸子はそういうタイプの生徒ではないと思うのだが、その可能性がないわけでもない。

幸子が携帯電話を持っているかどうか、担任の千尋も含めて、学校側では把握していない。建前上、学校には携帯電話を持って来てはいけないことになっているからだ。

そんな建前にこだわるのは無理がある時代になってきていると、倫敏自身は思う。むしろ、自分の携帯電話の番号を報告させて、いつでも生徒と連絡が取れる状態にしておいたほうがよいのではないか。

しかし、なかなかそうはならないだろう。

携帯電話の所持を許可して番号を把握しているのは、家庭に特別な事情がある生徒だけだ。携帯電話の所持をおおっぴらにオーケーにしたとたん、授業中にメールをやり取りしたり、携帯電話そのものを学校で無くしたり、あるいは盗まれたり、などといった問題が噴出するのが目に見えている。

いや、今はそれを論じていても意味がない。

問題は幸子だ。

実際にどうなのかを幸子に確認するのは、明日でも間に合うと言えば、確かにそうだ。待ったなしの生徒指導とは違う。

だが……。

何となく今日のうちに片付けておいたほうがいいような気がしてならない。

これもまた勘である。勘に頼って仕事をしているわけではないが、無視をするとろくなことにならない場合が、けっこう多い。

幸子の質問には深い意味がなかった、というのであればそれでいい。しかし、本当に幸子が公立高校への進学を蹴ろうとしているのであれば問題だ。これに関して家庭から何の連絡もなく、相談もされていないとなると、幸子の考えていることを家庭でも知らないということになる。できるだけ早く保護者と会って、話し合ったほうがいい。

幸子の家にもう一度電話をしていた千尋が、

「やっぱり出ませんね」自分の携帯電話を畳んで肩をすくめた。

「千尋先生。家に帰るついでに家庭訪問できるかな。もし、先生の心配が当たっているようだったら、今夜のうちに事情を確認しておいたほうがいい。明日になると、卒業式前のあれこれでバタバタしそうだし」

倫敏が言うと、千尋が難しい顔をした。

「それ、ちょっと無理かも」

「涉《わたる》のところに家庭訪問しなくちゃならないですから」

「なんで？」

そうだった。うっかりしていた。

千尋が名前を挙げた渉というのは長欠生徒だ。二年生の終わりごろから不登校気味になった。三年生に進級すると同時に、ぴたりと学校に来なくなった。

倫敏が教員になったころから、そういう生徒が少しずつ増え始めた。当時は登校拒否という呼び方をしていた。自分でも何人か担任した経験がある。

以前は何とかして登校させようと、やっきになって手を尽くしたものだった。しかし、時代とともに対処の仕方そのものが変わってきた。

今の子どもが不登校になる原因は様々である。これといった理由を特定できないケースも多い。不登校の原因を取り除いて教室に戻す、ということそのものが、不可能とは言わないまでも難しくなってきた。

学校で生きるのが困難な子どもたちを、無理に教室へ戻す必要もないのではないか。そんな発想が出てきても無理はない。

教師という人種は、基本的に真面目である。自分で言うのも変だが、実際、その通りだ。担任している学級から不登校生徒が出ると、自分の責任だと思い悩み、一人で抱え込んでしまいがちになる。挙げ句の果ては、教師自身が心を病んで職場に行けなくなるような事態を招いてしまう。子どもにとっても教師にとっても、互いに不幸な関係だ。

で、今現在は、各市町村に教育支援センター、あるいは適応指導教室といった名称で、不登校の生徒を受け入れる施設が設置されている。分業して事に当たろうということだ。実際これで、学校現場はずいぶん助かっている。

仙河海市に支援センターの「くろまつ教室」が設置されたのは五年前のことだ。倫敏が若いころには、こうしたシステムそのものがなかった。

当時存在していれば、三ヵ月も病休を取る羽目にはならずに済んだかもしれない……。

嫌なことを思い出した。もう十五年も前の話だというのに、何かの拍子にフラッシュバックのように、嫌な気分が鈍い痛みとともに甦る。

倫敏は、胸中で顔をしかめただけで意識を目の前の千尋に戻した。

千尋のクラスの渉も三年生の途中からくろまつ教室に通っているのだが、結局、中学校には戻れないまま、卒業することになりそうだ。

それでもまだ、明日と明後日、二日間残されている。最後に卒業式だけでも出席させてやりたい。担任としてそう思うのは当然だろう。そのための家庭訪問だ。

渉本人がその気になってくれれば、それに越したことはない。駄目なら駄目で仕方がない。その際は、午後になってから登校してもらい、校長室で卒業証書を手渡すことになる。それも無理な場合は、倫敏が千尋と一緒に、卒業証書を携えて渉の家を訪ねる段取りだ。

いずれにしても、渉の家への家庭訪問は外せない。そのあとで、幸子の家も千尋に回らせるのはさすがに酷だ。

わかった、とうなずいたあとで千尋に告げる。

「幸子のほうは私が対応しよう。渉のほうも、急を要する問題が出れば別だが、そうじゃなかったら、結果の報告は明日でいいよ」

「ありがとうございます、助かります」

「なに、保護者と言ってもあいつだしね。面倒なことにはならないだろ」

「よろしくお願いします」

そう頭を下げた千尋に限らず、たいていの職員は、倫敏が幸子の父親、菅原貴之とは高校時代の同級生であり、元の同僚であることも知っている。

五時を少し回った時刻に職員室をあとにした倫敏は、駐車場の自分の車に乗り込んだところで、エンジンをかける前に携帯電話を手にした。

念のため、幸子の自宅にもう一度電話をしてみる。

留守電が応答するだけだ。

貴之も母親の多香子も、この時刻に仕事先から帰宅していることはない。

幸子には、この春から高三になる兄がいる。入試の翌日の今日、高校の授業はないはずなのだが、アルバイトにでも行っているのかもしれない。

幸子の兄の名前は優人だ。優人が仙河海中に在籍していた時は、担当学年が違っていたので受け持っていない。だが、幸子と同様によく知っている。家族ぐるみの付き合いをしていたころ、二家族で温泉旅行に出かけたこともある。といっても、その時の優人はまだ二歳だったはずだ。本人は覚えていないだろう。

留守電にはメッセージを残さずに電話を切った倫敏は、貴之の携帯電話にかけ直した。呼び出し音を聞きながら、貴之と話をするのはかなり久しぶりなのに気づく。前に会ったのはいつだっけか……。

思い出そうとしているうちに、電話が繋がった。

久しぶり、とだけ挨拶をしたあとで、

「職場？」と尋ねると、

「ああ」あっさりした声が返ってきた。

「今、ちょっといいか？」

「大丈夫だ」

「サッちゃんのことで、ちょっと話がある」

少し間が空いた。

「幸子がどうかしたのか？」

声が硬い。何か心当たりがあるのか……。

「たいしたことじゃないんだが、できれば直接会って話をしたいんだけどな。これから何か予定は入ってるか？」

「いや、引き継ぎの資料作りで、しばらくはパソコンに張り付いている」

「引き継ぎってことは、やっぱり現場に戻るわけだ――」と口にしたあとで、

「内示は出てるんだろ？」と尋ねてみる。

「それはまあ」

「どこだよ」

「来週の新聞発表でわかるだろ」

「まさかうちの学校じゃないよな」

「それはない」

そう答えた貴之が、

「おまえは？」と尋ねる。

「仙中に来てまだ三年だからな。あと一回りくらいはいる感じだろ。必要人事で動かされない限りは――」と答えたあとで、

「しばらく帰らないんだったら、寄ってみる」と話を戻した。

「これから？」

「ああ。それほど時間は取らせない」

「それじゃあ、仕事をしながら待っている。通用口のロックは外しておくから、二階から入ってくれ」

「わかった」

通話を切った倫敏は、エンジンキーをひねって車をスタートさせた。学校の敷地を出たところでスモールライトだけを点けた。いつの間にか、だいぶ日が長くなっている。

とはいえ、今年の春はかなり寒い。そういえば、今年に限らず卒業式当日は寒いことが多い気がする。ぽかぽか陽気での卒業式の記憶はほとんどない。まあしかし、東北では普通のことだ。

会場となる体育館には、大型の石油ファンヒーターを数台設置する予定だ。しかし、明日の最後の学年集会では、見栄を張って薄着などして来ないようにと、生徒たちに釘を刺しておいたほうがいいだろう。入学試験が終わったとはいえ、風邪を引いていいことなど何もない。

裏門から出た倫敏は、学校の敷地を回り込み、街の中心を流れる潮見川沿いに下りる坂へとハンドルを切った。

仙河海中学校の校舎は、陣山という小高い丘の上に建っている。学校への行き来には、路線バスのロータリーが設けられているルート以外、車が簡単にはすれ違えないような、狭い道を上り下りすることになる。その中でも、倫敏の車が差し掛かっている坂は、一番の急坂だ。スキー場のゲレンデ並みと言っていい。いつもは広いほうの道路を通勤経路にしているのだが、急ぎの時はたまにこの道を使う。

ブレーキに足を乗せたままそろそろと下りきったところで、潮見川沿いの道路にぶつかる。

左折したあとしばらく道なりに走らせると、ようやく道幅の広い幹線道路に出た。JR線の高架橋の下をくぐったあとで、潮見川に架かる仙河海大橋を渡る。さらに西へ、内陸側へと走っていく。

若干道が混んでいる。旧国道との交差点を通過するのに、二度、信号で待たされた。といっても狭い街である。美術館に着くまでいくつか信号を通り越さなくてはならないものの、それほど時間はかからないはずだ。

倫敏が向かっている先は、街外れの山の中腹にある「三陸アース美術館」という美術館である。そこが今の貴之の仕事場だ。学校現場を離れ、三年前から出向の形で副館長を務めている。

出向といっても、貴之の場合は、出世コースに組み込まれたものだ。さっきの電話であらためて確認できた。新年度から、どこかの学校に教頭、あるいは新任校長として着任することになるはずだ。

貴之とは、高校時代の同級生で部活も同じテニス部だった。といっても、当時の田舎の高校なので軟式のほうだ。貴之とは、三年間ペアを組んだ。県大会止まりの戦績ではあったが。

最初から気が合ったのだと思う。でなければ三年間もペアは続かない。出身中学は違っている。初めて顔を合わせたのは部活でだ。

貴之の実家は市内の北部、六瀬という山奥にある。今は空き家のはずだ。仙河海中の学区内に新築した家で、家族と一緒に暮らしている。

一方、倫敏の実家は、市街地の南側、松石《まついし》地区の田圃農家だ。港町の仙河海市ではそれほど多くない専業農家である。死んだ祖父が若かったころは農閑期の副業に、人を雇って海苔《のり》の養殖をしていたらしい。そこそこ大きい農家で、以前は山林も所有していた。二人の息子を大学に行かせるために山は売ってしまったが……。

小学校の教員をしている兄が家を継いでいる。田圃は人に頼んで米を作ってもらっている。そういう農家は多い。漁業と一緒で、典型的な後継者不足というやつだ。

両親はまだ生きている。父のほうは去年八十になったが、まだ元気だ。しかし、数年前から母のほうに認知症の症状が出ている。アルツハイマー型だと診断された。

そういえば、しばらく実家に行っていない。今のうちにできるだけお袋には会っておかねばと思うのだが、わりと近くで暮らしているせいか、かえって足が向かない。

いや、違う。

俺の顔を忘れられていたら、と思うと、それが怖くてなかなか会う気になれないのかもしれない。

ん？　何を考えていたんだっけ……。

信号待ちをしながら倫敏は首をかしげた。

そうだ、貴之のことだ。

あいつと気が合ったのは、二人とも街場育ちではなかったからかもしれない。

街場と言っても、小さな地方都市だ。たかが知れている。とはいえ、中心市街地を形成する旧仙河海町は、海産物を中心に扱ってきた旦那衆、商人たちの町である。倫敏や貴之のような在郷育ちは、子どものころ、街場の連中に対してコンプレックスがあったのは確かだ。互いに気が合ったのは、たぶん、そのせいもある。今の子どもたちには、そんなコンプレックスなどないようだが。

高校卒業後、進学した大学は違っている。だが、なぜか同じような人生を歩むことになった。

結婚は、倫敏のほうが一足早い。倫敏の初任校は、仙河海市内の中学校ではない。県内でも内陸側の地域だ。そこで晃子《あきこ》と知り合った。倫敏よりも三歳年上の英語教師だ。出身は仙台市。父親は市役所の職員。晃子と結婚したころは、まだ現役で働いていた。晃子には弟が一人いる。父親と同様、市役所勤めだ。実家のほうは弟に任せられる。それもあり、結婚を機に仙河海市に戻った。

なんだかんだ言って、生まれ育った故郷が好きなのだと思う。晃子も、見知らぬ土地での暮らしに反対しなかった。むしろ、海辺の町で暮らしたいと積極的に賛成した。

祖父母の家が、石巻《いしのまき》で牡蠣《かき》の養殖をしていたことが大きいようだ。子どものころ、祖父母の家に行くのが楽しみで、泊まりで遊びに行ける夏休みが待ち遠しかったという。

息子の陸が小学校三年生、娘のひなたが四歳の時に建てた今の家は、浜辺の近くにあってバーベキュー用のテラスからは海が望める。

仙河海に戻って最初の赴任先が仙河海中学校だった。そこで貴之と再会した。市内の別の中学校から、倫敏と同時に転任してきたのだ。さすがに驚いた。そして、学生時代に一時疎遠になっていた付き合いが復活した。

仙河海中にいるあいだ、同じ学年を担当したことはない。二人とも教科が社会科だからだ。だが、学年の垣根を越えてずいぶん一緒に飲みに行った。何をあんなに熱く語っていたのだろうと、今振り返れば赤面するほど、教育について語り合った。

貴之が結婚することになったのを、学校内で最初に知ったのは倫敏だ。人事に関係する話なので校長はだいぶ前に知っていたはずだが、それは別として。

貴之が次の学校に転任するふた月ほど前のことである。貴之のほうから飲みに誘われ、実は、と打ち明けられた時は、心底驚いた。相手が倫敏と同じ学年に所属していた、数学教師の多香子だったからだ。

二人が付き合っているとは全く思ってもみなかった。多香子は貴之より三つ年上なのも、容易に想像が及ばなかった理由の一つだ。

とはいえ、考えてみれば、それは倫敏も一緒である。

それにしても二人とも自分より三歳年上の女房を持つことになるとは、高校のころは想像もしていなかったな。そう言って、いつもの居酒屋で笑い合った。

ともあれ、似合いの夫婦だと思った。今もそう思う。二人とも優秀な教員であるのは確かだ。

俺とは違って、将来の人生設計を早い段階から持っていた。互いに気が合うあいだがらではあるが、そこが俺とあいつとで決定的に違う部分だ。

実際、多香子は亭主よりも一足早く出世して、今は市内の条畠中学校で校長をしている。

一般社会よりもはるかに男女格差のない教員の世界ではあるが、それでも女性校長の数は圧倒的に少ない。優秀なだけでは無理だ。よほど強い上昇志向を持っていないと、女性が校長になるのは難しい。その点では、多香子は貴之以上かもしれない。

一方の倫敏の妻の晃子は、多香子とは全く違うタイプだ。上昇志向など、最初からかけらもない。二年前、長かった教員生活にピリオドを打っている。本当はもっと早く辞めたがっていたのだが、子どもたちのことがあって退職を引き延ばしていた。本人も、陸が大学を卒業するまでは勤め続けようと頑張っていた。

だが、それまで待てなかった。結局、力尽きた感じで、教員を辞めることになった。その時は倫敏も、本当にお疲れさまだったと、妻の苦労を心から労《ねぎら》った。

ところがなんてことだ。学校を辞めたとたん、元気を取り戻した。女房が元気になって嬉しいのは確かだが、なんだか肩透かしを食ったような気分になるのは否めない。

事実、大学に通うため、この春から東京で暮らすことになった娘のアパート探しで、三日前からひなたと一緒に東京に行っているのだが、どうやら、ホテル住まいをしながら、芝居だ歌舞伎だ、美術館巡りだと、本来の目的そっちのけで楽しんでいるようだ。

ともあれ、一馬力の家計になったからには、ひなたが大学を卒業するまでは俺が頑張らねばならんな、と考えたところで、本当は仕事を辞めたがっている自分の心中を覗き込むことになって、倫敏の気分が滅入る。

特別なきっかけがあって辞めたくなっているわけではない。今の倫敏は、何度も何度も折り曲げられて、金属疲労を起こしている針金のようなものだ。

昔、貴之としょっちゅう飲んでいたころは、こんな今の自分など想像もしていなかった。仕事に対する情熱を確かに持っていた。

たとえば……。

当時から比較的上昇志向の強かった貴之に対して、心の中で、軽蔑《けいべつ》とまでは言わないまでも、若干見下していた部分がある。

子どもたちに寄り添い、ともに泣き笑いをしてこその教師ではないか。管理職になんか、俺は絶対にならない。俺は、生涯一教師を貫くつもりだ……。

酔った勢いで直接あいつに言ったことがあったかもしれない。なんと恥ずかしい。青臭すぎだ。しかし当時は、そういう自分を信じていた。信じていたあまり、懸命になりすぎて、心が壊れかけた。

三ヵ月間の病休後、学校を移ったことで何とか持ち直してこれまで教員を続けてこられたものの、あそこで何かが変わってしまった。それまでは家族ぐるみの付き合いをしていた貴之と、少し距離を置くようになったのも、病休が明けてからだ。

とはいえ、何かの折に会うことがあれば、以前のように普通に話はする。しかし、心のどこかにあいつへのコンプレックスがあるのは否定できない。一昨年《おととし》と去年、管理職になるための教頭試験を受けたのも、今からでもあいつに追いつけるかもしれないと考えたからだ。

だが、二度とも落ちた。それであきらめた。自分のやっていることが馬鹿らしくなった。五十にもなったいい大人が、昔の親友への嫉妬心で身悶《みもだ》えしている。その構図に、我ながら呆れ、愛想が尽きた。

ひなたが大学を卒業するまで、あと四年だ。きりのいいところ、五十五になったところで早期退職しようかとも思う。

その日を指折り数えると、期待と安堵と寂しさとがないまぜになり、倫敏たちが送り出そうとしている卒業生と同じような、卒業前夜の気分になる。

いや、しかし……。

わかり切ったことではあるが、その年で退職したら、年金の支給開始までに、だいぶ間が空いてしまう。

家を建てた時に組んだ三十五年のローンが、まだ二十年も残っている。正確には二十一年だ。やはり、定年退職を迎えるまで、この仕事にしがみついているしかないのだろう。心身がそれまで持ってくれれば、の話ではあるが……。

思いのほか、移動に時間がかかってしまった。三陸アース美術館の駐車場に到着した時には、夕闇が濃くなりつつあった。

閉館時間はとっくに過ぎている。駐車場には車が二台あるだけだ。

外灯の下に停めてあるコンパクトカーのほうの後部座席に、美術館の職員と思《おぼ》しき若い女性が、大きな荷物を積み込もうとしている。形状からしてキャンバスのようだ。

車のドアを開け、駐車場のアスファルト上に立ったところで、荷物を積み終えた女性と目が合った。

外灯の明かりがなかったら、相手に気づかなかったかもしれない。

「笑子？」

倫敏が声をかけると、一瞬、訝《いぶか》しそうに細められた彼女の目が、驚きに見開かれた。

それだけでなく、

「倫敏先生！」口からも驚きの声が漏れる。

「いやあ、久しぶり。笑子がここに勤めているのは知っていたんだけど、なかなか足を運ぶ機会がなくて」

「わたしのほうこそ、すっかりご無沙汰してしまって」

そう言って、笑子が折り目正しく腰を折る。

「どう？　元気？」

倫敏が尋ねると、

「はい、お陰さまで」と柔らかい微笑みが返ってきた。

「それはよかった。心配はしていたんだけど、元気そうで安心した。ここには大島の実家から通ってるの？」

「今日はこれからフェリーで実家に帰りますけど、普段はそこから通っています――」と答えた笑子が、

「同級生だった陸上部の早坂希さん、南小《なんしよう》の近くにアパートを借りていて、偶然なんですけど、同じアパートなんですよ。早坂さん、覚えてます？」倫敏に尋ねた。

「えーと。確か、実業団に行った、あの？」

「はい。彼女、三年前にこの街に戻って来て、今はお母さんに代わってお店に――」と口にしたところで、倫敏が戸惑っているのに気づいたらしく、

「先生、担当学年が違ってましたものね。早坂さんのことはよく知らないですよね。すみません、懐かしかったもので、つい嬉しくなっちゃって」そう言ってぺこりと頭を下げた。

「いや、別にかまわんよ」

そう笑みを返すと、

「今日は菅貴《すがたか》先生に？」と笑子が首をかしげた。

「うん。ちょっと娘さんの進路で話があってね」

「昨日って、高校の入試でしたよね」

「そう――」と答えてから、

「菅貴先生は館長室？」と尋ねると、

「ええ。後任の副館長への引き継ぎ資料を作成中です」笑子がうなずいた。

美術館の職員は、すでに貴之の異動を知らされているようだ。

「せっかく一緒の職場になれたのに、菅貴先生がいなくなると寂しくなるね」

すぐには返事がなかった。困惑の表情を浮かべているようにも見える。

が、すぐに表情を戻した笑子が、

「そうですね、確かに。菅貴先生にはずいぶんお世話になりました。それだけじゃなくて、だいぶご迷惑もかけたし――」と口にしたあとで、

「すみません、フェリーに乗り遅れちゃうとまずいんで」と言って頭を下げた。

「おっ、すまんすまん。じゃあ、今度またあらためてゆっくり」

「はい」

微笑んだ笑子が、自分の車の運転席に乗り込んだ。

駐車場から出て行く笑子の車を見送ったあとで、通用口へと向かう。

昆野笑子は、貴之の直接の教え子だ。倫敏と貴之が同時に仙河海中に赴任した翌年、入学してきた。貴之はその学年の担当だった。そのまま三年間持ち上がり、笑子たちを卒業させて次の学校に転任している。確か、一年生の時と三年生の時の二度、貴之は昆

野笑子の担任をしている。

　担当の学年は違っていたものの、倫敏の校務分掌が生徒会だったので、笑子のことはよく知っている。彼女が生徒会の執行部で書記をしていたからだ。

　少し線の細いところがあるが、頭のよい子だった。千尋とは違って、性格は控えめ。そして、当時から美人だった。可愛いという言い方ではなく、美人という表現のほうがしっくりくる整った顔立ちは、大人になってからも変わっていない。勢い、若い男性教員の受けはよかった。貴之もかなり可愛がっていたようだ。

　その笑子を、貴之は大人になってからも面倒を見ている。笑子が新任の美術教師としてこの街に戻ってきた時、彼女が配属されたのは貴之と同じ学校で、しかも担当することになった学年の学年主任を貴之がしていたからだ。偶然ではあるものの、それほど驚くようなことではない。実際、千尋と倫敏も似たようなものである。新任教員が昔の教え子だった、というのは、仙河海のような狭い地域ではよくある話だ。

　ただし、貴之と笑子の縁はそれに留まらないので、珍しいと言えば確かに珍しい。出向の形で貴之が着任した美術館に、教員を辞めて学芸員となっていた笑子がすでに勤務していたのである。

　貴之が美術館に勤め始めた直後、一緒に飲む機会があったのだが、その時にそれを初めて知った。

　一度は美術の教員になった笑子が学級経営に行き詰まって病休に入り、そのまま退職したのは、人伝《ひとづて》に聞いていた。狭い世界なので、その手の噂は否応《いやおう》なく耳に入ってくる。だが、学芸員として美術館に勤めていたことは、貴之から聞かされるまで知らなかった。

直接担任をしたわけではないので、笑子の境遇を知っても、特にこれといったことはしなかった。たとえば、何かの展示を観に行くついでに、笑子に会ってみるだとか。

いや、違うな……。

美術館の通用口の自動ドアをくぐりながら、倫敏は思う。

仕事に行き詰まって心を病み、退職にまで追い込まれた笑子に、自分を重ねてしまうのがわかっていたので、あえて避けていた。それが真実だろう。

しかし、さっき笑子に会って、杞憂《きゆう》だったとわかった。

彼女に会っているあいだ、自分の昔のことはかけらも思い出さなかった。あくまでも教師の目で彼女を見ているからだろう。元気そうな笑子を見て、単純によかったと安心した。これだったら、気にせずもっと早く会っておけばよかった。そう思うくらいだ。

二階の通用口から館内に入った倫敏は、エレベーターを使って一階に降り、館長室を前にした。

軽くノックしてドアを開けると、パソコンから顔を上げた貴之が、

「思ったより遅かったな」と声をかけてきた。

「年度末のせいか、意外に道が混んでた」

椅子から腰を上げた貴之が、デスクの脇に置かれた応接セットに手を向けた。

「何か飲むか？」

「いや、いい」

ソファに腰を落ち着けながら、

「今、駐車場で昆野笑子に会った」倫敏が言うと、さほど関心がなさそうに、ふむ、とうなずいた貴之は、ソファに腰を下ろすや、

「で、幸子がどうしたんだ？」自分のほうから切り出した。

「保護者がおまえだから、本人に確認する前にこうして訊くんだが——」と前置きをしたうえで、幸子に関しての懸念を説明した。

口を挿まずに耳を傾けていた貴之に、

「本人から何か聞いてるか？」と尋ねると、

「何も聞いていないな」と返ってきた。

「そのわりには落ち着いてるというか、やけに冷静じゃないか。いくらおまえでも、もう少し驚くとかうろたえるとかすると思ったんだけどな。自分の娘の話なんだし」

うむ、とうなずいた貴之が、何か考え込み始めた。

しばらくしてから顔を上げた貴之が、頬を緩める。

「昔さ、いつも行っていたあの居酒屋で、俺と多香子の結婚の報告をしたことがあっただろ？」

「なんだよ、急に」

「いや、あの時のおまえの驚いた顔を思い出すと、可笑しくてさ」

「そりゃ驚くだろ。まさに寝耳に水だったんだから」

「確かに鳩《はと》が豆鉄砲を食ったような顔をしていた」

「おまえ、何が言いたいんだよ」

倫敏が眉間に皺を寄せると、少し間を置いた貴之が、口許の笑みを引っ込めて言った。

「俺たち、別れることにした」

すぐに言葉が出てこない。

「その顔、あの時とそっくり同じだ」

そう言って、貴之が笑う。

「おい。それって、離婚ってことか？」

「そういうこと」

「なんでまた」

「ありきたりの理由かな。価値観の相違とか、気持ちのすれ違いとかね」

「おいおい。この年になって、いまさらなんだよ」

「いまさらだからさ――」と素っ気なく肩をすくめた貴之が、

「それを昨日の夜、子どもたちに話した」あくまでも淡々と言う。

少し、いや、かなり呆気《あっけ》にとられた。

様々な非難の言葉を呑み込んで、可能な限り冷静に言う。

「それにしても、なんでまたこんなタイミングで。昨日受験が終わったばかり――というより、明後日はサッちゃんの卒業式なんだぜ」

「このタイミングだからだよ。幸子の公立の受験が終わったらできるだけ早く話そうと、多香子とも決めていたんだ。まあ、子どもたちも薄々は感じていたみたいで、別に大騒ぎにはならなかったがね――」力の抜けた笑いを漏らした貴之が続ける。

「で、自分の親権を俺と多香子のどちらに委ねるかは、それぞれ自分で決めるようにと、二人には言ってある」

「いくら何でも、それはちょっと酷なんじゃないのか？」

「優人と幸子は大丈夫だろう。自分の子どもながら、ドライに割り切って決断できる強さは備えていると思う」

「それは確かにそうだろうが……」

「だから、幸子が一人暮らしをしたがるかもしれないことは予想していた。学校には迷惑をかけてしまうが、最終的に仙台の私立行きが決まった場合は、すまんが高校に頭を下げに行ってくれ。いずれにしても、合否の発表日までには家族できちんと話し合って幸子の進路を決めておく。だから心配しないでいい」

「心配するなと言うなら心配はしないが、それにしても、どうにかならんのか？」

「どうにかって？」

「おまえたち夫婦、どうしても別れなきゃならんのかってことだよ」

「それはすでに決まっている。動かしようがないな」

あくまでも淡々とした口調を変えない旧友を見ているうちに、よぎるものがあった。

「貴之」

「なんだ？」

新任の校長になったばかりの多香子が、一時期、単身赴任をしていたのを思い出した。

「もしかして、浮気がそもそもの原因とか、そういうことか？」

「それって、俺の？　それとも多香子の？」

「いや、どっちっていうわけじゃないが……」

倫敏が言葉をにごすと、

「まあ、人生にはいろいろあるさ」どうとでも取れる言葉を貴之は口にした。

デスクのパソコンのほうに顎をしゃくって尋ねる。

「仕事、まだかかりそうなのか？」

「いくらやってもきりがない」

うんざりしたように貴之が答えた。

「今日中に全部を終わらせなくちゃならないってことはないんだろ？」

「それはそうだが」

「だったら、久しぶりに飲みに行かないか」

「これから？」

「そう。たまにはいいじゃないか。ここしばらく、一緒に飲んでいなかったし」

迷いの色が貴之の目に浮かんだように思えた。

しかし貴之は、

「いや、今日はやめておく」静かに頭《かぶり》を振った。

「そうか……」

ため息を吐いて、ゆっくりとソファから腰を上げた。

「また今度誘うよ」

「悪いな。せっかく誘ってもらったのに」

「気にすんな」

それだけ言って、ソファに腰を沈めたままの貴之を一人残し、館長室をあとにする。

通用口から表へ出た倫敏は、すっかり暗くなった庭を横切り、駐車場へと歩いた。

車のドアに伸ばした手が止まる。

振り返り、笑子の車が駐車してあった場所に視線をやった。

隣の駐車スペースに一台だけ残っているのは貴之のセダンだ。

それを見て、全てが理解できた。

やはり、浮気が原因だ。

今も続いているのかどうかまではわからない。だが、貴之の不倫相手は笑子だ。元の自分の教え子だ。それは間違いないと、なぜか強固に確信できる。

深いため息が漏れた。

しかし、貴之や笑子を責めたり軽蔑したりする気にはなれなかった。

順風満帆のように見えていた貴之の人生に亀裂が入りかけている、いや、すでに大きな亀裂が入っていたことに対して、憐《あわ》れみもなければ、捩じれた優越感も覚えなかった。

倫敏の胸の奥で蠢《うごめ》いているのは嫉妬だった。

常に冷静に、全ての物事を淡々とこなしていくあの貴之の中に、実は存在していたためくるめくような情熱に対して、今の倫敏は激しく嫉妬している。そんなエネルギーを、いまだに持ち続けている貴之が羨ましい。

ふと、千尋の顔が浮かんだ。

千尋と不倫をしている自分の姿を想像しようとする。

無理だ。絶対に無理。

千尋本人は魅力のある女性だと思う。しかも若い。笑子よりも十歳も若い。しかし、どう逆立ちしたって、千尋と逢瀬《おうせ》を重ねている自分の姿は想像できない。そもそも、逢瀬などという古臭い言葉を思い浮かべている時点で無理なのだろう。

そう思うと、妙に気分が楽になった。

明日は、三年間かけて面倒を見て来た子どもたちの卒業前夜だ。卒業式の会場準備が待っている。

決して楽ではない人生に、次の一歩を踏み出そうとしている子どもたちのために、いい卒業式にしてやらなければ。

今はそれだけを考えていればいい。

自分に向かってうなずいた倫敏は、身に沁《し》みてくる夜の寒さから逃れるように車の中へと潜り込む。

# オーバーホール

ようやくボディが戻って来た。

一九九九年式BNR34型のボディだ。日産スカイラインGT - Rのことである。走り屋系の車好きには「R34《サンヨン》」で通っている。板金屋から美樹《よしき》のもとに戻って来るまで、四ヵ月もかかった。

足回りだけ仮付けしたボディをトラックの荷台から降ろしたあと、貢《みつぐ》に手伝ってもらって美樹が経営している「ヨシキモータース」の工場に運び入れた。

貢と肩を並べ、あらためて全体を眺める。

隣の貢をちらりと見やった美樹は苦笑する。二人とも、判で押したように腕組みをしているところが可笑しい。

おまえら、何でそろって腕組みをしているんだ？　誰かに訊かれても、美樹には答えられない。腕組みをしなくてはならない理由など別にない。いや、たとえばテレビで知った風な口を利く心理学者とか精神科医とか、そういう連中に言わせれば、何かに対する防衛反応だとか、そういう話になるのだろう。だが、この状況で腕組みをしない人間がいたとしたら、そいつのほうが壊れているのだと美樹は思う。

ニスモのエアロを身に纏《まと》ったガンメタリックのGT - Rは、見事に甦っていた。昨日、貢が社長をしている「齋藤板金《さいとう》」に足を運んで仕上がり具合をチェックした際、よくまあ、あの車がここまで綺麗に修復できたものだと感心した。その感想は、馴れ親しんだ自分のガレージで見ても変わらない。

貢の、板金屋としての腕は確かだ。仙河海市内でぴか一なのは、この街で車関係の仕事をしている者には周知の事実だ。さすがに先代の社長、つまり貢の親父から、みっちり仕込まれただけのことはある。市内に限らずどこへ行っても、ここまで腕のいい板金屋を探し出すのは難しいだろう。

だからこそ、GT-Rを貢に預けた。ほかの板金屋は考えられなかった。少々時間がかかろうとだ。

市内の真ん中を流れる潮見川から引き揚げられたGT-Rを一目見るなり、これはひでえな、と貢は顔をしかめた。津波に呑まれてこの程度なんだから、ましなほうだろ。美樹が言うと、そりゃそうだがよ……。ぶつぶつ言いながら、貢は車体の周囲を一周した。直せそうか？　無理ならあきらめる。おいおい、俺を誰だと思ってる。そう言うと思ったさ。引き受けるのはいいが、時間はかかるぞ。それでなくても、今は立て込んでいるんだからよ。わかってるって。俺のところも同じだから、時間がかかるのはかまわんさ。で、どれくらいでやれそうだ？　半年だな。おいおい、いくらなんでも半年はないだろ。時間がかかってもいいって言ったじゃないか。それはそうだが……と、思案した美樹は、貢に向かって、三本、指を立ててみせた。三ヵ月？　ああ。無理、不可能。

そこを何とか。無理だって言ってるだろ、嫌ならほかを当たってくれ。じゃあ四ヵ月、それならどうだ？　割り増し料金を払ってもいい。しゃあねえな、と肩をすくめた貢が言った。わかった、四ヵ月できっちり仕上げてやる、割り増しも要らん。助かる、恩に着るよ。

　自分で口にした納期はきっちり守る男だ。事実、明後日でちょうど四ヵ月という昨日、出来たぜ、とりあえず見に来いや、という電話が貢からあった。

「我ながらいい仕上がりだ」

　美樹の隣で満足そうに言った貢が、

「で、エンジンはどうなのっさ」ガレージの奥に視線を送って訊いた。貢の視線の先にあるのは、オーバーホール済みのＧＴ‐Ｒのエンジン、ＲＢ２６ＤＥＴＴだ。

「あとは載せるだけになっている」

「完全にばらしたのか？」

「ああ」

「腰下も全部？」

「もちろん」

「おまえが自分で？」

「いや。腰上は俺がやったが、腰下だけは外注した」

「リビルトを買ったほうが安上がりだったんじゃねえの？」

「それはあり得ない」

「まあ、そうだろな」

うなずいた貢が、エンジンスタンドに載っているエンジンに近付き、あちこち舐める
ように眺め始める。

腰下というのはシリンダーよりも下の部分だ。エンジンのオーバーホールと言った際、シリンダーとその上のヘッド回り、つまり腰上部分を分解洗浄し、消耗パーツを交換して組み付け直すのを指すのが普通だ。クランクが入っている腰下部分のオーバーホールは、普通の修理工場では、まずやらない。やらないのではなく、出来ない。もっと正確には、たとえ出来たとしても本来の性能を甦らせるのは難しい。毎分七千回転以上回るエンジンのパワーを、最終的に受け止めるのがクランクである。組み付けのバランスが少しでも狂っていると、まともに回らないエンジンになる。どころか、寿命が縮んだり、最悪、エンジンブローを引き起こしたりする。ファミリーカーならまだしも、ノーマルでも二百八十馬力を出す直列六気筒のＲＢ２６をさらにパワーアップした、スポーツカーのエンジンである。やろうと思えば美樹にも可能な作業ではある。だが、腰下のオーバーホールは、クランクのバランス取りを含め、専門のエンジン屋に任せることにして東京に送った。こちらも相応の時間を要した。時間だけでなく費用もかかった。そうした一切を含めると、然《しか》るべきファクトリーが手掛けているオーバーホール済みの中古、つまりリビルトエンジンを買ったほうが安上がりだし早い。

それを貢は口にしたわけだが、それはあり得ない、という美樹の一言であっさり納得する。こういうのを腐れ縁と言うのだろう。いや、用法が少し違うかもしれない。全部を言わずとも、意味を汲《く》み取ってくれる。そういうことだ。なにせ、幼稚園から高校まで同じで、そのうち通算五度は、クラスまで一緒になっている。

ＲＢ２６を仔細《しさい》に眺め回していた貢が、美樹を振り返って言う。

「凄えな。ここまで弄《いじ》ってるの、初めて見た」

「そうか？」

そうか？　と美樹が口にしたのは、あくまでもストリートチューンだからだ。社外品のタービンを入れて過給機のブーストを上げ、四百五十馬力まで出しているが、ＲＢ２６の限界までは攻めていない。板金屋としての腕が一流とはいえ、フルチューンされたクルマのエンジンルームを覗く機会はめったにないだろう。貢が感嘆するのも無理はない。

「おまえのアリスト、そろそろエンジンもやらないか？」

貢に言うと、いつものように、別にいいって、とは答えずに、そうだなあ……と呟いて考え込んでいる。

「まあ、その気になったら、いつでも言ってくれ」

返事を待たずに笑い掛けてやると、

「とりあえず俺に出来ることは手抜きなしでやったからっさ――」ＧＴ‐Ｒのフロント

フェンダーを軽く叩いた貢が、

「あとはおまえ次第だ。でも、あまり無理すんなよ」と言ってガレージの外へと足を向けた。

貢が乗ったトラックを見送った美樹が事務所に戻ると、ヨシキモータースに一人だけの従業員、高橋透《たかはしとおる》が、パソコンから視線を外して声をかけてきた。

「戻って来ましたね、R34」

震災前はもう一人雇っていたのだが、今は透だけになっている。

「だいぶ待たされたけどねえ」美樹が顔をしかめてみせると、

「それにしても綺麗に仕上げましたよね。さすが齋藤板金さんです」偽りなく感じ入った口調で透が言った。貢を見送りに出ているあいだに工場まで行って見て来たらしい。

「手伝いましょうか？　美樹さん、今夜からまた始めるんでしょう？」ガレージのほうに視線を向けて透が言う。

「いや、俺一人で大丈夫。事務所の戸締まりだけ頼むわ」

「そうですか」

「ああ。彩《あや》っぺや大《だい》ちゃんと一緒にいてやる時間、できるだけ作ったほうがいい」

彩奈《あやな》と大輔《だいすけ》。今年で五歳と三歳になる透の子どもたちだ。

「美樹さんだって一緒じゃないですか」

「うちは祖父祖母《じじばば》がいるから」

口許を弛《ゆる》めた美樹にまだ何かを言いたそうな顔をしつつも、
「とにかく無理はしないでくださいよ」軽く溜め息を吐いて、透がパソコンに向き直った。

事務所の戸締まりをして透が帰ったあと、美樹は工場に足を運んで蛍光灯を点けた。仕上がったばかりのGT‐Rのボディが、白色光の下で艶やかに輝いている。

このR34は、十二年前に美樹が新車で購入した車だ。仙台の自動車整備士学校を卒業して三年目の、ディーラー勤めの若造には、明らかに分不相応な買い物だった。四十八回のローンを組んでも追いつかない。

親父の顔が浮かんだのは仕方がない。それしかなさそうだった。久しぶりに実家に電話をしてみた。いずれはこっちに帰って来るんだろうな。親父が言った。こっちとは仙河海市のことだ。宮城県北部のリアス海岸にへばり付く、人口が七万人程度の、漁業で生きている港町である。当時の美樹は、故郷を離れ、仙台市内で一人暮らしをしていた。

電話で親父に訊かれた時、一応これでも長男だしなあ、とだけ答えた。帰るとも帰らないとも、明確には言っていない。すっとぼけた口調ではあったと思う。だが、嘘を口にしたわけではない。実際、将来のことが何も見えていない時期だった。あまり真剣に考えていない、と言ったほうが正確か。二十二歳の普通の若者が、自分の人生について明確なビジョンを持っていたら、そっちのほうがおかしいだろう。

とはいえ、数ヵ月先だとか、そのくらいの未来であれば、美樹にも鮮やかに想像できていた。自分がハンドルを握るGT‐Rの助手席には友紀《ゆき》が収まっている。そういうシチュエーションならば、想像の範囲内だ。

そのころの美樹は、勤めていたディーラー系列の中古販売店で買った、中古のマーチに乗っていた。可愛いね、このクルマ。友紀は乗るたびにそう言ってくれた。不満そうな顔をしたことはない。別に悪いクルマじゃない。コンパクトで使い勝手がいい。日常の足としては何の不満も覚えない。が、美樹が乗りたい車は、自動車整備士学校にいたころから、一貫してGT‐Rだった。その当時のGT‐RはBCNR33型だ。だが、一つ前の、BNR32型に憧れた。走り屋を描いた漫画の影響が大きい。我ながら単純だと思う。同じような奴は、自分の周囲での話に過ぎないものの、けっこう多かった。マーチに乗りながら、程度のいいR32《サンニー》が中古で出てくるのを待っていた。

GT‐RがモデルチェンジしてBNR34型になったのは、友紀と付き合い始めてそろそろ一年が経とうとしていたころだ。新型のGT‐Rに一目惚れした。一目惚れという言葉は、異性に対してではなく、モノに対して使ってこそ正しいんじゃないかというのが、美樹の持論である。寝ても覚めてもの言葉通り、R34が頭から離れなくなったのはそれからだ。

それで結局、実家に電話をすることになった。親父が普通のサラリーマンだったら、電話しなかっただろう。「村上無線《むらかみ》」というのが、美樹の父、村上大樹《だいき》が経営している会社の名前である。船舶用無線や自動航法装置を扱っている会社だ。相次ぐ遠洋マグロ船の減船で、当時から漁業自体が斜陽に差し掛かっていた。とはいえ、競争相手が少ないおかげで、会社はそこそこ儲かっている。実際、そのころの親父は、V8四リッターのセルシオに乗っていた。今はBMWになっているが。美樹が車好きなのは父親の影響もある。ただし、美樹にしても、クルマが欲しいから金を出してくれとねだるほど、厚かましくもなければ甘ったれでもなかった。貸してくれ、と頼んだ。実際、返すつもりだった。あのバタバタがあって、いまだに返し損ねているものの。

ともあれ、電話をした翌々日、美樹の口座に頭金が振り込まれた。納車まで二ヵ月待った。いつものマーチと比べれば怪物みたいに見えるだろうGT‐Rで、友紀の家まで迎えに行った時の驚き顔は、今でも忘れられない。

それから少しずつチューニングアップを重ねてきた車だ。友紀と結婚して息子の昂樹が生まれ、やがて仙河海市に戻って自分の会社を立ち上げたあとも、手放すことなく普段使いをしてきた。車はきちんとメンテナンスをしながら日常的に走らせていたほうが、コンディションを保てる。美樹のR34には、新車のGT‐Rがもう一台買えるだけの金がかかっている。チューニングカーとは、まあ、そんなものだ。

GT‐Rのボディを満足いくまで眺めた美樹は、最初の作業にかかることにした。エンジンはまだ載せない。入念に足回りを組み直してから、ドンガラのボディに内装と外装、補強パーツ、各種のハーネスやパイプを組み付けていく。工場の片隅の作業台には、水中から引き揚げたGT‐Rから取り外したうえ、補修と洗浄を済ませたパーツ類がびっしりと並べられている。部品点数はかなりの数に上る。身近にある工業製品中、内燃機関を積んだ自動車は最先端の技術の塊だ。どれだけ優れた車を造れるか。それでその国の潜在的な技術力を推し量ることができる。自動車関係者のあいだではよく言われていることだ。決して嘘じゃないと美樹も思う。そうなると、イタリアなんかは侮れない。あれだけお気楽そうに見えるラテンの国なのに、フェラーリを造っている。ともあれ、GT‐Rの修復には、可能な限り元の部品を使いたかった。どうしても交換が必要なパーツは、すでにメーカーから取り寄せてある。工場の片隅に積み重ねてある段ボール箱がそれだ。エンジンを載せるのは最後になる。

すべては店を閉めたあとの、夜仕事での作業だ。GT‐Rが息を吹き返すまで、おおよそ一ヵ月というところだろう。またしばらく、家への帰りが遅くなる。場合によっては、事務所のソファで泊まり込み、という日も出てきそうだ。親父とお袋が面倒を見てくれるとはいえ、昂樹には申し訳ないと思う。

自分の会社である。その気になれば日中に作業をしても、お客に迷惑をかけない限り、誰にも文句は言われない。あるいは、透の手を借りれば作業はずっとはかどる。だが、美樹には、どちらもするつもりがない。腰上のオーバーホールをしていた時と同様、ほかの人間が誰もいない、ひっそりした夜の工場で、一人だけでGT‐Rに向き合うと決めている。そうすべき合理的な理由はどこにもないのだが、違う選択肢は美樹にはない。

この車が津波に呑まれた時、運転席でハンドルを握っていたのは、美樹の妻、友紀だった。

作業を切り上げ、美樹が仮設住宅に帰った時には、午前零時近くになっていた。

美樹が入居している仮設住宅は、自身の母校、仙河海中学校のグラウンドにある。校庭のほぼ半分が潰されて、プレハブの仮設住宅が十数棟、建ち並んでいる。中学時代の美樹はバスケ部に所属していた。部活でグラウンドを使うことはなかった。だが、この現状を見ると、トラックを使えなくなった陸上部を筆頭に、サッカー部や野球部、コートを潰されたテニス部等々、後輩たちに対して同情を禁じ得ない。というか、どういう理由で学校のグラウンドなんかに仮設住宅を建てちまったのか、行政のやることには首を捻《ひね》るばかりだ。

結局、土地がなかった、ということなのだろう。リアス海岸の入り江に面した街はどこもそうだ。平地が少なく、やたらと坂が多くて、道も入り組んでいる。平らな土地が欲しくて湾を埋め立てたわけだが、今回の大津波でそっくり攫《さら》われた。美樹の家があったのも、その埋立地だ。

部屋の明かりを点け、キッチンとはアコーディオンカーテンで仕切られただけの居間に入る。四畳半が二つの２ＤＫの間取りだ。実際は２Ｋと言ったほうがいいだろう。沓《くつ》脱ぎから入ってすぐのダイニングキッチンは、ダイニングとして使えるほどの広さはない。それでも一応、家族用だ。一人者には１ＤＫが割り当てられている。実質２Ｋの部屋の片方を居間に、もう片方を寝室に使っている。息子との二人暮らしとはいえ、いまだに手狭で息苦しい。五月の中旬に入居してからまだ三ヵ月だ。じきに、この狭さにも慣れるのかもしれない。ともあれ、避難所になっていた中学校にいた時よりは全然ましだ。

居間のテーブルにお袋のメモが載っていた。夕食のおかずは冷蔵庫に入れてあるから電子レンジで温めて食べるように。味噌《みそ》汁はコンロの鍋。炊飯器から移したご飯は、おかずと一緒に冷蔵庫内。昂樹は今夜こちらで預かります。こちらとは、親父とお袋が入居している仮設住宅のことだ。小高い丘の上に建つ中学校の南側、道路を一本挟んだ運動公園にも、同様の規模の仮設住宅が建ち並んでいる。横書きのメモの最後に、朝、時間があるようだったら、昂樹の登校前に顔を見せなさい、とあった。どれもこれも、わざわざメモに残しておくようなことではない。すべて夕方、電話で話した内容ばかりだ。シャワーは朝起きてから浴びることにした。手と顔を洗い、テレビの深夜番組を見ながら食事をする。

一人きりの夕食、いや、夜食を済ませた美樹は、食器を片付けたあと、居間に戻って、チェストの上にある妻の遺影に向かって手を合わせた。携帯電話に残っていたデータを事務所のパソコンに移し、トリミングしたうえでカラー印刷したものだ。携帯のカメラだが写りは悪くない。去年の夏、家族で岩手県の小岩井《こいわい》農場に遊びに行った時に撮った写真だ。友紀が眩しそうな笑顔を作っている。実際、真夏の陽射しが眩しかったのかもしれない。

写真の隣には、遺骨を納めた骨箱が置いてある。村上家の先祖代々の墓はあるのだが、四十九日をとっくに過ぎた今も、まだ納骨していない。来年の一周忌には、さすがに納骨せざるを得ないだろう。

友紀の遺体が見つかったのは、津波からちょうど二週間後だった。警察から連絡があった。水中捜索をしていたダイバーが、潮見川の底に沈んでいる車の中に遺体が残されているのを発見した。その車が美樹のGT‐Rだった。車内に閉じ込められた状態で、友紀は溺死していた。シートベルトは外されていたという。必死で脱出しようとしたはずだ。死ぬ間際の妻の苦しみや恐怖を想像すると、いまだに胸の奥が強烈に痛む。日が経つにつれ、かえって痛みは増している。

遺体安置所で対面した友紀は、すっかり変わり果てていた。二週間ものあいだ、冷たい水中に身を置いていたのだから無理もない。昴樹には母親の遺体を見せなかった。見せられるものではなかった。が、それが正しかったかどうか、今の美樹にはよくわからない。

友紀を火葬してやれるまで、一週間、順番を待たなければならなかった。拾った遺骨は、仮設住宅に入居するまで、住職に頼んで、しばらくのあいだ寺で預かってもらった。簡素な葬儀を終えた翌々日、美樹は潮見川からGT‐Rを引き揚げた。それなりの費用はかかったが、どうしても陸に戻したかった。GT‐Rは、美樹が想像していたほどには、損傷が激しくなかった。息を吹き返させることが出来るかもしれない。そう思った。といっても、本気ではなかったように思う。だがなぜか、翌日から美樹は、GT‐Rを運び込んだ工場に籠もって分解作業を始めた。何もしないでいるより、分解作業に没頭していたほうが、気が紛れた。それだけのことだったような気がする。

だが……。

震災からちょうど一ヵ月後、板金屋の貢に来てもらった。その時には、このGT‐Rを絶対に生き返らせてやると決意していた。その決意が実現する一歩手前まで、ようやく漕ぎつけることができた。もちろん、それで妻が生き返るわけではない。それは誰に言われなくてもわかっている。

そこで美樹は、さらに考える。遺体を発見できて、火葬してやれただけでもよしとするしかないのか……。震災から五ヵ月が経った今でも、行方不明者の遺体捜索は続いている。それを考えれば、まだ俺は……。妻の遺影に手を合わせるたび、自分に言い聞かせようとする美樹だが、やはり無理だ。

あの日、会社の実印を家に忘れて来なければ、友紀は死なずにすんだ。美樹が忘れた実印を取りに戻って津波に呑まれた。

地震直後、最初のうちは携帯電話が繋がった。友紀は、実印を手にして車に乗り込もうとしていた時、地震に見舞われたようだった。これから実家まで昂樹を迎えに行く。

友紀はそう言った。その日、昂樹は、小学校から下校後、まっすぐ祖父母の家に行くことになっていた。魚市場のすぐそば、村上無線の社屋と同じ敷地にある家だ。三世代一緒に夕食の食卓を囲む予定になっていた。

内陸育ちの妻には、大地震後の津波、という発想自体が希薄だったのだろう。美樹は携帯電話をきつく握って言った。これだけ大きな地震だ。津波が来るかもしれない。いや、絶対に来る。昂樹は親父とお袋に任せておけば大丈夫だ。おまえはとにかく一人で逃げろ。逡巡《しゅんじゅん》があったのかもしれない。つかの間、電話が沈黙した。やっぱり迎えに行く。友紀が言った。駄目だ、逃げろ！　そこで通話が途切れた。携帯電話の通信網がパンクしたのか、友紀が自分で通話を切ったのかはわからない。やっぱり迎えに行く──それが、美樹が聞いた友紀の最後の声になった。

何度試しても、友紀の携帯に繋がらない。実家も同様だった。会社の電話にも、親父やお袋の携帯にも連絡がつかない。くそったれ。罵った美樹は、かまわないから今日は家に帰れ、二人の従業員に言い捨てて、仕事用に使っているヴィッツに飛び乗った。

ヨシキモータースは、内陸側の新しい街並みにある。魚市場方面に行くには、潮見川を越えなければならない。何本か架かっている橋の一本、仙河海大橋の手前で、車が動けなくなった。海側から避難して来る車で反対車線までもが埋まり、大渋滞が引き起こされていた。クラクションを激しく鳴らしながら進もうとするのだが、まったく進めなくなった。前だけでなく、後ろにもだ。

どうするか……。

歯ぎしりしながら考えているうちにも、時間が刻一刻と経過していく。

このままここにいてはまずい。大きな津波が発生したら、目の前の潮見川を遡上《そじょう》して来る可能性がある。車を捨てることにした。車から降り、徒歩で実家に向かい始めた。

橋を渡り、ＪＲの高架橋をあとにしたあたりから、周囲の雰囲気が一変した。高台へと避難する住民で、町の中が騒然とし始めている。防災無線が切迫した声で避難を呼びかけている。異様な緊張感の中で、実家へと向かいながら、友紀が乗っているだろうガンメタリックのＧＴ‐Ｒを捜し求める。あれだけ目立つ車だ。視界の範囲内にあればすぐにわかる。が、見つけられないまま移動し続ける。

もう少しで魚市場というところで、奇妙な音を聞いた気がした。音というより、急激に気圧が変わったような嫌な感じだ。津波だとなぜかわかった。周囲を見回した美樹は、近くにあった中で一番頑丈そうなビルに駆け込むことにした。そのビルに飛び込もうとした間際、すぐそばを歩いていた婆さんと、その孫らしき二人連れに声をかけた。孫のほうは大学生くらいの若い女性だ。美樹が声をかけたのは、高台を目指すでもなくビルに逃げ込むでもなく、どこか様子が変だったからだ。あんたたち、いったいどこに行くつもりなんだ？　すると、婆さんの旦那が世話になっているグループホームに行こうとしていたところだ、という意味の答えが返ってきた。年寄りの説明は要領を得なくて困る。言葉を交わしているうちに孫に間違いないことがわかった女性の補足がなかったら、いつまで経っても埒が明かなかっただろう。どこのグループホームだ？　という美樹の問いには、鹿又地区だという答えが返ってきた。普通に歩いても三十分以上かかる距離だ。タクシーが呼べそうになかったので……と、孫のほうが不安げに付け加えた。馬鹿か、その前に津波にやられるぞ。そう言って建物の中に二人を連れ込んだ美樹は、婆さんを半ば引きずりながら、途中からは、背中におぶって、三階まで階段を駆け上がった。

仙河海の街並みが津波に呑み込まれたのは、それから数分後のことだった。

あれほど凄《すさ》まじい大津波が来るとまでは、さすがに考えていなかった。避難したビルは、流されずにすんだものの、二階の天井付近まで水没して完全に孤立した。その孤立したビルの中で、数十人の避難者と一緒に、寒さと海上火災の恐怖と闘いながら、一夜を過ごした。

翌日、避難所となった中学校で、親父とお袋、そして息子とは再会できた。昂樹のおかげで助かった、と親父は言った。津波といっても、せいぜい昔のチリ地震津波程度だと思っていたからさあ。あの時は、ちゃぽちゃぽと家が浸《つ》かった程度だったものな。いざとなったら二階に上がっていればいいと思ってた。んでもよ、昂樹のことを考えると、やっぱり高台に避難したほうがいいかと考え直してっさ。それでとりあえず中学校に避難したら、あれだものな。昂樹がいなかったら、いやいや、俺ら、夫婦そろってあっさり死んでいたところだ。そう言ったあとで、それで友紀ちゃんは？　と親父が尋ねた。

当然無事だと思っていたのだろう。美樹が事情を話すと、親父とお袋は顔色を失って絶句した。

　GT‐Rが発見されたのは潮見川の川底だったが、津波に襲われた時、どこを走っていたのかは不明だ。美樹の実家に向かおうとしていたのかもしれないし、途中であきらめ、逃げようとしていたのかもしれない。どちらにしても、友紀がなぜ車を捨てて徒歩で逃げなかったのか。理由は考えるまでもなかった。美樹が大切にしているGT‐Rを救おうとした。それ以外に考えられない。だから美樹は、二重に自分を責める。会社のヴィッツを使わせればよかった。それならば、いざとなったら、車を捨てて逃げていたはずだ。なのに、GT‐Rを使わせた。

　あの日の午後、代車を出していない客先に、修理で預かっていた車の納車予定があった。そういう場合、お客の車と会社のヴィッツの二台で納車に行き、ヴィッツ一台で帰って来ることが多い。乗用車を一台積める、ウィンチ付きのトラックも会社にあるのだが、狭い道が多い仙河海市では使い難《にく》い。実際、納車予定の客先は、トラックが入って行けない路地の奥にあった。

　マニュアル車に慣れていない友紀にGT‐Rを運転させることに、ちらりと不安がよぎったのを、美樹は覚えている。しかし、無視した。仕事で客先に行くのに、ハイチューンを施したGT‐Rで乗り付けるのはさすがに憚《はばか》られる。あの時の微《かす》かな不安、胸騒ぎに近い躊躇《ためら》いを無視するのではなかった。そうしてさえいれば、友紀は死なずにすんだかもしれない。友紀を死なせたのは、やはり俺だ。悔やんでも悔やみきれない。時計の針を巻き戻したい。俺の命と引き換えに時間を巻き戻せるというのなら、喜んでそうする。

妻の遺影の前で、ひたすら美樹は後悔する。すでに日付が変わり、月命日になったことにすら気づけないほど、美樹は自分を責め続ける。

デンタルクリニックからの帰りだった。歯科医院じゃなくて、デンタルクリニック。美樹が二十二歳になる年のことだから、今から十三年ほども前の話である。デンタルクリニックという呼び方、今でこそ当たり前になっているが、当時の仙台ではまだそこそこ珍しかった。

どこかいい歯医者──やっぱり歯医者と呼んだほうがしっくりくる。実際、どこかいい歯医者さんないですかね、と勤めていたディーラーの先輩社員に尋ねたし、その先輩も、俺の行ってる歯医者、去年開業したばかりの小さい歯医者だけど腕はいいよ、痛くないし。そう答えて場所を教えてくれた。歯医者というのは歯科医師のことだから、正確には歯科医院と言わなければならない文脈なのだが、歯科医院とは言わないし、言い難い。よく考えたら、俺たち、普段からごちゃまぜに使っているようだ。いずれにしても、今の子どもたちだって「歯医者さん」と呼んでいるに違いない。ましてや「そういえば、明日ってデンタルクリニックに行く日だったな」などと頭の中で転がす人間なんか、いないのじゃないかと思う。いや、そんなことはどうでもいい、出ている看板に◯◯

デンタルクリニックと書かれている歯医者に、虫歯の治療で通い始めて二週間ばかり経ったころの話だ。

治療が終わったあと、近くのコンビニに立ち寄って晩飯にする弁当と車の雑誌を買った美樹は、コインパーキングに停めておいたマーチに乗り込んだ。車を停めた時には降っていなかった雨が降り始めていた。といっても、傘を差すべきかどうか迷うような、春の霧雨だ。車の間欠ワイパーを一番遅くセットすれば十分な程度の。

パーキングから車を出し、歯医者が入っているビルの手前の交差点で、信号待ちをしていた。

何気なく目を向けた先、歩道の端で、スプリングコートにデイパック、スニーカーとジーンズというファッションの若い女性が、スタンドを立てた自転車のそばで屈《かが》み込んでいる。通勤用に使っているのだろう。確か、ミニベロとか呼ぶ、小径タイヤの可愛らしい自転車だ。どこか故障でも？　と思いながら見ていた美樹は、「あれ？」と声を出した。屈み込んでいた彼女が立ち上がり、サドルには跨《また》がらず、仕方なさそうに自転車を押し始める前、顔にかかっていた髪を片手で払い除《の》けた。

「あれまあ……」

もう一度、美樹の口から声が漏れた。さっきまで、美樹の口の中を覗き込んでいた歯科衛生士だ。

そういえば……と、思い出す。治療代の精算の時、自分が最後の患者だった。どの車雑誌を買おうか、コンビニで立ち読みしているあいだに退勤時刻になったに違いない。

信号が青に変わった。

その時、下心があったのかどうか、自分でもはっきりとしない。何もなかったといえば嘘になるのかもしれないが、自分の知り合いが困っているのだけは確かだ。通っている歯医者の歯科衛生士を知り合いと呼べるのかどうかは微妙だが、声をかけずに通り過ぎるのはちょっとなあ。そんなところだったと思う。そういう部分は、仙台という、美樹にとっては都会で暮らしつつも、やはり田舎者なのだろう、悪くない意味で。

いずれにしても、美樹がその日の最後の患者だったこと。真っ直ぐアパートには帰らずに、コンビニに立ち寄ったこと。歯科衛生士の彼女、川元《かわもと》友紀の自転車の故障。たまたま降り始めた春雨。そうした偶然が重ならなければ、その後の様々な運命は大きく違っていたはずだ。

ミニベロを引く友紀を追い越したところでマーチを歩道に寄せて停め、ハザードランプを点滅させながら、助手席のウインドウを下ろした。

車の脇を通りかかった彼女に声をかける。

「自転車、故障ですか？」

美樹の声に立ち止まった友紀が、自転車のハンドルに手をやったまま、周りをきょろきょろする。

「ここです、村上です」

助手席のほうに身を乗り出して美樹が言うと、気づいた友紀が、

「あ、どうも……」戸惑ったような顔で小さくお辞儀をした。

「自転車、故障したんですか？」

もう一度訊くと、

「あ、はい。パンクしちゃったみたいで」と答えが返ってきた。

「パンクかあ……」

チェーンや変速機の故障なら直せるかもしれない。そう思っていたのだが、パンクとなると、修理用の道具がなければ無理だ。

一瞬、迷ったあとで言ってみた。

「送って行きましょうか？」

「え？」

「いや、ほら。雨が降ってきているし——」霧雨を降らせる暗くなった空をちらりと見やり、

「その自転車なら、後ろの座席を倒せば積めそうだし、よかったら家までお送りしますよ」美樹が言うと、

「あ、でも、患者さんにご迷惑をかけるわけには——」そう言ったところで、口にした内容が自分でも可笑しかったようで、

「そういう話じゃないですよね」友紀が頰を弛めた。それで二人のあいだの空気が和ら

いだ。

「遠慮することないですよ。雨、さっきより強くなってきているし、風邪を引いちゃうとまずいから」

「じゃあ、申し訳ないですけど、お言葉に甘えさせてもらうことにしようかな」

うなずいた友紀に、

「ちょっと待っててください」と言って車から降りた美樹は、後部ハッチを開けてスペースを作り、ミニベロを受け取った。

後部座席を倒して広げたマーチの荷室に、パステルグリーンのミニベロはぴたりと収まった。

「お洒落な自転車ですね。ビ、ビアンチ？」

フレームに入ったロゴを見ながら美樹が口にすると、

「ビアンキです」友紀がくすっと笑う。

「外車ですか？」

「一応、イタリアの」

おお、フェラーリの国で作っている自転車ではないか。きっとセンスがいい女性に違いないと、それだけで思ってしまう。

助手席に収まり、シートベルトを締め終えた友紀に、

「えーと、家、どこですか？」行き先を尋ねる。

「長町《ながまち》です」

自分のアパートとは仙台の中心部を挟んでまったくの逆方向だが、今の美樹には何の問題もない。

「わかりました。途中から道案内、お願いします」

「はい」

ウィンカーを上げて走り出した仙台市内の道は、退勤時刻の真っ只中《ただなか》にあり、あちこちで渋滞していた。そのおかげで、友紀と会話する時間が十分以上にあった。ずいぶん色々なことを話したはずなのだが、細かい部分はさすがに忘れてしまった。というより記憶にない。やはり、緊張がマックスだったのだろう。いや、一つ思い出した。名前だ。俺の名前、銀行とかでよく間違われるんですよ。女の名前に。普通に読めば、ヨシキじゃなくてミキでしょう？　子どものころはそれでずいぶんからかわれたし。美樹が言うと、あら、わたしもです、と友紀が言った。川元さんも？　はい、わたし、下の名前、友達の友と糸偏の紀でユキなんですけど、トモキとかユウキとか。で、男の子に？　そうなんです。へえ、偶然ですね。ですねえ。なぜ名前の話になったのかはやっぱり忘れてしまったが、クリニックの仕事用に作っているものとは違う、柔らかくて落ち着いたトーンの彼女の声がとても心地よかったことは鮮明に覚えている。

次の診療の日、精算が終わったところで、この前のお礼です、と言って、友紀がリボンのついた小さな紙袋を手渡して来た。

礼を言って受け取ったあと、しばらく迷った。その日で治療が終了したからだ。思い切って口にした。よかったら、今度、ドライブにでも行きませんか、と。映画でも、だとか、お茶でも、あるいは、食事でも、ではなく、ドライブという単語が出たのは、その時の美樹にとっては自然だった。が、口にしてしまってから、いきなりドライブというのは普通なしだろ、と胸中だけで天を仰いだ。警戒されて当たり前の密室状態に誘っているのと一緒だ。

ところが友紀は、少し頬を赤らめ、うなずいてくれた。なぜオーケーだったのか、あとになって訊いたことがある。自分の家まで送ってもらった時に、車の中で急に抱き付いて来るようなことは絶対しない人だとわかったから。それが友紀の答えだった。単純に喜んでいい返事なのかどうかは、やや微妙ではある。だが、それで友紀と付き合い始めることになり、一年とちょっとの交際期間を経て結婚した。自分の口の中を隅々まで知っている女と結婚することになるとは、かけらも想像していなかった美樹だが、普通は見せないものをすでに見せていたせいか、付き合い始めた最初から、自分を飾らずにいられたような気が、しないでもない。

結婚の翌年、息子の昂樹が生まれた。その昂樹が四歳になる年、七年前に親父が倒れた。心筋梗塞だった。まだ還暦前だったのだが、あの不摂生《ふせっせい》ぶりではさもありなんと思った。それで仙河海市に戻ることになった。前の年に美樹の妹は結婚しており、旦那の実家に近い神奈川で暮らしていた。妹以外に兄弟はいない。必然的に、長男の自分が親の面倒を見ることになる。親父自身は、カテーテル治療で命を落とさずにすんだ。カテーテルを使って心臓の血管に網目状の筒を挿入する、冠動脈《かんどうみゃく》ステントというやつだ。まるで車を修理するような話だが、現代の医療技術の進歩には驚くばかりだ。

ともあれ、親父の件がきっかけで家族と一緒に故郷に戻り、ヨシキモータースを設立することになった。商売はそこそこ順調だった。友紀も昂樹も、港町の暮らしにすっかり馴染んでいた。

だが……。

友紀の火葬の時、彼女の両親は口にこそ出さなかった。それは出せないだろう。しかし、娘を仙河海市に行かせさえしなければ……。二人が胸中で絞り出す悲痛な声が、実際に耳にしたかのように、美樹の心臓に突き刺さったままだ。

Ｒ３４のボディが戻って来て一ヵ月、震災からちょうど半年の月命日に、作業が終了した。エンジンのみならず、全てのパーツをオーバーホールしてある。ここまで手がかっていると、オーバーホールの域を超えている。新車を一台、ゼロから組み上げたようなものだ。

いつものように一人だけ残った夜のガレージで、仕上がったＧＴ‐Ｒの前に折り畳み式の椅子を置き、深く腰掛けた美樹は、かれこれ一時間ほども眺め続けている。運転席に収まり、イグニッションキーをひねれば、間違いなくエンジンには火が入るはずだ。

美樹は躊躇っていた。

エンジンを始動して、GT-Rを甦らせることに何の意味があったのか……。

GT-Rが復活したあと、何を目的に生きて行けばいいのか……。

もちろん、すべきことは山ほどある。被災した仙河海市の住民の、仮設住宅への入居が始まったころから、仕事そのものが目の回るほど忙しくなった。津波で車を流された入居者が、一斉に車を求め始めたのだ。特に、中古の軽自動車に需要が殺到した。ヨシキモータースは中古車販売も行っている。展示していた中古車はあっという間に売り切れた。仙台のオークション会場に毎週通っても追いつかない。そのうち、オークション会場でさえ、底をついたような状態になり、客を待たせることもしばしばだった。日常の生活の足として車が必要なのは、仙河海市の被災者に限った話ではないのだ。今回の津波で被災したのは、車がないとどうにもならない土地に住んでいる者だけだ。

その象徴とでも言うべき光景が、今の仙河海市内にはある。昂樹が通っていた南仙河海小学校の校庭には、スクラップ行きになる車が山積みになっている。子どもの学び舎《や》がスクラップ置き場というのも洒落にならない話だ。もっとも、南仙河海小学校は早々に閉校が決まり、昂樹は中学校の隣にある仙河海小学校に通っている。

いや、小学校の話ではない。車の話だ。中古車の玉不足による忙しさはいまだに続いている。とはいえ、冬が来る前には一段落するだろう。中古車の確保と販売の忙しさは、死んだ妻のことを考える時間を、ある意味、美樹から奪った。それはそれで助かることではあったが、深く鋭い痛みを伴った自責の念が消えるわけではない。単に蓋を被せているだけだ。一日の仕事が終われば、ゲリラ豪雨で行き場を失った下水が、マンホールの蓋を持ち上げて噴き出すように、意識の表層に上ってくる。

見て見ぬふりができればどんなに楽なことか。しかし、それは不可能だ。であれば、まともに向き合ったほうがいい。そう思った。だから美樹は、妻を荼毘《だび》に付したあと、潮見川からGT‐Rを引き揚げた。

夜のガレージで、GT‐Rのパーツを一つ一つ分解し、丹念に洗浄して磨き上げる作業によって、友紀と向き合うことが出来た。時おり、すぐそばに彼女の気配を感じたこともある。一度ならず何度となく。そろそろ止めにしたら？　作業に没頭している美樹の肩にそっと手を置く友紀が、生身の身体になって戻って来たように、肩に重さを感じたことすらある。あまり根を詰め過ぎちゃだめだよ。そう言いながら友紀が運んでくるコーヒーの香りを、確かに嗅いだように思えた夜もあった。

外が静まり返った深夜、この工場でGT‐Rと向き合っている時、美樹の近くには間違いなく友紀がいた。

しかし、GT‐Rが甦ろうとしている今、友紀の気配は限りなく希薄だ。エンジンに火を入れたら、妻の魂はガソリンと一緒に燃焼して大気中に拡散し、二度と戻って来ないだろう。

この車をもう一度、完全にばらして組み立て直すか？　そうすれば友紀は……。

何を馬鹿な。胸中に浮かんだ思いを振り払う。自分の何かが壊れかけている気がする。それとも、すでに壊れてしまっているのか……。

椅子の上で身じろぎした美樹は腕時計の文字盤に目をやった。

午後十一時にもう少しで差し掛かろうとしているところだった。あと一時間ちょっとで、月命日の今日が終わってしまう。

どうするか……。

数分間、なおも迷ったあとで、美樹は椅子から腰を上げた。

ツナギのポケットからイグニッションキーを取り出し、ＧＴ‐Ｒにゆっくりと近づく。ドアを開けた。ガレージ内に視線を巡らせてから、運転席に身体を滑り込ませる。革張りのレカロの、セミバケットシートに身体が包まれた。三週間あまりも水に浸かっていたシートである。本来であれば再生は無理だ。だが、メーカーに無理を言って仕上げてもらった。当然、あちこちに傷みがある。だが、それでいい。友紀が最後に触れていたのが、このレカロのシートと、ナルディのハンドルだ。

ハンドルに添えた両手に、一瞬力を込めたあと、運転席のドアは開け放ったまま、クラッチを床一杯に踏み込んだ美樹は、イグニッションキーを捻った。

エンジンルームでセルモーターの回る音がした。

掛からないか？

疑念が頭をよぎった直後、ＲＢ２６に火が入った。乾いた排気音がチタンマフラーから吐き出され、ガレージの空気がびりびりと震えた。聞き慣れた懐かしい音だ。異音がしないか、しばらくじっと耳を傾けてみる。

問題ない。パワーがどれくらい出ているかは、慣らしが終わったあとで、シャシダイに掛けてみないとわからない。だが、フリクションのない回り方をするのが、ちょっとアクセルを煽《あお》っただけでもわかる。以前よりパワーダウンしていることはなさそうだ。

ドアを閉め、バックで工場の外へと動かした美樹は、一度車から降りて、ガレージのシャッターを下ろした。

スモールランプだけを点灯させ、アイドリングの音を響かせているGT‐Rに乗り込み、シートベルトを装着する。

左に首をねじった。

助手席に友紀の姿はない。

俺は何を期待しているのか……。

胸中で呟いた美樹は、ヘッドライトを点灯させたあと、クラッチを踏み込んでシフトレバーを一速に入れた。パーキングブレーキを解除して、ノーマルのGT‐Rよりも重いクラッチを丁寧につないでいく。

アイドリングより少し上の回転を保ったまま、GT‐Rがするすると動き出した。ウインカーを上げ、右折で表通りに出た。行き交う車はない。タクシーすら一台も走っていない。そのまま東に向かって、港の方角へと、速度は上げずに車を走らせる。ゆっくりと車を走らせつつ、足回りのチェックをする。嫌な軋《きし》み音も振動もない。飛ばさなくても、ごくゆっくりと左右に車を蛇行させただけで、ボディと足回りの仕上がり具合はわかる。エンジンと同様、車体も完璧だ。

ほどなく、今は主要県道になっている旧国道との交差点にぶつかった。交差点を直進で進み、夜になると点滅に切り替わる信号をあとにした先に、人工の明かりは皆無だ。唯一、GT‐Rのヘッドライトが浮かび上がらせるのは、津波に呑まれた街の跡である。信号はおろか、街灯の明かりも存在しない。流されずに残っている建物も、すべて明かりが消えている。昼に見れば、たいていの建物は一階部分がぶち抜かれ、ゾンビのような見てくれになっている。一昨日《おととい》の夜は、同じくらいの時刻に仮設住宅に帰った時、満月に少し欠ける大きさの月が夜空に懸かっていた。だが今夜の空は厚い雲に覆われていて、地上まで月明かりが届いていない。よけいに暗く街が沈んでいる。

道がわずかに上りとなり、直後に潮見川に差し掛かった。

かろうじて津波に流されずにすんだ仙河海大橋を半分ほどまで渡ったところで、美樹は車を停めた。

ヘッドライトを消した。

運転席と助手席、両方のサイドウインドウを下ろして外の空気を車内に入れる。

ヘドロと腐敗臭が混じった臭気が鼻を突く。だが、夏よりはだいぶましになっている。

しばらく待ってみたが、何も起こらないし、何の気配も感じられない。

あきらめてウインドウを両方とも上げた。

窓から直接入って来ていた排気音がくぐもった音に変わる。

美樹が何をどう望もうと、現実は何一つ変わることはない。友紀が戻って来ることもない。

今日と変わらない明日が、またやって来るだけだ。

いや、今日と変わらない日が、明日も同じようにやって来るとは限らない。それを津波で思い知らされた。

まるで正反対の明日である。だが、どちらも真実なのだろう。いや、淡々とした事実なのだと、あっさり言ってしまったほうがいいのかもしれない。

そしてまた、今の美樹には、明日も今日と同じように、淡々と仕事をしながら生きていく以外に選択肢がない。

津波に呑まれ、水中に沈みゆくGT‐Rの中で、友紀が最後に口にした言葉は、考えるまでもなくわかっている。

昂樹をお願い。

それ以外に何があるだろう。

妻の最後の願いを無視するほどまで、今の自分は壊れていない。あれだけのダメージを受けながらも完璧なまでに甦り、軽やかに回るエンジンと、一点の曇りもない動きをする足回りが、それを美樹に教えてくれた。どこかが壊れている人間には、外観とは違ってあらゆる部分が繊細なスポーツカーを、ここまでのコンディションに復活させるのは無理だ。

もしかしたら、このＧＴ‐Ｒに向き合いながら、俺は自分自身をオーバーホールしていたのだろうか。

ヘッドライトの光線が闇を貫き、再びＲ３４ＧＴ‐Ｒが動き出す。

ちくしょうめ。美樹は口の中で呟いた。

嫌になるほどいい音をさせて回るエンジンだ。

# ラッツォクの灯《ひ》

ハンバーグ弁当と唐揚げ弁当を買ってから家に帰った。

翔平《しょうへい》が弁当を買ったプレハブ造りのコンビニエンスストアは、仮設住宅が建ち並ぶ敷地内にある。今年になってからできたものだ。おかげで買い物がかなり楽になった。普通の仮設住宅とは規格の違うプレハブがクレーンで吊《つ》られているのを目にした翌日、すぐに内外装の工事が始まった。ほとんど同時にコンビニができるのだとわかった。その時翔平は、要領のいい奴はどこにでもいるものだと思った。

コンビニのプレハブが建ったのは市民運動公園の一角である。公園の敷地の全部が仮設住宅とその駐車場になっている。翔平が中学生の時、野球部の部活で毎日のように使っていたグラウンドである。わずか二年前のことなのにその面影はかけらもない。狭い道を一本挟んですぐ隣にある中学校のグラウンドも、その半分が潰されて、公園と同様にプレハブの仮設住宅が並んでいる。両方の仮設を合わせると、入居戸数は二百戸近くになるはずだ。

おまけに中学校も公園も、丘と呼ぶよりは山と言ったほうがいいような高台にある。何につけ、買い物をするには麓に下りなければならない。街が津波にやられる前からそれは同じだったが、こうしてコンビニができてみると、その意味通り便利なことこの上ない。仮設暮らしのどの家でも、一日に一度は利用しているだろう。ちょっと計算してみても、相当な売り上げになりそうだと想像がつく。経営者が誰かは知らない。しかし、いち早く目を付けた要領のよさは称賛に値する。

もちろん要領がいいだけではダメだ。カネが要る。こんなプレハブだって開店に漕ぎつけるまで、たぶん数百万円はかかったはずだ。親父がお袋と一緒に始めた小さなラーメン屋でさえ、それ相応の借金が必要だった。

結局、カネがあって要領のいい奴が得をするようにこの世の中はできている。そういうことだ。人間としてどんなに実直であっても、それだけでは世の中を上手く渡り歩いていけない。

コンビニのレジ袋をぶら下げて仮設の玄関に立った翔平は、アルミサッシの引き戸に手をかけた。

軽く力を込めてみる。施錠はされていた。満足してうなずく。一人で家にいる時には鍵は必ずかけておくように、と妹の瑞希には言ってある。

在宅中、日中に玄関の施錠をしている居住者は少数派だと思う。あいだに一つ挟んだ部屋で一人暮らしをしている婆さんなんか、買い物に行く時にさえ施錠しないどころか、玄関を開けっ放しにして出かけてしまう。少し呆《ぼ》けているのか。最初はそう思った。だが、そうではないようだ。

前に、外れた網戸が戻せなくて困っているのを助けてやったことがあった。婆ちゃんさあ物騒なんじゃねえの？　と翔平は訊いてみた。前から気になってたんだ、戸締まりちゃんとしてないようだから。すると、玄関に鍵をかけない理由は三つある、と返ってきた。盗られて困るようなものは何もない、というのが一つ。その答えは翔平にも予想ができるものだった。だが、次の理由は考えもしていなかった。家の中で倒れた時、施錠していたら救急隊の人が困るじゃないか、と婆さんは言った。だから夜も玄関に鍵をかけていないのだと言う。そこまで聞いて、三つ目の理由に思い当たった。最後の理由、おれが当ててみようか。そう婆さんに言ったら、わかるのかい？　と言うから、孤独死してもすぐに発見してもらえそうだもんな。ボランティアの人たち、しょっちゅう回って来るだろ。まあ、発見まで時間がかかっても二、三日ってとこじゃねえ？　お兄さんなかなかわかってるじゃないか。うなずいた婆さんは、ひどく可笑しそうにカラカラ笑った。だから、相当の年寄りなのだが、頭はしっかりしている。それ以来、顔を合わせれば、時々婆さんとは会話をするようになった。その婆さんが、旦那を津波で亡くしているというのは、最近知ったことだが。

ともあれ、婆さんが鍵をかけない理由はそれなりに納得できるものだった。しかし、小六の女の子には当てはまらない。しかも、お袋に似てくれたおかげで、将来は絶対に美人になると断言できるくらい、兄の目から見ても瑞希は可愛い。仮設には、何をするでもなく日がな一日酒を飲んでいる輩《やから》もいる。ロリコン野郎だっているかもしれない。幼い妹を一人残して働きに出ていて、疑心暗鬼になるなというほうが無理だ。

ズボンのポケットから取り出した鍵で開錠した翔平は、施錠をし直したあと、安全靴を脱いでキッチンに上がった。

入ってすぐのところにダイニングキッチンとは名ばかりの台所があり、ユニットバスとトイレが併設されている。キッチンから続くアコーディオンカーテンの奥が六畳弱の居住スペースだ。いわゆる１ＤＫタイプの仮設住宅で、一人者を中心に二人暮らしまでの世帯が入居している。狭いのは仕方がない。むしろ、親子四人とか五人とかの家族で２ＤＫタイプに入るよりもましだろう。部屋が二つあると言っても一部屋が四畳半だし、キッチンのスペースが１ＤＫタイプよりも狭かったりする。

といっても、細かな間取りやプレハブ自体の造りはメーカーによっても違うらしい。津波にやられて居住制限エリアになった土地の買い上げについて、この前住民説明会が開かれた時、あそこの仮設はもっと立派で、だとか、あそこよりもうちらの仮設のほうが使いやすいだとか、そんなことを大人たちがしゃべっていた。

アコーディオンカーテンを開けて奥を覗くと、瑞希は薄暗くなってきた部屋で蛍光灯は点けずにテレビを見ていた。冷蔵庫や電子レンジと同様、生活家電セットとして赤十字から寄贈されたものだ。特に見たい番組がなくても、家にいる時は点けっ放しが普通になっている。電気代を考えると見ない時は消しておいたほうがいいのだが、なかなかそれができない。瑞希に限らず翔平も、何でもよいから人の声を聞いていると落ち着く。

それに、携帯電話を持っていない瑞希でも、テレビを点けていれば緊急地震速報をキャッチできる。

「お帰りなさーい」

カーテンの開く音に気づいた瑞希が、翔平に顔を向けてきた。

頬にかかった肩までの長さの髪をふわりと掻き上げる仕草が、実際の年齢よりも大人っぽい。お袋がいたころは、両サイドの髪を綺麗な編み込みにしてあげていて、それが瑞希も気に入っていたみたいなのだが、残念ながら翔平には編み込んでやるのは無理だ。

テレビの液晶画面の明かりに瑞希の顔が青白く浮かび上がる。蛍光灯が点いていないせいだとは思うものの、顔色があまりよくないように見える。じきにお盆を迎える真夏だというのに、ほとんど日に焼けていない。元々色白なので、日に当たっても、黒くならない性質《たち》ではあるのだが、翔平としては気がかりだ。

ただいま、と答えたあとでレジ袋を掲げ、蛍光灯の紐《ひも》を引いて明かりを点けてから、

「弁当買ってきた。唐揚げとハンバーグ、どっちがいい？」と尋ねると、

「どっちでもいいよ。お兄ちゃん、好きなほうを食べて」と瑞希が答えた。

「それなら、おかずはシェアしよう、シェア」

「うん、いいよ」

「じゃあ、悪いけど、兄ちゃん飯の前にシャワー浴びて来るわ。どっちでもいいから、瑞希の好きなほうから食べてていいぞ」

「ううん、お風呂から上がるまで待ってる」

「遠慮しなくていいって」

「遠慮してないよ。お兄ちゃんと一緒に食べたい」

「わかった。急いで入って来る」

「ゆっくり入ってきていいからね」

手にしていたレジ袋をテーブルに載せたあと、押入れの衣装ケースから取り出した着替えを手にしてキッチンへと戻った。

衣服を脱ぎ捨ててユニットバスに飛び込み、ぬるめのシャワーを頭から浴び始めた。今日は曇りがちの一日で、いつものように終日戸外にいたものの、身体に熱がこもるほどの暑さではなかった。しかし、身体全体が砂埃《すなぼこり》にまみれている。マスクをしていても鼻の穴は真っ黒だし、口の中もじゃりじゃりする。

砂まじりの埃まみれになるのはいつものことだ。震災瓦礫《がれき》を運ぶダンプカーやトラックが目の前をひっきりなしに行き交うのだから当然である。それでも、去年の今ごろと比べると、街全体がはるかにクリーンになっている。

津波が去ったあと、去年の春から夏にかけては、晴れれば仙河海市の街全体が黄砂でも浴びているように埃に霞《かす》んでいた。一方、雨が降るといたるところに泥濘《ぬかるみ》が出現して、車のタイヤが泥を跳ね上げた。街の全部が土木工事現場になったようなものだった。

ともあれ、シャワーのおかげで全身にまつわり付いている埃が落とせてすっきりした。丈の長いトランクスにTシャツを身に着け、タオルで髪を拭きながら部屋に戻ると、やはり瑞希は、弁当には手を付けずに翔平が戻るのを待っていた。

白色光の下であらためて見る瑞希の頬は、やっぱり青白い印象が拭えない。夏休みに入ってからは昼飯が給食じゃなくなっている。コンビニ弁当やカップ麺ばかりで栄養が偏っているのかもしれない。だが、具体的に何をどうという段になると、面倒くささが先に立って後回しになってしまう。

もう少し食事の内容を何とかしなくては、と考えつつ、唐揚げ弁当のほうを翔平は手にした。どっちでもいい、とさっきは言った瑞希だが、唐揚げが好きなのを翔平は知っている。先に唐揚げ弁当を電子レンジで温めて瑞希の前に置いてやり、それからハンバーグ弁当を温めた。

おかずを分け合いながら箸を運んでいた翔平は、

「今日は誰かと遊んだ？」と訊いてみた。

「遊んだよ、葉月ちゃんと」

瑞希が口にする友達の中で最も頻繁に出て来る名前なのだが、翔平は一度も会ったことがない。葉月ちゃんがどんな子なのかは想像に任せるしかなかった。でもたぶん、瑞希とは対照的に大人しい子なのではないかと思う。

「何して？」

「図書館で一緒に本を読んだ」

「また？」

「うん」

確かに市の図書館は中学校の隣にあるので、仮設からも目と鼻の先だ。しかし、昨日も一昨日も図書館だった。図書館が悪いわけじゃないが、

「たまには外で遊べば？」と言ってみると、

「日焼けすると赤くなってひりひりするから」

「子どもらしくないなあ」

「子どものころから気をつけたほうがいいんだよ、紫外線って」

外遊びを無理強いするつもりはなかった。しかし、元々は活発な瑞希が、震災後、部屋に籠もりがちなのは心配だ。たまには外に連れ出したほうがいいように思う。

「そうだ。今年からみなとまつりが復活するんだってさ、瑞希、知ってた？」

「ううん、知らなかった。いつあるの？」

「今度の土日」

「あれ？　今度の土日って、二週目だよね」と瑞希が首をかしげる。

「仙河海みなとまつり」は、例年、八月最初の土曜日と日曜日に開催される。震災直後の去年はさすがに中止になった。それが今年から復活することになったのだが、

「今年は月命日に合わせて実施することになったんだって」

ふーん、と瑞希はうなずいただけで、あまり興味を示さない。

「兄ちゃん、土曜日までアルバイトがあるけど、日曜からお盆が終わるまで休みなんだ。

日曜日、兄ちゃんと一緒にお祭りに行ってみないか」

「いいよ、別に行かなくても」

「日焼けするから？」

「うん」

「じゃあ、土曜日にしようか。いつもより早く帰って来られると思うから、夕方出かけてみる？　灯籠流しや花火、土曜の夜にやるみたいだし」

今度は少し考える仕草をした瑞希だったが、

「やっぱりいいや――」と答えたあとで、

「行きたかったら、お兄ちゃん行ってきてもいいよ。彼女さんと一緒に」と言って微笑んだ。

瑞希が口にした「彼女さん」というのは、中学時代の同級生の幸子のことだ。高校も翔平と同じ仙河海高校に通っている。ただし、小学校は違っていた。幸子が通っていた仙河海小学校は仙河海中学校に隣接している。その北側の古くからひらかれた街並みが学区で、幸子の家は津波にやられなかった。

一方、翔平が通っていた南仙河海小学校は、街の中心部を流れる潮見川沿いにある。川を挟んで湾側のエリアが広大な埋立地で、その一角の住宅地に翔平の家はあった。

リアス海岸の入り江に位置する仙河海市の市街地で、津波にやられたエリアは、ほとんどすべてが埋立地だ。翔平の家は津波自体には持ちこたえたものの、重油による海上火災で焼失した。

幸子とは中三の秋くらいから付き合い始めた。なぜそんな会話になったのか最初の部分は覚えていないのだが、うちのお父さんって不倫してるみたいなのよね、と幸子が漏らしたのがきっかけで相談に乗るようになった。それが始まりだ。

彼女さんと一緒に、という瑞希の言葉で箸が止まっていたみたいだ。

「あ、その顔。幸子さんと喧嘩でもしたんでしょ」瑞希が面白そうに翔平の顔を覗き込んできた。

「いや、別にそういうわけじゃ……」曖昧《あいまい》な返事をしたあとで、

「瑞希がお祭りに行かないんだったら、兄ちゃん、臨時のアルバイトを探してみようかな。お祭りの出店とかで人手が欲しいところ、ありそうだし」と言うと、

「お兄ちゃん、働き過ぎだよ」瑞希が笑みを消して眉根を寄せた。

「お盆休みと合わせて四日間もぶらぶらしててもしょうがないし」

それに働かなきゃカネが出て行くだけだし、と出かかった言葉を呑み込んだ翔平に、

「そうだ、お兄ちゃん」何かを思いついたように瑞希が言った。

「何？」

「今年はうちでもラッツォク焚《た》こうよ」

「どこで？」

「もち、わたしたちの家で」

「ここじゃなくて内の浦の？」

「うん」

ラッツォクというのはお盆の時の迎え火と送り火に焚くオガラのことだ。この地域の方言なのだが、平安時代の蠟燭《ろうそく》の読みが「らっちょく」あるいは「らっそく」だったのが転訛《てんか》したらしい、という説があるようだ。というのはもちろん後付けの知識で、去年までの翔平は、その言葉自体を知らなかった。年寄りがいる家や仏壇がある家以外では、迎え火や送り火を焚く習慣そのものが途絶えてきているからだろう。実際、翔平の家でも焚いたことがなかった。

ところが去年、市内のあちこちで迎え火や送り火が焚かれる光景が復活して、その様子がニュースで流れた。とりわけ、津波によって土台だけになった家の玄関先で、家族を亡くした遺族が迎え火を焚いている映像が印象的だった。ラッツォクという言い方を翔平が知ったのも、そのニュースを見てのことだった。この件に限らず、震災以後にテレビのニュースで目にして、この街にはそんな風習があったんだとか、そんな場所があったのかなどと驚かされることが、時おりある。それはそれで単純に面白いことが多いのだが、複雑な気分になる時もある。マスコミに寄ってたかってこの街が解剖されているような、そんな気分に陥ってしまう時があるからだ。

「ねえ、お兄ちゃん。ラッツォク焚こうよぉ」

期待を込めて翔平の顔を覗き込んでいる瑞希に、

「家があった辺り、いまだに街灯一つないからなあ」

「夕方、暗くなる前に焚けばいいじゃん」

「それでも帰りは真っ暗になる」

「懐中電灯持っていけば大丈夫だよ」

「それはそうだけど」

「嫌なの？　お兄ちゃん」

瑞希がちょっと怒った顔になる。去年、ラッツォクが焚かれているニュースを一緒に見ていた時、瑞希が口にした言葉を思い出した。そうかあ、ああすればお父さんやお母さんと一緒にいられるんだ。何かの新発見でもしたような口調だった。だから、妹の気持ちはわからないでもない。

少し考えてから、

「わかった。とりあえず前向きに考えておく」と翔平が言うと、

「なにそれ。政治家みたいなしゃべり方しちゃって」瑞希が鼻の上に皺を寄せた。

「奴らよりはましだ」

そう言って中断していた食事を再開してほどなく、ご馳走《ちそう》さま、と言って瑞希が箸を置いた。またただ。おかずもご飯も半分近く残している。

「食欲ないのか？」

「ううん、もうお腹《なか》いっぱい」

「育ち盛りなんだから、もっと沢山食べないと」

「今度はお母さんみたいなことを言う」

「実際ちょっと心配だし」

「心配しなくて大丈夫」

「ほんとに？」

「うん」

ほぼ毎晩、同じような会話が交わされる。決まって瑞希は、半分ほど残してご馳走さまをしてしまう。日中に間食している気配もない。活発なくせに食が細くて。お袋は人前でよくそう言っていた。実際その通りなのだろうが、よくこの食事量で身体が持つものだと不思議でならない。

結局、瑞希が残した弁当は、翌日の翔平の朝飯になる。瑞希の朝食はトーストと牛乳だけ。トースト好きだから、という本人の言葉通り、震災前から瑞希の朝飯は同じだった。

弁当を食べ終えた翔平は、空の容器を仕分けしてゴミ袋に押し込んだあと、半分残った弁当は冷蔵庫に入れた。食事を終えた瑞希は、風呂に入っている。風呂はシャワーだけで十分という翔平とは違って長風呂だ。

ごろりと床に横になった翔平は、片肘をついた手のひらに頬を乗せて見るとはなしにテレビを眺め始める。

さほど蒸さない日なので、網戸の嵌まった窓を開けていれば、備え付けのエアコンを動かさなくても過ごせそうだ。

翔平がぼんやりと目を向けているテレビの横、安物のチェストの上には、白布で包まれた骨箱が載っている。火葬した両親の遺骨が入っている骨箱だ。伯父さん、親父の兄貴からは、本家の墓に納めていいと言われているのだが、迷いもあって納骨を済ませていない。仮設暮らしのあいだはこのままにしておこうか。明確な理由があるわけではないが、そう考えている。

津波の二週間後に、ひしゃげた車の中で親父とお袋は見つかった。遺体安置所で、変わり果てた二人の顔を確認した。瑞希には見せなかった。見せなくてよかった、と翔平は思っている。車で避難している最中に渋滞にはまり、そこを津波に襲われた。それは間違いなかった。そうして命を落とした犠牲者は、仙河海市でも少なくない。

翌朝、翔平は、昨夜の残りの弁当と、それだけでは足りないので瑞希と一緒にトーストを齧ってから、いつものように七時半に家を出た。仮設住宅が並ぶ運動公園の隣には市民会館が建っている。その前がロータリーになっていて、路線バスの停留所が設けられている。

そこで翔平は車が来るのを待ち始めた。といってもバスを待っているわけではない。翔平が待っているのは、市内を回りながら現場作業員をピックアップして瓦礫処理場に向かうワンボックスのバンだ。

学校が夏休みに入った初日から翔平はそのバンに乗っている。仕事の内容は瓦礫処理場に出入りする車両の交通整理である。日当はかなりいい。ただし、通常は高校生ができる仕事ではないし、学校にばれたらまずい。実際、潜《もぐ》りでやらせてもらっているようなものだ。

偶然の事故がきっかけだった。高校が夏休みに入る一週間ほど前、旧国道を自転車で走っている時に、ダンプカーと接触事故を起こした。左折中の大型車両に引っ掛けられる典型的な巻き込み事故だ。自転車は前輪のリムがひしゃげた。にもかかわらず、運がよかった。翔平自身はほぼ無傷だった。といっても、ジーンズの膝は破れ、転倒した側の膝と肘、手のひらの側面に擦り傷ができはしたのだが、まあ、それくらいの傷で済んだ。接触に気づいたドライバーがすぐにブレーキを踏んだのがよかったのだろう。

県外ナンバーのトラックだった。復興支援で来ている県外ナンバーの車両は、トラック、乗用車を問わず、今の仙河海市では珍しくない。

事故の被害者がぴんぴんしているのを見たドライバーは、かなりほっとしたようだった。年齢はたぶん死んだ親父と同じくらい、つまり、四十代の後半くらいに見えた。

翔平の傷の程度を確かめたドライバーは、自転車は弁償する、怪我の治療費は払う、しかし警察には届けないでほしい、病院でも車と接触したとは言わないでほしい、と言った。人身事故を起こしたのがばれたら、自分の会社が仕事から外されてしまう、というのが理由らしかった。たまたまではあるのだが、事故った時、周りに目撃者がいなかったことで、被害者を丸め込めるのではないかと咄嗟《とっさ》に考えたに違いなかった。相手は高校生のようだし、とも思ったのだろう。ともあれ、この事故がばれたら本当に困る、というのは嘘じゃないのだと、翔平にもわかった。

いいっすよ。翔平がうなずくと、ドライバーは心底安堵した顔になった。そのかわり、工事現場でおれにもできそうな仕事を紹介してもらえないすかね。兄ちゃん高校生だろ、いくらなんでもそれは無理だ。そうすか、そんじゃ、これから一一〇番にかけますね。やめろ、それだけはやめてくれ。でも、カネが必要なんですよ。別に慰謝料とか要求してるわけじゃないっすよ。仕事を都合してくれればいいだけです。復興事業の賃金、けっこういいって聞いてるし。兄ちゃん、なんでそんなにカネが欲しいんだ。おれの両親、おれと小学生の妹を残して津波で死んだんですよね。だからおれ、自分で働かないと食っていけないんですよ。コンビニのバイトなんかじゃ全然追いつかないし。もちろん、学校が夏休みのあいだだけでいいっすよ、雇ってもらうのは。

まるで当たり屋みたいだと自分でも思ったが、とにかく少しでも多くカネを稼ぎたい一心だった。

結局そのドライバーの口利きで、夏休みいっぱい瓦礫処理場の交通整理で稼げることになったのだが、実際のところは翔平の脅しが利いたわけじゃなかったらしい、というのが、働きだしてしばらくしてからわかった。どうやら、翔平の境遇が同情されたようだった。若干すっきりしない部分は残ったものの、それはそれで結果オーライとすることにした。なにせ同じ労働時間でコンビニで働く三倍は稼げるのだ。

学校がある時の翔平は、授業が終わってからの三時間、コンビニでバイトをしている。津波で浸水はしたものの、建物被害はなかったコンビニである。夏休みに入ったら一日八時間のフルタイムで働く予定でいたのだが、交通整理の仕事が決まったことで、コンビニのほうはいったん辞めることにした。店長にだけは事情を話した。翔平の身の上を知っている店長は、快く了承したばかりか、激励までしてくれた。この件は誰にも言わないから安心しなさい、と目配せまでして。ここでも翔平の境遇は同情されているのだった。

ただし、そのかわり幸子との関係が悪くなってしまった。昨日の夕食時、幸子さんと喧嘩でもしたんでしょ、と瑞希に言われたが、完全に図星だった。

最近の翔平は心が荒《すさ》みすぎ。翔平との関係をこれ以上続ける自信がわたしにはない。幸子にそう言われたのは、夏休みに入る二日前だ。

幸子からの誘いを断ったのが原因だった。デートの誘いとか、そういう話ではない。幸子が所属している市内の高校生グループの活動に誘われたのだ。

震災後、仙河海に限ったことではないが、様々なNPOが街に入ってきて、ボランティアと一緒に復興の手助けをしてくれている。東京からの学生ボランティアで来ていたメンバーが中心となり、仙河海市で新たに立ち上げられたNPOもある。そんなNPO

の協力で作られた高校生グループにこの春から参加した幸子は、今ではすっかりその活動に嵌まっている。自分たちの街の魅力を外の人たちに知ってもらうため、高校生ならではの発想でユニークな発信を積極的にしていこう。そういうことらしい。それはそれでいいことだと思う。しかし、今の翔平には少々鬱陶《ゆうちよう》しい。そんな悠長なことをしている暇はない。いや、将来に対する不安に押し潰されそうで、心に余裕がないと言ったほうが正確か。

そんな暇ねえって。ちょっと刺のある口調になってしまった。それでも幸子は、アルバイトが忙しいの？　と訊いてくれた。うん、そうなんだ。普通にうなずいていればこじれずにすんだはずだ。しかし違う言葉が口から出た。そんなままごとみたいなことをしてられっかよ。そんな暇があったら、バイトしてたほうがよっぽどましだ。ままごと。よっぽどまし。どちらも要らない言葉だった。最近の翔平って心が荒みすぎじゃない？　荒んでたのは自分のほうだろ。どういうこと？　何を言ってるのよ？　あんな親なんか親じゃないって言ってたのは誰だっけ。いつの話をしてんのよ、それって中学の時の話じゃない。さすがに話がずれてきている。そう思ったので引き戻した。しかし引き戻し方が最悪だった。幸子のそのグループって、何とかっていうNPOが作ったんだろ？　NPOのメンバーに相談に乗ってもらって、わたしたちが自主的に作ったの。だから、NPOが作ったわけじゃない。似たようなもんだろ。そう切り棄てたあとで、おれ、NPOってのが嫌いだから、と吐き捨てるように言った。何で嫌いなのよ。いかにもいいことをしていますっていう、善人ぶった態度。それまで浮かんでいた困惑の色が幸子の目から消え、怒りの色に取って代わった。ずいぶんひどいこと言うのね。わたしたちがどれだけ助けられたか忘れちゃったわけ？　忘れてはいなかった。震災後、街の人々がどれだけ彼らやボランティアに助けられたことか。忘れてはいないし、感謝しているのも嘘ではない。しかし、またしても侮蔑《ぶべつ》的な言葉が口を衝《つ》いて出た。結局あいつら、寄付金とか助成金が目当てなだけじゃんか。声を失った幸子の唇が小刻みに震え始めた。

しかし、もう止まらなかった。そのカネ、こっちに恵んでほしいくらいだぜ。心のケアとかって言って仮設に押しかけられるより、現金を直接もらったほうがずっとましだ。このままだとさ、被災地は奴らの食い物にされるだけ――。そこで止まった。左の頰が熱かった。幸子に思い切り頰を張られたのだった。もう無理。幸子は言った。翔平との関係をこれ以上続ける自信がわたしにはない。それきり、幸子とは一言も交わしていない。電話でも話していないし、メールもだ。たぶん、終わったのだと思う。修復不可能な状態に自分で追い込んでしまった。どう考えてもこっちのほうが悪い。喧嘩別れをした時も今も、おれはものすごく卑屈で嫌な奴に違いない。

しかし、いずれはこうなる運命だった。そう考えれば済む話だ。震災の前後で二人の境遇はあまりに大きく違ってしまった。幸子の家は両親ともに学校の先生だ。震災前、父親のほうは副館長として市内の美術館に出向していたのだが、その時、外に女を作ったらしい。それ以前から、うちの両親って冷え切った感じだったんだけどさ。いずれ別れるんじゃないかな、あの二人。気づいていないふりをしていい娘を演じてるのってほんと辛い。そんな幸子の話に翔平は耳を傾け、受け入れようとした。決していやいや聞いていたわけじゃない。あのころは本当に幸子がいたいけで、おれが支えてやらなければ、などと大真面目に考えていた。やっぱりそうだったよ。幸子がそう言ったのは中学の卒業式の前々日だった。あの人たち、ついに自分たちのほうから白状したよ。そのころには幸子は、両親のことをパパやママとは言わなくなっていた。あの二人。あの人たち。あの人。そんな感じだ。しかもだよ、と幸子は続けた。わたしたちは別れることにしたので、おまえたちはそれぞれどうするか決めておきなさい、だってさ。はあ？　って感じよね。憎々しげに幸子は吐き捨てた。両目に涙を溜めて。

街が津波に襲われたのはその翌日だった。

津波で翔平は両親と家を奪われた。一方の幸子は、何も奪われなかった。それどころか壊れていた家庭が修復された。離婚寸前だった幸子の両親はやり直す道を選んだ。震災をきっかけに、縒《よ》りを戻すだとか結婚を決めるだとか、逆に別れるだとか離婚するだとかいう話は、当たり前みたいにごろごろ転がっている。それが幸子の家でも起きた、という話にすぎないのだが、いつの間にか幸子は、再びパパやママと両親を呼ぶようになっている。

震災後、翔平にとって幸子の存在は大きかった。彼女のおかげで救われたことが沢山ある。何気ない話をしているだけで落ち着いた。時には黙ってそばにいてくれるだけでよかった。

そんな翔平と幸子の関係がぎくしゃくし始めたのは、年が明けたあたりからだ。

ぎくしゃくする原因を作っているのは自分のほうだと、翔平にもわかっている。

津波で命を落とした時、親父とお袋は、ＪＲ南仙河海駅の近くで、開店から四年目になるラーメン屋を営んでいた。

若いころの親父は船乗りをしていた。大島とともに仙河海市の入り江を形成している唐島半島の小さな集落の出身だ。二人兄弟の次男坊である。牡蠣の養殖業を営んでいる実家は、兄が継いだ。

親父は、水産高校を卒業したあと、最初は遠洋マグロ船に乗った。マグロ船を下りたのは二十八歳の時で、人件費の削減のため、東南アジアからの外国人甲板員を乗せるようになってきたころだった。代わりに乗ったのが地元のサンマ船で、岩手県の宮古《みやこ》に寄港した際に、スナック勤めをしていたお袋と知り合った。その辺の話はあまり詳しくは聞いていないのだが、親父が三十歳、お袋が二十七歳の時に結婚して、それと同時に親父は船を下り、地元の水産加工会社に勤め始めた。結婚後、お袋のほうは翔平が生まれる前の一時期、仙河海市内のスナックで働いていた。子どもができてからは、子育てをしながらパチンコ屋でパートをして家計の足しにした。

アパートから一戸建てへと移ったのは、翔平が小学校に入学した年だった。ＪＲ南仙河海駅と潮見川のあいだの一帯が住宅地として開けているのだが、その一角に住居を求めた。狭いアパートとは違い、駆け回ったり飛び跳ねたりしても平気な、広々とした一軒家に引っ越せたのが嬉しくてたまらなかった記憶がある。

親父が十三年間勤めた会社を辞めてお袋と一緒にラーメン屋を始めたのは、翔平が小学校六年生、瑞希が一年生の時である。そのしばらく前から、日曜日の昼食は決まって親父が作るラーメンだったので不思議に思っていたのだが、父さんな、母さんと一緒にラーメン屋さんを始めようと思うんだけど、翔平と瑞希は賛成してくれるかな？　そう訊かれた時に理由がわかった。これから毎日ラーメンが食べられると思い、翔平も瑞希も諸手《もろて》を挙げて賛成した。

店の経営状態はたぶん可もなく不可もなしで、そこそこ順調に推移していたのではないかと思う。が、当然ながら開店に当たって相応の借金をした。ローンの残っている家を抵当に入れて。

結局、家のローンのほうは、ローンを組む際に親父が加入していた生命保険で弁済できたのだが、開店の際に作った借金がほぼ丸々残った。それに関しては、未成年後見人になってくれた伯父が対応している。今年の正月に改めて聞かされた伯父の話では、翔平の家が建っていた土地を、復興関連事業に伴って市に買い取ってもらい、その金を義援金の一部とともに返済に当てるのが一番いいらしい。

だが、それ以上は経済的な面で伯父を頼るのは難しいということも、同時に説明された。唐島半島の伯父の家も被災している。家も養殖施設もすべて流され、今は仮設住宅暮らしである。宮古にあるお袋の実家も同様に被災して、向こうでも仮設暮らしだ。今の時点で親類を頼りにするのは確かに無理だ。

ある程度まとまった額の義援金や支援金は手にしている。しかし、貯蓄してあるお金を使い切ってしまったら、それからは食事もままならない。学校に通いながらのコンビニのバイト代は、すべて食費と光熱費に消えていく。衣類や日用品が必要な場合は、貯蓄を取り崩していくしかない。来年には瑞希が中学校に入学する。その三年後には高校受験が待っている。自分たちの将来が全く見えない。時に絶望のあまり、瑞希と一緒に……などと考えてしまうことすらある。

こんな状況で、心が荒まないわけがない。ひょんなことから瓦礫処理場の交通整理の仕事が決まり、少しは一息つけると思っていたタイミングで、街の魅力を発信するために、などと誘われても、翔平にとっては現実味のない絵空事の話だった。もはや、幸子とは住んでいる世界が全く違うのだ。その現実をあらためて突き付けられて、要らぬことを口走ってしまった。自業自得だ。もうどうしようもない。

迎えのワンボックスがやってくるまでの十分弱の時間、ロータリーを前に佇んでいる翔平の頭の中ではあらゆることが目まぐるしく駆け回ったが、いつものように、明るい兆しはかけらも見出せない。

その日仕事を終えた翔平は、いつもの市民会館前のロータリーではなく、コンビニの近くで車から降ろしてもらった。仮設住宅にあるコンビニではなく、学校帰りにバイトに通っていたほうのコンビニである。

瓦礫処理場での仕事が休みになる四日間、できればフルタイムで働かせてくれないか、と店長に頼み込むためだった。

みなとまつりの二日目は、店舗の前の大通りがパレードと踊りの会場になるので忙しくなるし、お盆期間はアルバイトが手薄になるので、もちろん、と店長は二つ返事で引き受けてくれた。

ほっとしてコンビニを出たところで、幸子と鉢合わせになった。

互いに言葉が出ず、しばらく見つめ合ったまま硬直した。

最初に口を開いたのは幸子だった。

「それ、バイトの帰り？」

それ、というのは翔平が着ている交通整理員用に支給されている制服のことだと、幸子の視線でわかった。

「あ、うん」

翔平がうなずくと、

「瓦礫処理場で働いているんでしょ？」と幸子。

「それ、なぜ知ってるわけ？」

「ここの店長さんが教えてくれた」

「黙ってるって約束だったのに」

「わたしが無理に訊いたから――」と言った幸子が、

「この前わたし、翔平にひどいこと言いすぎた」と口にした。

「いや、おれのほうこそ言いすぎた」

「メールとか、連絡しなくてごめんね。なんかすごくしづらくて……」

「いや、こっちこそ」

「あ、それから、引っ叩《ひっぱた》いちゃったのも。あれ、痛かったよね」

「テニス部員のフルスイングだから、確かに」

翔平の答えに、互いに微かにくすりと笑う。

ゆるめていた口許を戻した幸子が、

「仕事、きつい？」と尋ねる。

「いや、それほどでも」

「事故とか気をつけてね」

「うん」

「お盆期間も現場の仕事はあるの？」

「休みになっちゃうんで、そのあいだはここで――」と背後を振り返り、

「働かせてもらうことにした」と説明する。

「そうか――」とうなずいた幸子が、

「あまり無理しないでね」と微笑んだ。

「うん」

「自転車？」

「いや」

「仮設まで歩いて帰るの？」

「うん」

「うちの車に乗ってく？　そこのスーパーにママと一緒に来てたんだけど、送ってくよ」

「いや、いい。埃だらけだから車が汚れるし」

「遠慮しなくていいよ」

「いや、大丈夫」

唇を軽く嚙《か》んだ幸子が、

「じゃあ――」と言ったあとで、

「今度、ゆっくり話そ」と付け加えた。

うん、とうなずいた。

ショートカットの髪を揺らして翔平の前を離れかけた幸子が足を止めた。翔平に向き直り、少し迷いの表情を浮かべたあとで、

「瑞希ちゃんは変わりない？」と尋ねる。

「変わりないよ」

　そう答えてから、

「今年は、瑞希と一緒にラッツォクを焚くことにしようかと思っている」と付け加えた。

「そうなんだ」

「うん。瑞希がせがむもんだから」

「翔平の家があった場所で？」

「そう、内の浦で」

　翔平の答えに何か言いたそうにしていた幸子だったが、

「それじゃ、また」と言っただけで小さく手を振り、踵《きびす》を返した。ほどなく、歩道を少し歩いたところで交差点を折れた幸子が、夕暮れ時の街並みに消えた。

　少し待ってから同じほうへと歩き始める。交差点を横切る時、幸子が消えて行った方角に視線をやったが、すでに彼女の姿は見えなくなっていた。

　そのまま仮設住宅に向かって歩き続ける。

　今朝よりはだいぶ気分がすっきりしている、と自覚した。コンビニでの臨時のバイトが決まってほっとしていたせいもあるが、幸子に会えて会話ができたことがやはり大きい。

　今度、ゆっくり話そ。幸子のその一言がどれだけ救いになったか、歩を進めるごとに心に沁みて来る。

潮見川に架かる仙河海大橋を渡りながら、必要以上に卑屈になったり己の境遇を嘆いたりするのは金輪際《こんりんざい》やめようと、翔平は決意した。それで何かが劇的に変化するわけではないが、自分で自分を憐れむのにはいい加減疲れた。人から憐れまれるのにも疲れた。疲れたというより厭《あ》き厭きした。

とにかく、その日できることを一つ一つこなしていくだけだ。無闇に将来のことで思い悩むのはよそう。

自分に言い聞かせながら仮設住宅に続くきつい坂を登り切ったころには、周囲はすっかり夕闇に覆われ、仮設住宅の窓には明かりが灯っていた。

コンビニで弁当を二つ買ったあと、玄関の施錠を外してキッチンに上がったところまではいつもと同じだった。

アコーディオンカーテンの隙間から、テレビの明かりがちらちら漏れている。無理して節約しなくていいと言っているにもかかわらず、瑞希は翔平が帰ってくるまで部屋の明かりを点けようとしない。

やれやれ、と思いつつカーテンを引いたところで翔平の眉が顰められた。

部屋に瑞希の姿がない。

隠れる場所などない仮設住宅である。それでも翔平は、瑞希、と名前を呼びながら、テーブルの下を覗き込み、押入れの襖を開けて確かめた。

キッチンに引き返した。しかし、トイレとバスルームにも瑞希はいない。玄関に戻り下駄箱を確かめると、瑞希の履き物がなかった。あるのは自分の靴とサンダルだけである。

すでに暗くなっているというのに、テレビを点けっ放しで、いったいどこに出かけたのか……。

考えているうちに不安が膨れ上がってきた。

誰かにどこかへ連れ去られたのではないか？

やっぱり瑞希にも携帯電話を持たせておけばよかったと激しく後悔する。

とにかく周辺を捜してみよう。そう決めてサンダルをつっかけ、表へと出た。

まずは仮設住宅の敷地内をくまなく確かめてみた。次いで、市民会館の駐車場を確認した。職員室の明かりが点いている中学校の周囲をぐるりと回ったあと、こちらのほうは明かりが消えている小学校、そして市立図書館と、手当たり次第に捜した。しかし、いっかな瑞希は見つからない。

とりあえずいったん家に戻ろう。入れ違いで帰ってきているかもしれない。

そう考えて急ぎ足で戻った仮設住宅に、瑞希は戻っていた。いつものように、膝を抱えてテレビに見入っている。カーペットの上に放り出していたコンビニのレジ袋を拾い上げ、

「瑞希、おまえどこに行ってたの。心配して捜し回ってたんだぞ」問い詰める口調で翔平が言うと、

「葉月ちゃんと遊んでた」

「どこで」

「葉月ちゃんのおうちで」

「暗くなるまで遊んでちゃダメじゃないか」

「ごめーん」

「テレビ、点けっ放しだし」

えへっ、とバツが悪そうに瑞希が舌を出して見せた。

自分の妹ながら、その仕草のあまりの可愛らしさに怒る気が失せてしまった。弁当が入ったレジ袋をテーブルの上に載せ、押入れから着替えを取り出して、

「シャワー浴びてくる。我慢しないで食べてていいぞ」

「大丈夫、待ってる」

いつもと同じ会話を交わしたあと、キッチンに出てアコーディオンカーテンに手を掛けたところで、

「瑞希」と名前を呼んだ。

「なに？」

「今年はうちでもラッツォクを焚こう」

「ほんとに？」

「うん」

「内の浦のおうちで?」

「そう。向こうで」

やった、と瑞希が嬉しそうに声を上げた。そのあとで、「お父さんとお母さん、迷わないで来てくれるかな」少し心配そうな顔になった。来春には中学生になるというのに、迎え火によって両親の魂が戻ってくると本気で信じているようで、それが翔平には微笑ましい。

「瑞希がいい子にしていればな」

そう言って翔平はアコーディオンカーテンを閉じた。


翔平は瑞希と一緒に、内の浦にある自宅の跡地で、送り火のラッツォクを焚いていた。コンクリートの土台だけが残った敷地のちょうど玄関先で火を灯した。

ラッツォクは、あの婆さんから譲ってもらった。どこで買えるのかと訊いたら、お兄さんのぶんも貰っておくから遠慮するな、と婆さんが言ってくれたので、厚意に甘えることにした。皮を剝いだ麻の茎に硫黄《いおう》を塗ったものだと、手渡す時に婆さんが教えてくれた。なかなかいい感じで燃えている。

同じ場所で迎え火を焚いたのは、三日前の夕方である。その時は、天気があまりよくなかった。昼に少し晴れ間が出たものの、終日曇り空だった。それでも何とか天気は持ってくれて、雨が降り出したのは深夜になってからだった。暮らしている自宅の玄関で火を焚くのなら少々の雨でも問題ないが、仮設住宅のある高台からここまで下りてきてとなると、雨天では大変だ。街には、地盤沈下のせいで冠水したままの場所もあるし、満潮時には完全に水没するエリアも残っている。そのせいもあって、ヘドロ臭がいまだに漂っている。

去年の夏はこんなものじゃなかった。鼻が曲がる、だとか、胸が悪くなる、などという表現では追いつけないほど、臭気がひどかった。津波が運んできたヘドロだけではなく、水産加工場や冷蔵庫からあたり一帯に溢れ出た魚介類が、気温が高くなってくるにつれて腐り始め、猛烈な悪臭を放っていた。それと比べれば今年はずいぶんましになった。

このところ曇りがちだった空は、今日は朝から綺麗に晴れ渡り、真夏の空になっていた。朝から気温がぐんぐん上昇し、海風のあるせいで比較的夏が涼しい仙河海市でも、日中の最高気温は三十二度を超えた。夕方になってもさっぱり涼しくならない。三十度くらいはありそうな暑さだ。とはいえ、送り火を焚くにはむしろ相応《ふさわ》しい日かもしれない。

翔平が瑞希と一緒に佇んで送り火の炎を見つめている潮見川沿いの住宅地には、ぽつりぽつりとではあるが、同様の明かりが揺らめいている。

ちょっと見には、夏草の茂る草原で明かりが灯されているように見えてしまう。元の街を知らない人間が通りかかったら、ここが住宅地だったとは思わないだろう。瓦礫が撤去されたあと、土台だけが残った住宅地は見渡す限り真っ平らである。家々が建ち並んでいたころはあまり感じなかったのだが、こうして殺風景な情景を前にすると、自分の足元がもともとは海で、埋立地に立っているのだと実感できる。

　薄暗くなってきたそんな平たい風景の中に、ところどころ亡霊のように佇んでいるのは、ドラッグストアとかパチンコ店とか、あるいは大型書店とか水産加工場などの、一階は津波でぶち抜かれたものの、流されずに持ちこたえた鉄筋コンクリート造りの建物だ。いずれ解体撤去される運命にある。その時をひっそりと待っている建物の群れが痛々しくもあり、薄ら寒くもある。

　そんな中に一棟だけ、周囲よりも高い影を形作っているのはホテルの建物だ。といっても六階建てなのでさほどの高さではないはずなのだが、周囲が平らなので、ひときわ高く聳《そび》え立っているように見える。この建物だけ、最近になって工事用のシートで周囲が覆われた。もしかしたら修繕をして営業を再開するつもりなのかもしれない。

　実は以前に、廃墟《はいきょ》と化したようなそのホテルに、こっそりと入り込んだことがある。日が落ちてから、瑞希を連れて非常階段を使い、屋上まで上った。

　瑞希と一緒に屋上から飛び降りるつもりだった。しかし、実行できなかった。瑞希が、まるで幼児みたいに駄々をこねて、お兄ちゃん下に降りよう、と泣き叫んだ。あの時、瑞希を伴わず一人で上っていたら飛び降りていたと思う。

　黒いオベリスクのように佇むホテルから送り火のほうに視線を戻した翔平に、

「お父さんとお母さん、帰って行ったよ。また来るねって言い残して」夕焼けの残滓《ざんし》が微かに残る空を見つめながら、瑞希が言った。迎え火を焚いた時も、「あっ、お父さんとお母さんだ」と言って瑞希は嬉しそうな声を上げていた。

瑞希には、本当に親父とお袋が見えているのかもしれなかった。コンビニのアルバイトがあるので、いつものように朝と晩しか瑞希とは一緒に過ごせなかったものの、迎え火を焚いてから、瑞希の様子が明らかに変わった。たとえば翔平がバイト先から帰った時、以前のように膝を抱えてテレビに見入っていることはなく、どうしてた？　と尋ねると、意味ありげに、くすっ、と笑って傍にいるらしい誰かと目配せをする仕草をした。

しかし翔平は、そんな瑞希に違和感を覚えることはなかった。妹が楽しそうに過ごしているだけで満足だった。

やがて、橙《だいだい》色の炎を揺らめかせて燃えていたラッツォクの明かりが、少しずつ暗くなってきた。

「お兄ちゃん」

「ん？」

瑞希に呼ばれて翔平が顔を向けると、

「お兄ちゃんさ。わたしが死んでいるの、知っているんでしょ？」と尋ねてきた。

無言で見つめ合った。

そのまましばらく時間が経過した。

やがて翔平は、瑞希の顔を見つめたまま、

「うん、知ってた」と静かにうなずいた。

「ラッツォクを焚いたら、わたしが向こうへ行っちゃうことも？」

「うん」

「焚いてくれてありがとう」

「いつまでも瑞希を引き留めてちゃ、やっぱり悪いし……。今までごめんな」

「謝る必要なんかないよ。お兄ちゃんと一緒にいられてわたしも嬉しかった。でもさ、わたしがこっちにいることで、お兄ちゃんが前を向いて歩けなくなったら、それってかえってよくないよね。わたしたち、生きている人の邪魔だけはしたくないから」

「邪魔になんか……」

そう漏らした翔平に、

「ほんと言うとね、お兄ちゃんが心配だったんだ。だからこっちに残ってたのかも。でも、ラッツォクを焚くって言ってくれた時、お兄ちゃんはもう大丈夫だと思った。ほら、あのあとは、テレビを点けっ放しで出かけなくなったしね」と瑞希が笑みを向けてくる。

「いや、まあ、確かに……」

そう言って、翔平は苦笑した。誰もいない仮設住宅に帰ってくるのが嫌で、翔平はテレビを点けたまま出かけていた。それを指摘した瑞希に向かって、今の翔平は微笑みを返すことができる。

この時が来たら、どうしようもないほどの悲しみに引き裂かれるだろうと思っていた。

確かに深い悲しみはある。しかしそれは、悲しみというよりは寂しさに近いもので、翔平の心は静謐《せいひつ》なまでに穏やかだった。

「そろそろわたし、向こうへ行かなくちゃ。お父さんとお母さん、あまり待たせちゃ悪いし。それから、葉月ちゃんも」

うん、とうなずいた翔平に、

「最後にお願いが二つあるの」と瑞希が言った。

「なに？」

「わたしの遺体が見つからなくても、お父さんとお母さんをお墓に入れてあげて」

「わかった。今度、伯父さんと相談してみる」

「お願いね」

「もう一つは？」

「わたしのこと、幸子さんにだけは話してるよね」

「うん」

瑞希のことを、本人が生きているように話ができるのは幸子だけだった。それを否定せずに、いつも幸子は翔平の話に耳を傾けてくれていた。

「幸子さん、お兄ちゃんのことすごく心配しているよ。幸子さんの気持ちを大切にしてあげて」

「わかった、そうする」

「よかった。これで安心して向こうへ行ける――」と、うなずいた瑞希が、「じゃあね、お兄ちゃん。また来年、お父さんやお母さんと一緒に戻ってくるね」と言って胸の前で小さく手を振った。

「またここでラッツォクを焚いて待ってる」

「うん」

さわり。

翔平の周囲で夏草が揺れた。

気づくと、小さくなっていたラッツォクの炎が、蛍の明かりのような残り火に変わっていた。

残り火から視線を剝がした翔平は、夏の星々が瞬き始めた夜空へと目を向けた。

星が綺麗だ。周りに人工的な明かりがないせいで、星の輝きが息を呑むほど美しい。

しばらく星空を眺めたあとで足元に視線を戻すと、仄かな熾火《おきび》となったラッツォクの灯《ひ》が消えかけていた。

その灯が消える前に、翔平は手を合わせた。

瑞希と両親の冥福を願い、深く祈った。

向こうの世界に祈りが届いたと、初めて思えた。同時に、翔平の中で止まっていた時計の針が、微かな音を立てて再び時を刻み始める。

# 希望のランナー

ママ。どう？　そっちの居心地は。もうどこも痛まないでしょ？　よかったじゃん。いきなり熱が出ることもないしさ。安心して眠れるよ。っつうか、もう生きちゃいないんだから、目を覚ますも何もないけどさ。それにしても、退院した次の日に死んじゃうってどういうことよ。もうちょっとヘタレてればよかったのに。あと二日、病院にいれば助かってたんだよ。なのに、早めに退院したいとか、変に頑張っちゃってさ。病院食に厭き厭きしていただけのくせに。ほんと、ばっかじゃないの？

あっ。やだ、あたし。ママの遺骨に手を合わせているのに、気づいたら、冥福を祈るどころか悪態を吐いてるし……。

早坂希が母の遺骨を納めた骨箱を前にしているのは、ダイニングキッチンとはアコーディオンカーテンで仕切られただけの部屋だ。広さは六畳に少し欠けるくらい。窓が南側に面していて採光はよいものの、１ＤＫの仮設住宅なので他に部屋はない。とはいえ、持ち物自体がわずかしかないので、さほど手狭な感じはしない。

同じ棟には、主に一人暮らし用の１ＤＫ以外に、家族用の２ＤＫも混在している。たとえば希が入っている棟の一番端には、偶然なのだが、以前、同じアパートの別棟に住んでいた親子連れが入居している。以前というのは、それまで住んでいたアパートが津波で流される前は、という意味である。若い夫婦に小学校二、三年生くらいの男の子の三人家族だ。旦那のほうは、病気の母のかわりに希が切り盛りしていたスナック「リオ」に、客として何度か来ている。一人で来店したことはない。たいてい自動車屋の美樹と一緒だったはずだ。

入居後、二週間くらいしてから玄関先で顔を合わせて、互いに驚いた。あれ？ 希さんじゃないですか？ あら小野《お の》さん、何でここに。うち、ここの一番端の部屋なんすよ。やだ、知らなかった。いやあ、奇遇っすね。奥さんと息子さんは？ おかげさまで無事でした。ああ、それはよかった。はい、でも、車が……。えっ？ あのマジェスタ、もしかして流されちゃったの？ そうなんすよ。会社の倉庫に突っ込んでるのが見つかったんですけど、あっけなく廃車っす。そうだったんだ。お気の毒に……。いや、でも家族が無事だったんで、それだけで十分っすよ。などという会話をした通り、たまに見かける夫婦は仲睦《なかむつ》まじい。

最初はうわべだけかと思った。潮見川沿いの同じアパートに住んでいたころは、明らかにDV夫婦だった。妻のほうが夫に暴力をふるうDV。確かにあの奥さん、可愛いんだけど、明らかに元ヤンだ。ヤンキーだからDVに走るってわけじゃないけど、あたしには匂いでわかる。

ところが、仮設暮らしを始めた夫婦には、それらしき様子が見られないから不思議だ。安普請《やすぶしん》のプレハブである。夜中に大声を出せば、両隣どころかずいぶん先までダダ漏れだ。なのに諍い、というより、奥さんの罵声が、入居後一度も聞こえてこない。震災のせいでDVが治っちゃったのだろうか。そういうことがあってもおかしくはないと思う。震災前まではずっと引き籠もりだったという、東京から来たボランティアくんに、この前会ったばかりだし。まあ、そんな例とは対照的に、最近いわゆる震災離婚が増えているというニュースをこの前見たけど。

いずれにしても、あの夫婦の子どもにとってはよかった。そこそこお金をかけていたらしい車を流されたのは気の毒だけど、そんなのはたいした問題じゃない。あたしから見れば、今の小野家は平和を絵に描いたような家庭だ。両親が揃っていて夫婦仲がよければ、子どもは簡単にはひねくれない。こういうのを結果オーライと言うんだろう。

そう考えながらも、あの家族に羨ましさを覚えていることに希は気づく。妬《ねた》ましいと言ってもいいくらい、じりじりした黒い塊をお腹の底のほうに感じる。性格的には全然嫉妬深いほうじゃないのに、ちょっとおかしいと自分でも思う。

明日で震災からちょうど半年の月命日を迎える。半年という一つの節目が迫っているせいかもしれない。このところ、気分が沈んでいる。ただ重苦しいだけじゃなく、妙にざわついている感じだ。

小高い丘の上にある仙河海中学校のすぐ下、市民運動公園にプレハブ造りの仮設住宅が建ち、入居が始まったのは、五月に入って間もなくのことだった。この公園、中学の時は第二グラウンドと呼んでいたので、中学校の敷地だと思い込んでいた。野球部が部活で使っていたし。でも、実際は違っていたみたいだ。

運動公園に少し遅れて、中学校のグラウンドにも同じくらいの規模、およそ百戸程度が入居できる仮設住宅ができた。おかげで校庭の半分が潰れちゃって、体育の授業にも部活にも支障をきたしている。必要な時は隣にある小学校の校庭を使わせてもらっているみたいだけど、そしたら今度は小学生が遊び場に困る。完璧、玉突き事故だ。仙河海市はリアス海岸の入り江にある街で平地が少ない。用地の確保が困難だったのはわからなくないけど、中学校のグラウンドを半分も潰すなんて、何を考えてんだか。信じられない。

仮設住宅の場所が小学校と中学校に近いので、ここで暮らしていると、子どもたちの姿を頻繁に目にする。前のアパートも小学校のそばにあった。津波をもろにかぶった埋立地が学区だった南仙河海小学校だ。お店へ出勤する時刻が下校時刻と重なることが多かったので、震災前も子どもたちの姿をしょっちゅう目にしていた。

それにしても、と希は思う。今のあの子たちは、瓦礫だらけの街を遊び場に成長している。この光景を見ながら育つことで心が荒んでしまわないだろうか。そうなったら、ちょっと可哀相。他人事だけど心配になる。

そう案じる一方で、案外、子どもって強いのかもしれないとも思う。避難所で壁新聞を作っていた子どもたちを見てそう思った。

あの行動力は確かに凄かった。炊き出しの様子や避難所での出来事の紹介を交えながら、みんなで助け合って頑張りましょう、と呼びかける壁新聞には、大人のほうが励まされた。メディアでもずいぶん話題になっていたっけ。

うーん、でも……。マスコミが持ち上げ過ぎたきらいはある。次第に壁新聞作りをしていた子どもたちの親がそれを鼻にかけるような雰囲気が出てきて、見ていてあまり気持ちがいいものじゃなかった。あたしが斜めに見過ぎていただけかもしれないけれど。ともあれ、子どもたちに罪はないのは確かだ。

そんな子たちだったけれど、避難所にいるあいだ、泣き声やうなされている声を聞かない夜はなかった。強さと弱さが入り交じっているのは、結局、子どもも大人と同じ。そういうことなのだろう。

あたしの仮設への入居はかなり早いほうだ。というのも、仙河海市内で最初に入居が始まったのが、市民運動公園の仮設住宅だからだ。もう少しくらいなら避難所生活を続けていてもよかったのだけど、基本的にくじ運の悪いあたしが、最初に実施された抽選会で、なぜか当選してしまった。宝くじはまともに当たったためしがないのに。避難所でずいぶん助けてもらった同級生の奈津子のお父さんとお母さんは、最初の抽選には申し込まなかった。マグロ船の船長さんをしていたおじさんのほうはそうでもなかったみたいだけど、おばさんのほうが海の近くの仮設は嫌だと言った。その気持ちはよくわかる。二人はその後、内陸側の仮設住宅が完成するのを待って応募した。とりあえず今は、ほとんど山奥と言ってもいい高梨地区の仮設住宅で暮らしている。

現在の仙河海市内には八十ヵ所近い仮設住宅があるものの、まだ十ヵ所以上増える予定だと、十日くらい前に会った時、真哉が言っていた。そういえば真哉、かなり疲れた顔をしていた。市役所勤めとあっては窶《やつ》れるのも無理はない。さすがに気の毒になって、たまには飲んで憂さ晴らしでもしたほうがいいんじゃない、と言ってみた。直接の津波被害を受けなかった町田界隈の飲食店の多くは、すでに営業を再開している。けれど真哉は、顔をしかめて頭を振った。この街で俺ら公務員が大手を振って飲めるかよ。しかも俺、家が流されていないし。

確かにそうだと思った。だったら仙台とかで飲めばいいじゃん。そう言ってみた。わざわざ泊まりで？　気分転換にいいかも。あー、なるほど、それもありだなあ。国分町、復興景気でかなり賑わってきてるみたいだし。こっちは夜が真っ暗なのにな。だよねえ、ほんと。ところで希、仮設施設整備事業のほうは？　屋台村とかのこと？　そう、整備事業がようやく本格的に動き出した。完成はいつごろになるの？　早いところで十月末かな。でも、年内には全部完成すると思う。ふーん、そしたら少しは活気が戻るかな。それよりおまえ、仮設店舗の申し込み、してないだろ。うん、してない。店、再開しないのか？　色々考えてるところ。俺に力になれそうなことがあったら遠慮なく言って。今からでも何とかできると思うから。わかった、ありがとう。

スナック「リオ」が入っていた南坂町の雑居ビルは、津波には耐えた。だが、二階の天井付近まで水に浸かり、部屋も備品もすべてが使い物にならなくなった。ビル自体も、流されずにはすんだもののダメージは大きく、早々に取り壊しが決まった。だから、元の場所での営業再開は望めない。

そういえばあの時の真哉、ちょっと用事があったついでに寄ってみた、と言っていたけど、あたしが仮設店舗への申し込みをしてないのが気になって、わざわざ確認に来てくれたみたいだ。

中学三年の時の同級生で部活も同じ陸上部、しかも二人とも長距離選手だったこともあって、真哉とは今では腐れ縁みたいになっている。本気であたしを案じてくれているのだと思う。あいつに言われるまでもなく、そろそろ何とかしなくちゃとは考えているけれど、これからどうするか、いまだに結論が出ていない。それもまた、気分が晴れない原因の一つになっている。

光熱費だけで家賃の要らない仮設住宅に暮らせているものの、今の希は貯金を取り崩して生活している。元々あった貯金と母親が加入していた生命保険、それに義援金を足すと、そこそこの額にはなる。しばらくのあいだ食うには困らない。だが、生活基盤が何も整っていない状態で、ゼロからお店を再開するには心許ない。だから真哉が勧めるように、仮設店舗で営業を再開するのが最も現実的だと思う。

そこで希は憂鬱になる。震災前、実質的にリオを経営していたといっても、希自身は仙河海市の飲食業界では新参者である。

ヤクザが仕切っているような街じゃないので、出店や営業の再開を邪魔する者はいない。けれど、仮設店舗への応募となると、どうしても周りに対する遠慮が働く。仮設店舗での営業は、前々から長いことこの街でお店をやっていた者が、まずは優先されるべき。誰が考えてもそうなるはずだ。ましてや震災直前のリオは、スナックともショットバーともつかない曖昧な営業形態になっていただけに、いっそう微妙。それがあって、仮設店舗への入居の応募は見送った。

ママが生きていて「仮設でリオを再開するよ。希、あんたも手伝いなさい」とでも言ってくれたら、どんなに楽なことか……。

そのママをあたしが殺してしまった。あの日、リオをスナックから本格的なショットバーに変える話を持ち掛けるため、ママが好きだったお寿司屋さんに、お昼を食べに連れて行った。病院食にはすっかり厭きていたのだろう。あの日のママ、久しぶりのお寿司に、珍しいくらい機嫌がよかった。というか、若いころから荒んだ生活をしていたくせに、妙に舌だけは肥えていた。でもそれ、ママに限ったことではないみたいだ。仙河海のように、新鮮な魚介を常に口にできる、港町で暮らす人間に共通している特徴かも。

さすがにお腹いっぱい。そう言って、ママは満足そうに箸を置いた。今なら大丈夫だろう。そう思って、食後の上がりを啜りながらお店の話を切り出してみた。そしたら途端に鬼婆になった。希、あんた何考えてんだい。これまで来てくれてた馴染みのお客さんに申し訳ないだろ。ショットバー？　そんなちゃらちゃらした店、あたしの目の黒いうちは絶対に許さないからね。だと。思い切りムカついた。実際は娘に店を任せっきりだったくせに。やっぱりあんたなんか、とっととくたばっちゃえ。さすがにそこまでは口にしなかったけれど、お店で呼んでもらったタクシーにママを放り込み、あたしは直接リオに向かった。

　地球が壊れたのかと思うような強烈な地震に襲われたのは、それから一時間くらいしてからだった。ママのことはもちろん気になった。けど、あれだけの巨大地震に見舞われたというのに、あの人に対する腹立ちは収まっていなかった。よほどムカついていたんだと思う。とりあえず、ぐしゃぐしゃになった店を、ある程度片づけてから、歩きでアパートへ向かった。今夜は無理だとしても明日は普通に営業ができる、いや、営業しなくちゃと、その時は考えていた。人間って、今の日常は滞りなく進むはずだと、あんな時でさえ思い込みたがるみたいだ。

　でも、アパートには辿り着けなかった。お店のある南坂町からアパートの方角へと向かっている途中、新聞社のビルの前でケーキ屋の啓道くんに会った。二つ年下の仙河海中学校の後輩だ。時々、ケーキ屋の二階にある喫茶店に寄るのだが、マスターをしている啓道くんのお父さんが淹《い》れるコーヒーが美味しい。

　その啓道くんに、会った途端手を引かれ、新聞社の階段を駆け上がった。

　ほどなくあの大津波がやって来て、すべてのものを破壊した。それだけじゃなく、貯蔵タンクから漏れた重油が原因の海上火災が、一晩かけて街並みを焼き尽くした。

　この街で生まれたとはいえ、小学校に上がる前に一度仙河海を離れていたせいで、地震と津波がまったく結びついていなかった。結びついていれば、悠長にお店の片づけなんかしていずに、真っ先にママを助けに走っていた。いくらあたしでも、それは神様に誓える。でも、それって言い訳に過ぎない。結局、あたしがママを殺したことになる。その事実は変わらない。どんなに後悔しても変わらない。津波てんでんこなんて、生き残った人の教訓話だ。自分が死ぬかもしれないとわかっていても、それでも大切な人を守ろうとするのが人間だと思う。母親としてほとんど失格だったあんなママに対してさえそう思うのだから、たぶん、あたしの考えていることは間違っていない。

最期の瞬間、ママがどこで何をしていたのかはわからない。あの身体だからアパートで昼寝でもしていたのだと思う。でも、遺体が見つかったのがアパートからはずいぶん離れた場所だったので、定かなことは永遠に謎のままだ。

死ぬ間際、ママの脳裏には、何が浮かんだのだろう。あたしのことを思い描いただろうか。ママのことだから、さっぱり助けに来ない薄情な娘に悪態を吐いていたかもしれない。喧嘩別れみたいになった直後だったし。

それでもかまわない。何でもいいから、最期の瞬間にあたしのことを思ってくれたのだとしたらそれでいい。少しは救われた気持ちになれる。でも、そうあって欲しいと思うのは、あたしの我儘《わがまま》だ。ママを見殺しにした罪悪感がそんなふうに思わせるのだと、自分でもわかっている。それに、よく考えてみれば、本当にママがあたしを恨んで死んでいったのだとしたら、かえって罪の意識が増してしまう。だったら、あたしのことなんか、かけらも思わずに、もう一貫大トロを食いたかったよぉ、とか言って死んでくれたほうが、まだましかもしれない。あ、それ、ウケる。かなり笑える。実際には凄く寂しくて虚《むな》しいことだけど。

そのママが、あたしの目の前で笑っている。こんな笑顔は見たことないというくらい、遺影の写真の中でにこやかに笑っている。まあ、そりゃそうだ。あの日のお昼に行った寿司屋で、奮発して注文した大トロを頬張った直後だもの。

携帯のカメラで撮ったこの一枚しか、ママの写真は残っていない。他の写真は全部津波で流された。笑顔のせいか、綺麗な人だったのだなとあらためて思う。膠原病のせいであちこちの関節が変形して、歩くのも大変な状態になっていた。でも、こうして顔だけが写っていると、薬の副作用でちょっと丸くなっていることもあって、病気で窶れているようには見えない。あの時、たまたま携帯で撮っていてよかった。でないと、この世に残るママの唯一の写真は、遺体安置所で本人と対面する前、確認のために見せられた死に顔の写真、ということになっちゃう。

でも、遺体が見つかっただけでもよかった。遺体安置所に一緒に行ってくれた同級生、聡太《そうた》の両親はいまだに見つかっていないはずだ。仙河海に限らず三陸の海辺では、震災からほぼ半年が経った今でも行方不明者の捜索が続いている。

ママの遺体と対面したのは、震災から六日後だった。その前日まで、避難所になった仙河海中学校に身を寄せながら、ママを捜し続けた。最初に向かったのは潮見川沿いのアパートだ。震災の翌々日だった。仙河海大橋は津波を被ったものの無事だった。自衛隊の車両が行き交うなか、橋を渡った。潮見川の対岸は、内陸側のせいか、思いのほか建物が残っていた。奈津子の家があった場所とは違い、火災の延焼も免れていた。もしかしたら、と期待した。でも、願いは叶わなかった。希と母が暮らしていたアパートは一階部分がどこかへと消え、二階だけがダルマ落としみたいに取り残されてぐしゃぐしゃに潰れていた。元々老朽化していたアパートである。周りの建物よりもずっと弱っていて当然だ。ママの身体みたいに。

希と母が、それぞれ別に借りていた部屋は一階にあった。空き部屋になっていた二階を借りておけばよかった。そう後悔しても、あとの祭りだった。それでも希は、みぞれが降りしきる中、アパートの残骸と格闘した。瓦礫と泥を掻き分けながら母を捜した。結局、アパートの周辺で見つけることはできなかった。もう少しだけ。そう思って捜索を再開した直後、自衛隊の車両が希のそばを一度通り過ぎたところで急停車し、バックして来た。どうしたのですか？　助手席から降りて来た自衛隊員が心配そうに希に尋ねた。薄暗くなってきた夕暮れ時に、たった一人で瓦礫を掻き分けている女は、よほど鬼気迫って見えたのだろう。事情を話すと、ママの年齢や背格好、特徴などを細かく訊かれた。メモを取っていた自衛隊員は、明日この付近を集中的に捜索してみます、と言い残して去って行った。実際にママが発見されたのは全然違う場所だったけど。

冷たくなったママは、思いのほか綺麗な顔をしていた。胸から下は瓦礫に押し潰されただけでなく、大きく抉《えぐ》れてぼろ雑巾のようになっていたというのに。

骨箱に立てかけた遺影に目を向けた希の身体が硬直する。

まただ……。

背筋に寒気を感じつつ、一度きつく瞼《まぶた》を閉じる。

遺影の笑顔が、遺体安置所で対面した死に顔に置き換わって見えた。いつもじゃない。どんな時にそう見えるのか、決まっているわけでもない。ふとした弾みでママの死に顔が写真の中に現れる。お焚き上げだっけか。お祓《はら》いをした上で写真を焼いてもらったほうがいいかも、と真面目に考えたこともある。データはとりあえず携帯電話のメモリーに残ってるし。でも、そんなこと、できるわけない。ママを厄介《やっかい》払いしようとするなんて、そんな自分を許すことはできない。たとえゾンビになっても、生き返ってくれたほうがいい。そしたら、ママに謝りたいことが沢山ある。

ごめんママ。母親を見棄てた娘を赦《ゆる》して。あたしをこれ以上苦しめないで。違う。苦しめないで、だなんて、そんなことじゃない。あたしを助けて。これからどうやって生きて行けばいいのか、あたしに教えて。お願いママ……。

ゆっくりと、恐る恐る、瞑《つぶ》っていた目を開けてみた。胸の前で手を合わせながら。

ママの笑顔が戻っていた。

何か喋《しゃべ》ってよ。

しかし、希の願いは届かない。

翌朝、仮設住宅の部屋で希がぼんやりと眺めているのは、母の遺影ではなく、ハンガーに掛かったランニングウエアの上下である。メーカーはナイキ。下駄箱にあるランニングシューズもナイキ。それだけでなく、ソックスからキャップまでオールナイキだ。すべてが新品で、まだ一度も使っていない。自分で買ったものではない。もちろん支援物資でもない。というか、支援物資でここまですべて、しかもサイズがぴったりのナイキが揃うわけがない。

あ、わけがない、なんて言い方をしちゃまずいよね。胸中でそう呟いて、希は自分を窘《たしな》める。被災地で役に立てばと思って送ってくれた善意の物資である。

その一方で、けどなあ、と思うのも事実だ。最初のころは、どんなものでも誰もがありがたがっていた。しかし、最近では、ボランティアの人が仮設住宅の集会所に物資を運んでくると、何というか、古着のバザーみたいな様相になる。しかも、活気がなくて閑古鳥《かんこどり》が鳴いているような古着市とでも言おうか。実際、以前は支援物資に涙を流すばかりか、手を合わせて拝んでいたお婆ちゃんたちも、今では古着には見向きもしない。それどころか、あたしたちはものもらいじゃないんだからさ、だとか、どうせ送るなら新品にしてほしいもんだ、などと、ぶつぶつ文句を垂れている。現金な人たち、と呆れざるを得ないけれど、気持ちはわかる。

確かにお婆ちゃんたちでなくとも、もしかして処分に困っていた古着をこれ幸いとばかりに送り付けたのでは？　などと勘繰りたくなってしまう。そんなことはないと頭ではわかっていても、住む家も家財道具も一切なくし、この先どうしたら生活が再建できるのだろうと暗澹《あんたん》たる気分になっていると、愚痴をこぼしたり陰口を叩きたくなったりする。マスコミにカメラやマイクを向けられた時には、絶対に口にしないけど。

　希が眺めているナイキには、個人的に愛着がある。実業団で駅伝を走っていたころ、ナイキのスポンサードを受けていたからだ。それを知っているのは、たぶんこの街では二人しかいないだろう。一人は真哉。真哉の場合、知っていても不思議じゃない。根っからの駅伝ファンだ。実質的にあたしの最後のレースとなった全日本実業団対抗女子駅伝を生で見ている、というのをあとになって知って驚いた。応援に来てたんだったら、教えてくれればよかったのに。おまえの気を散らしちゃまずいと思ってさ。相変わらず気にしいなんだね。思慮深いと言ってほしいな。自分でよく言うわねえ。そんな会話をリオのカウンター越しにしたのは、確かちょうど一年くらい前だったと思う。

　もう一人、スポンサードのことを知っているのは、遼ちゃんこと磯浜水産社長の遠藤遼司。正確には、彼が知っているのを知らなかった。年齢はあたしよりちょうど十歳上で妻子持ちだけれど、あたしが高校時代に付き合っていた元カレだ。

　ちょうど十日前、夕食の準備をしていたところに、家へ帰る途中だという遼ちゃんがふらりと立ち寄った。大きめの、ちょっとお洒落な紙袋を携えて。

「どうしたの？　突然」

希が訊くと、

「ほいよ、プレゼント。今日は希の誕生日だろ」と言って、玄関口に立ったまま紙袋を差し出してきた。

「えっ、覚えてたの？」

「まあ、たまたま」

たまたまでも何でも遼ちゃんに誕生日を覚えてもらっていて嬉しくないわけがない。ずっと落ち込んでいた気分が、少し盛り返したような気がした。

でも……。

「誕生日プレゼントなんか貰ったら、奥さんに悪いかも。というか、バレたらまずいんじゃない？　怒られちゃうよ」

「黙ってりゃわからないって」

「それはそうだろうけど」

「いいから、ほら」

そう言って紙袋を押し付けてくるので、遠慮しつつも受け取った。

「何かな。開けていい？」

「もちろん」

「あ、それより立ってないで入れば？　コーヒーでも飲んでく？」

「いや、ここでいい」

「そう？」

「ああ」

それじゃあここで、と言って開けた紙袋から出て来たのが、ナイキのウエア類とシューズだった。

「全部ナイキだ」

「希のスポンサーだったろ」

「知ってたの？」

「まあ、たまたま」

まさか遼ちゃんがそこまで知っていたとは思っていなかったので、素直に嬉しい。でも、今のあたしにはちょっと微妙なプレゼントであるのも事実だ。

震災以後、それどころじゃなかった、ということはあるけれど、毎朝の日課だったランニングは途絶えていた。最低限のアイテムを揃えれば手軽にできるランニングといえども、希の場合、シューズとウエアは、さすがに何でもいいというわけではない。メーカーにはこだわらないものの、特にシューズ選びには気を遣う。膝の故障を再発させないためには神経質にならざるを得ない。支援物資に入っていたスニーカーやジョギングシューズでオーケーというわけにはいかないのだ。

とはいえ、仮設住宅での暮らしが落ち着いた時点で、その気になればランニングを再開できなくもなかった。

たまには気分転換に仙台に出てきなよ。うちに泊まっていいからさ。仙台市内でマンション暮らしをしている奈津子に誘われ、そろそろ梅雨が明けようとしている時期に、二泊三日で遊びに出かけた。その際、足を運んだスポーツ用品店でランニングシューズを買うかどうか、しばらく迷った。

結局希は、何も買わずに店を出た。シューズが並んでいる棚の前で、前の夜、奈津子と一緒に飲みに出かけた繁華街、国分町の光景を、ふと思い出してしまったのが理由だ。

夜の国分町に、震災前と同様にネオンが戻っているのにはびっくりした。驚きを通り越して呆れた。市内には、確かに地震の傷痕が残っている場所もあるみたいだったけれど、本当に震災があったの？　と首を傾げたくなるような日常が、仙台の街には戻っていた。同じ被災地といっても、内陸部と沿岸部では全く事情が異なる現実を見せつけられた。

シューズを買って仙河海市に帰り、ランニングを再開すれば、嫌でも瓦礫だらけの殺伐とした光景を毎朝目にすることになる。夜の仙台の賑わいとのあまりの落差に、気が滅入ってしまうのは間違いなかった。

希が仮設住宅に引き籠もりがちになったのはそれからだ。それまでは、ボランティアの手伝いとか、わりと積極的に動き、自ら忙しくしていた。けれど、外に出るのが急に億劫になって、日によっては一日中外出しないことも多くなった。

プレゼントを受け取りはしたものの若干微妙なあたしの胸中を察した、いや、予想していたのかもしれない。

「そろそろ走れよ」

遼ちゃんが言った。

無言でいるあたしに、

「道はどこにでも続いているんだからさ。たとえ歩きでも、その気になればどこへでも行ける。ましてや、希の脚なら——」かっこいいことを言ったと思ったら、

「弘法《こうぼう》大師は歩いて全国行脚《あんぎや》したんだからさ、水戸黄門《みとこうもん》みたいに。あ、それから三蔵《さんぞう》法師なんか中国大陸だぜ。いや、あれはロバだか馬だかに乗ってたんだっけ？」あえておちゃらけてみせるところが遼ちゃんらしい。

その遼ちゃんが真顔になって言った。

「新店舗の話、結局、流れちゃって悪かった」

「仕方ないよ。遼ちゃんのほうこそ、会社が大変な時期なんだから。全然気にしてない」

「そう言ってもらえると助かるけど、時期が来たらまた考えてみるから」

「気にしないで、ほんと。あたしは大丈夫だから」

遼ちゃんが口にした新店舗というのは、いっそのことリオを畳んで、違う場所でショットバーを開こうかと検討していた際に、候補としてあがっていた空き店舗のことだ。

どうしようかと迷っていた希だったが、とりあえず物件を見に行ってみようと決めたと

ころで震災に遭った。その空き店舗自体は内陸側にあったので無傷だったのだが、港の近くの店舗で被災したお寿司屋さんが、先々月からそこで営業を再開していた。

「まあ、とにかく、うちが軌道に乗るまで、もうちょっと待っててくれな」

そう言った遼ちゃんは、最後に、

「走れよな」と念を押して帰って行った。

それから十日が経っているが、希はシューズに一度も足を入れていない。サイズは大丈夫だ。モデルも津波で流されたのと同じ。履けば、すぐにでも走り出せる。けど……。

迷いながら希は、誕生日プレゼントを手渡しただけで帰って行った遼司の、筋骨隆々の幅広い背中を思い出す。

遼ちゃんの磯浜水産も思い切り被災している。社屋が魚市場のすぐ目の前にあったのだから当たり前だ。だが、臨時の店舗をすぐさま確保して、かなり早い時期から魚屋を再開している。肝心の仙河海港が使い物にならないというのに、四苦八苦して魚の仕入れに奔走して。

そんな遼ちゃんたち魚市場関係者の頑張りで、当分は無理だと誰もが思っていた仙河海港での魚の水揚げも可能になった。仙河海市民がお祭りみたいに心待ちにしている最初のカツオ船が入港したのは、六月二十八日、火曜日だった。日付も曜日もはっきり覚えている。

その日は希も、魚市場に足を運んでカツオの水揚げを見守った。カツオの水揚げそのものを見るのが一番の目的ではなかった。待ちかねていたカツオを手にした遼ちゃんの、弾けんばかりの笑顔を見たかったのだ。

あのころは、あたしもまだけっこう元気だったな、と希は振り返る。無理をしていただけかもしれないけど。

これを着て走れば、もう一度元気を取り戻せるだろうか……。

ローテーブルの前から離れ、立ち上がった希は、ナイキのウエアに触れてみた。

少し前までは当たり前すぎて気にも留めなかった速乾性のさらりとした手触りが、やけに懐かしく、そして新鮮に感じられた。

窓の外に目を向ける。

空は綺麗に晴れ渡っていた。太陽がきらきらと眩しい。

テーブルのほうに視線を戻す。

腰を屈め、津波で失《な》くさずにすんだカシオのＢＡＢＹ‐Ｇを取り上げて左腕に嵌めた。

ハンガーから外したランニングウエアを手にした希は、数分後、遼司から貰ったナイキのシューズの紐を結んでいた。

あ、日焼け止め忘れた。

まあ、いいか、今日ぐらい。

口許に軽く笑みを浮かべた希は、仮設住宅の薄暗い玄関から、陽光が溢れる戸外へと飛び出した。

とりあえず、魚市場方面に下りてみよう。

そう決めてプレハブが建ち並ぶ敷地をあとにし、運動公園の隣にある市民会館の駐車場に出たところで、隣の部屋に入居しているお婆ちゃんに会った。

「あれえ、あんだ。マラソンすか？」

目を丸くしたお婆ちゃんが、立ち止まった希の頭のてっぺんから足のつま先までしげしげと眺め回して訊いてくる。

身に着けているウエアに自分で目を落として、あ、そうか、とお婆ちゃんが驚き顔をしている理由を理解する。あたしたちが普段着ている服って、支援物資からのものが多いので、基本、ファッションとは無縁だ。どうしても地味系になってしまう。震災後に買った衣類にしても同様で、意識してか無意識でか、どちらかというと地味めのものが多い。それを見慣れているお年寄りには、確かに今のあたしが着ているピンクのタンクトップとショーツは目に眩しいかもしれない。

「マラソンでなくランニング。ちょっとその辺を一回りしてきますね」

希が口許を緩めながら言うと、

「トラックとか、ばんばが走ってっから気ぃつけてねえ――」案じるような口調で言ってから、

「後で煮物持ってってやっからっさ。帰ったら声かけてけさいね」と目を細めた。

「はーい、ありがとうございます」

お礼を言って走り出す。

お裾分《すそわ》けお婆ちゃん。希は自分の中でそう呼んでいる。名前が清子さんだと知ってからもだ。とにかく、お裾分けが好きなお婆ちゃんで、煮物や天ぷら、炒め物などなど、作った料理を片《かた》っ端《ぱし》から近所に配っている。ありがたく受け取ることにしていた希だが、最近では素直にお礼を言って、ありがとうございましている。ああして頻繁にお裾分けをするのが、津波で旦那さんを亡くしたお婆ちゃんにとって、何かの支えになっているのに気づいたからだ。あまり詳しくは聞いていないものの、認知症の旦那さんはグループホームに入所していたとの話だ。かろうじて避難は間に合ったらしいのだが、その日の晩に低体温症で亡くなったらしい。一度は助かったものの、そうして死んでいったお年寄りは多い。

希の部屋を挟み、お婆ちゃんとは反対側の部屋に入っている男子高校生も、津波で家族を亡くしている。表情がいつも暗い。お隣どうしということもあるけれど、かなり気になる。というより、ちょっと心配だ。最近になって、内陸側にある町田地区のコンビニでアルバイトを始めたようだけど、これから先、どうやって暮らしていくつもりなのだろう。

それにしても、と希は思う。抽選の結果による偶然ではあるものの、三部屋続きで家族を亡くした入居者がいる仮設住宅も珍しいかもしれない。

市民会館前のロータリーを回り込み、坂を下って行くにつれて不快な臭気が強くなってくる。希の身体に纏《まつ》わりつく形容しがたい悪臭は、ヘドロまじりの腐敗臭だ。魚市場を中心とした仙河海市の漁港エリアには、魚介類の加工場や倉庫、ビルのような巨大な超低温冷蔵庫などが建ち並んでいる。そこをまともに津波が襲った。破壊された建物から、冷凍されていた生魚や加工品が溢れ出した。無事だった倉庫や冷蔵庫の場合は、建物内に大量の魚介類を抱えたまま電源が途絶えた。日が経つにつれどうなるかは、考えてみるまでもない。寒いうちはまだよかったのだけれど、暖かくなってくるにつれ、腐敗臭が漂い始めた。さらに夏場を迎えると、悪臭などという言葉では表せないような酷《ひど》い臭気を放つようになった。

ほどなく仙河海市は蠅《はえ》の大発生に見舞われた。しかも、嘘でしょうというくらい丸々と太った巨大な蠅の。あたしはまともに目にしてないけど、岸壁付近と街のあいだを、まるで渡り鳥みたいに移動する蠅の群れは、黒い雲が湧き上がっているように見えるという。

夏場、最悪だった臭気も、最近になってだいぶ薄れてきているように思う。ただし、鼻が慣れてしまっただけかもしれない。そういえば、奈津子のいる仙台まで遊びに行った帰り、ＪＲの仙河海駅で車両から降りた途端、魚の腐った臭いが鼻を突いたっけ。駅のある場所は、港から二キロ以上離れているにもかかわらず。今の仙河海市は、まるで見えないドームで覆われているように、外の世界とは空気が違っている。

坂を下り切り、震災当日、啓道くんたちと避難して一夜を明かした新聞社のビルにぶつかったあと、希は南仙河海駅があった方角へ向かってみることにした。

中学校のある高台から港側に下りるのは、母親を捜しに街を彷徨《さまよ》った時以来だ。津波の傷痕をわざわざ見る気にはなれなかったし、海を見るのが怖かった。その希があえて海側に下りて来たのは、身に着けているナイキのウエアとシューズのせいかもしれない。が、たいして走らないうちに、湿地帯に行く手を阻まれた。湿地帯というのは、半分は比喩で半分は事実だ。壊れた建物と瓦礫の塊が混沌《こんとん》と入り交じっている街並みの、低い部分がことごとく水没している。これじゃあ、以前のあたしのランニングコースをトレースするのは無理。満潮時の冠水がさっぱり引けていない。三陸の沿岸部は七十センチから一メートル近く地盤沈下したって聞いていたけど、この湿地帯を目の当たりにすると、確かにそうなんだと、妙に納得させられる。それにしても、一度こうなっちゃったものが、本当に復旧できるのかと首を傾げたくなってしまう。

先へ進むのを諦めた希は、方向を転じて、潮見川に架かる仙河海大橋へと向かった。

五日ほど前に少しまとまった雨が降って以来、今日まで晴天続きだったので、かなり埃っぽい。雨の日に泥濘となった地面が乾き、頻繁に行き交うトラックが土埃を舞い上げるせいだ。この空気、臭いは別にしても、ランニングやジョギングにはあまり向いていない。

ほどなく潮見川の土手に差し掛かった。

手前の土手には桜並木が続いている。毎朝のランニングコースに必ず組み入れていた土手だ。中学や高校の時も、大人になって仙河海市に戻ってきてからも、桜が満開になった土手を駆け抜けるのが大好きだった。

その桜並木は、今年の春、津波を被ったにもかかわらず、異様なまでに綺麗な花を咲かせた。瓦礫だらけで色彩を失くした周囲の光景とのコントラストが、毒々しいほどに美しかった。でも、来年は今年と同じように花を咲かせることはないだろう。今年、桜が咲いたのは、すでに開花の準備が整っていたからだ。花を散らしたあとの桜の樹は、そのほとんどが、塩害に遭うか焼け焦げるかして、枯れかけている。来年も花をつけることのできそうな樹は、ごくわずかしかなさそうだ。

仙河海大橋を渡り切った希は、最初の交差点を左に折れた。道はとりあえずクリア。大丈夫そうだ。この先に、以前暮らしていたアパート、いや、アパートの跡地がある。

あっという間にアパートのあった場所に到着する。

立ち止まり、目を向けた先には、何もなかった。雑草が生えた空き地があるだけだ。ママを捜しに来た時には残っていたアパートの残骸が、綺麗さっぱり撤去されている。まるで、希が母と一緒にここで暮らしていた事実そのものが消去されたみたいだ。

その一方で、背後を振り返ると、路地を挟んだ南仙河海小学校のグラウンドは、津波で潰れたり使い物にならなくなったりした車のスクラップ置き場と化している。

南小に通っていた児童は、今現在は高台の仙河海小に通っている。その子どもたちがここに戻ることはない。すでに廃校が決まっているからだ。――みんな　仲良し　なんでも　挑戦　みらいに　羽ばたく　南っ子――校舎の三階のベランダに掲げられているスローガンが、今となっては痛々しい。

軽く頭を振った希は、踵を返して再び走り出した。

魚市場から続く大通りに戻り、交差点を左に折れると、ほどなく旧国道との交差点にぶつかる。もう一度左に折れた希は、南へと向かって走り始めた。

潮見川の支流、陣内川に架かる小さな橋を渡ったところで、腕に嵌めたBABY‐Gのラップ計測ボタンを押し込んだ。ここからのルートは以前と同じだ。この先のだらだらと続く登りで、自分のコンディションがおおよそわかる。

登り始めて、やっぱり、と思う。以前より確実に身体が重い。体重はむしろ減っているのだけど、息の上がり方で、筋力と心肺機能が低下しているのがわかる。半年間もまともにトレーニングしていないのだから当たり前の話なのだけど、ちょっと、いや、かなり悔しい。三十六歳という、アスリートとしてはピークを過ぎている年齢には勝てない。まるで穴の空いたバケツから水漏れするように、パフォーマンスが低下する。ちっくしょう。罵りながら懸命にペースを維持する。あと少し。もう少しでこのくそったれな坂を登り切る。いや、くそったれなのは、あたしの脚と心臓のほうだ。ほんと、まいった。心臓バクバクで乳酸溜まりまくり。大丈夫か、あたし？　ペースをジョギングのスピードに落とせば楽になるのはわかっている。でもやだ。落としたくない。絶対にこのまま登り切ってやる。喉の奥からヒーッ、ヒーッ、という音が断続的に漏れる。空気を吸おうとしても呼吸が追い付いていない。こんな状態になったのは、ほんとに久しぶりだ。情けないったらありゃしない。もう駄目。死ぬ。これ以上ペースを維持するのは無理。

そう思って諦めようとした瞬間、希は坂を登り切っていた。それと同時にラップ計測ボタンを押し込み、ペースを緩めて区間タイムを確認する。

いつものタイムより二秒遅れただけ。十秒くらいは遅かったと思ったのに、やるじゃんあたし。かなりきつかったけど、これだったら、一ヵ月はかからずに身体を元の状態まで戻せると思う。

ささやかな勝利感を味わいつつ、Uターンした希は、登ってきた坂を下り始めた。以前は、ホームセンターのところから脇道に入り、埋立地のほうへと下りていたのだが、そちらはルートが寸断されているはずだ。

坂を下っている途中で、前方から近づいて来る乗用車が、ライトをやたらとパッシングさせ始めた。走りながら後ろを振り返ってみた。対向の車はいない。なに？　そのパッシング、あたしに向かって？　胸中で眉を顰めたところで、近づいて来る乗用車の運転席のウインドウがするすると下り、開いた窓から太い腕が突き出された。

あっ。

握っていた拳の親指が立てられる。

遼ちゃん！

乗用車とすれ違いざま、サムズアップをして希に笑顔を向けている遼司の顔を、しっかりと確認できた。

走りながら振り返ると、坂の向こうに消えるまで、遼ちゃんはサムズアップをし続けてくれた。

じわりと滲《にじ》み出た涙が希の頬を濡らす。

でも、悲しい涙じゃない。

ありがとう、遼ちゃん。あたし、また走り始められそう。

心の中で遼司に呼びかけた希は、手の甲で涙を拭ってから、下り坂の先に佇む仙河海の街並みに視線を向けた。

この位置から見える範囲には、津波の傷痕はほとんど認められない。けれど、この街は深く傷つき、息も絶え絶えの状態だ。さっきの登りでのあたしみたいに。でも、死にそうになりながらも、ペースを落とさずに登り切ったぞ。きみも頑張りなよ。あたしも頑張ってみるからさ。

何をどう頑張るか、今の希には具体的なプランは何もない。

でも、と希は思う。

やっぱり、好きだ、この街。

この街と一緒にこれからも生きていきたい。
この街で自分にできることが何かないか、探してみよう。
希望を持ち続ければ必ず見つかると思う。希望を忘れなければ必ず実現すると思う。
そう願ってママが付けてくれたあたしの名前が希《のぞみ》なんだから。

# 解　説

池上冬樹

いやあ、「ラッツォクの灯《ひ》」に、またも涙ぐんでしまった。すっかりストーリーを忘れ、最後のどんでん返しに、あ！　そうだった！　そういうストーリーだったと思い返しながらも、あらためて胸を熱くした。ネタを割れば決して新しくはなく、いやむしろオーソドックスな物語にすぎないのに、読むものの胸に迫るのは、主人公たちの日常が、彼らの住む街の平穏さが、しっかりとほかの短篇《たんぺん》で書かれてあるからこそ、東日本大震災後の絶望と孤独が際立つのである。ひとつひとつの短篇は独立しているが、人物たちはゆるくつながっているから、後景に退いても、人物たちの抱えるものが背景として浮かび上がる。本書『希望の海　仙河海叙景』は短篇集で、十本が収録されている。副題にある「仙河海」とは宮城県気仙沼《けせんぬま》市のことで、熊谷達也は東日本大震災後に、港町を舞台にした仙河海サーガを八作発表している。まずはリストにしてみよう。

①『リアスの子』（光文社、二〇一三年十二月）→光文社文庫
②『微睡《まどろ》みの海』（角川書店、二〇一四年三月）→角川文庫

③『ティーンズ・エッジ・ロックンロール』（実業之日本社、二〇一五年六月）→実業之日本社文庫
④『潮の音、空の青、海の詩』（NHK出版、二〇一五年七月）→※改題『悼みの海』（講談社文庫）
⑤『希望の海　仙河海叙景』（集英社、二〇一六年三月）→集英社文庫　※本書
⑥『揺らぐ街』（光文社、二〇一六年八月）→光文社文庫
⑦『浜の甚兵衛《じんべえ》』（講談社、二〇一六年十一月）→講談社文庫
⑧『鮪立《しびたち》の海』（文藝春秋、二〇一七年三月）→文春文庫

『リアスの子』は一九九〇年が舞台の学園小説＆スポーツ小説で、『微睡みの海』は震災直前までを描く官能的な恋愛小説。『ティーンズ・エッジ・ロックンロール』は青春音楽小説で、『悼みの海』（『潮の音、空の青、海の詩』改題）は五十年後の未来を含めた三部構成の人間ドラマである。短篇集の本書をはさんで、『揺らぐ街』は女性編集者を主人公にした文芸業界小説で、『浜の甚兵衛』は明治・大正・昭和を生きた浜の男の一代記、『鮪立の海』は激動の昭和の時代を生きた漁師の成長物語だ。

ごらんのようにジャンルも時代も違う物語であるけれど、人物たちは微妙につながる。このサーガの人物関係と魅力を語るには、本書が最適かと思う。五番目の作品であるけれど、文庫化はいちばん最後であり、本書を再読すると、本書の短篇の人物たちが仙河

海サーガの長篇の主人公たちとリンクしていることがあらためてわかるからだ。

　具体的に見てみよう。まず、倒れた母親にかわってスナックを経営する早坂希が母親の思いをかみしめる「リアスのランナー」からはじまり、リストラ目前の会社員悟志が妻との愛を確認する「冷蔵家族」、高校生菅原優人が両親の離婚問題に直面する「壊れる羅針盤」、希に恋心を抱く市役所職員真哉が焦りだす「パブリックな憂鬱」、菊田清子が行方不明になった認知症の夫を意外なところで見いだす「永久《とわ》なる湊《みなと》」。ここまでが前半の五本である。元ヤンキーの妻にやりこめられる生き生きとした「冷蔵家族」と老夫婦の愛をしみじみと描く「永久なる湊」がいい。とくに後者。老夫婦の愛というと僕は熊谷達也の傑作短篇集『山背郷』（集英社文庫）に収録された感涙作「艜船《ひらたぶね》」を思い出すが、これも充分に泣かせる。単独で読んでも感動的なのだが、この夫婦が実は『鮪立の海』の主人公夫婦であることが、長篇の読者ならすぐに気づくだろう。あんなに若くてエネルギッシュだった守一と清子の晩年の姿なのかと驚かれたかもしれない。夫がつぶやく真知子という女性の存在も長篇には書かれてあるが、清子にとっては幸運な出会いと劇的なプロポーズの言葉が胸に深く刻み込まれているから揺るがない。

　後半に移ろう。小学生昂樹が同級生から苛《いじ》めにあう「リベンジ」、中学教師村岡が学生・菅原幸子（優人の妹）の進学問題に関わる「卒業前夜」、昂樹の父親の美樹がある特別な車をよみがえらせる「オーバーホール」、高校生翔平が震災後に妹と暮らす「ラッツォクの灯」、そして希が変わりはてた街を走る「希望のランナー」である。

全十作のうち第七作「卒業前夜」までが震災前であり、そのあとの三作が震災後を舞台にしている。震災前の話はやや平穏すぎるのではないかと思うかもしれないが、文庫特別収録の「オーバーホール」から盛り上がる。おしつぶされそうな哀《かな》しみや苦しみの中でひっしに生きる姿を静かに捉えているからで（なんともしみじみと切ない）、その後の「ラッツォクの灯」で目頭が熱くなる。設定に驚き、切々たる心情にうたれてしまう。震災怪談のような物語に、震災を体験した人々の哀しみが溢《あふ》れているからである。これが光源となり、前半の平穏な日常に陰影が生まれ、希を主人公にした「希望のランナー」が胸をうつ。大震災による記憶の断絶があり、思いの断念があり、いやしがたい哀しみがあるのに、それでも〝希望を忘れなければ必ず実現する〟（三七〇頁）ことを謳《うた》いあげ、激しく胸を揺さぶるからである。


印象深いのは、短篇同士のゆるやかな連繋《れんけい》だろう。「ラッツォクの灯」の翔平は、「リベンジ」の昂樹の同級生の瑞希の兄であり、震災の津波で、ラーメン店を営んでいた両親と家を失い、仮設住宅で妹と暮らしているのだが、経済的に苦しく、アルバイトをかけもちしている日々が描かれる。恋人は「壊れる羅針盤」の優人の妹の菅原幸子で、「壊れる羅針盤」のその後の話も語られる。

短篇同士のつながりばかりではなく、さきほども紹介したけれど、長篇の主人公たちが、本書でもまた主役を演じたり、端役で顔をだしたりもする。たとえば、いちばん重要なことを述べていなかったが、「リアスのランナー」と「希望のランナー」の主人公早坂希は、『リアスの子』に出てきたタイトル・ロールの女子中学生で、〝仙河海中学校に転校してきた時のあたしって、ハリネズミみたいに全身刺だらけに武装してた〟〝完璧、ヤンキーだった〟（二二頁）と回想されるほど。

いっぽうで、希の口から当時の同級生のことも語られる。〝中学の時、生徒会で執行部員をしていたくらい頭がよくて真面目だった笑子が、自分が中学生の時の担任と不倫をはたらいたり、それだけじゃなく、元の自分の教え子と関係したり〟（三一～三二頁）していたというのは、仙河海サーガの第二作『微睡みの海』のことで、主人公は中学の元教師で美術館学芸員の笑子である。努力家で真面目で頭のよかった少女が大人になり、性的なものに対していちだんと貪欲になる。三十代なかばの成熟した女性の官能が、冒頭の日差しを浴びた美術館での自慰シーンから艶《あで》やかに捉えられていく。二〇一〇年四月十九日から翌年の三月十日までの、まさに大震災前日までの生命の燃焼を、絵画表現を通して触れ合う魂と、性の悦《よろこ》びを求める肉体の探索を中心に描ききっている。〝実は昨夜、子どもたちにも、私たち夫婦の離婚の件を話した〟（角川文庫・二九九頁）と貴之が笑子に切り出す場面が『微睡みの海』のラストにあるが、それを貴之の息子の優人の視点から描いたのが、「壊れる羅針盤」ということになる。

なお、優人つながりでいうなら、本書には出てこないが、優人の友人が『ティーンズ・エッジ・ロックンロール』の主人公庄司匠で、優人は『ティーンズ』のなかで匠にある女性の情報を教える（実業之日本社文庫・八二頁）。匠が高校生なのにライブハウスを作り上げる話でもあるが、彼に手をさしのべるのが希であり、磯浜水産の社長遠藤遼司である（同・一七一頁）。遼司とは希の最初の〝男〟であるが、いまや希の良き理解者として、また仙河海の住民たちに世話を焼く人間として、本書の各所に出てくる。実は、この遼司の祖父が、『浜の甚兵衛』の主人公・菅原甚兵衛である。甚兵衛が函館《はこだて》の妓楼《ぎろう》で知り合い、後に身請けした芸妓の葵が遠藤雪乃であり、その娘が遠藤幸江。その幸江との間に出来たのが征治郎で、この征治郎は『鮪立の海』では準主役、守一の友人として登場し、守一と清子の仲をとりもつ役目をもつ。

ついでに、『鮪立の海』の話をするなら、守一が清子と出会う前に思いをよせていたのが真知子で（だから本書の「永久なる湊」で認知症になっても名前が出てくる）、物語の終盤、結婚して〝早坂という姓になっています〟と語る場面があるが（文春文庫・三六七頁）、後に彼女が生むのが早坂恵、希の母親である。つまり真知子は、希の祖母となる。ただし恵は〝親戚とも完全に没交渉だった〟（『悼みの海』・二二八頁）から、希は親戚関係のことを知らない。

もうひとつ、希と笑子の中学時代の同級生に川島聡太がいて、聡太と笑子は高校時代につきあっていた過去があるのだが、その聡太が『揺らぐ街』で、主人公の大手出版社の女性編集者・山下亜依子の元恋人として準主役をはり、三部構成の『悼みの海』では

第一部と第三部で主役をつとめる（第二部は五十年後の未来が舞台で、優人の孫の視点から聡太の未来が語られる）。希と笑子の物語ではじまった仙河海サーガの、震災後に二人がどうなったのかが、聡太の視点から語られることになる。つまり本書の後に（いや具体的には『微睡みの海』の後にというべきか）、笑子にあることが起きて、希は聡太とともに奔走するのである。作者は先祖たちに遡りながらも（『浜の甚兵衛』も『鮪立の海』も熊谷達也にしか書けない荒々しくも豊かでダイナミックな歴史ドラマであるが）、そして様々な優れたジャンル小説を披露しながらも、終始ふたりの女性（希と笑子）の人生に焦点をあわせたかったのがわかる。

その意味からも、まずは二人の人生を中心に仙河海サーガを読む（再読する）のもいいかと思う。本書の短篇集からはじめて、人物たちの関連と歴史をたどるのも一興だろう。そして、震災によって奪われた数多くの命と人生と風景に思いをはせながら、生きることの尊さと喜びを、あらためてしずかにかみしめてほしいと思う。

（いけがみ・ふゆき　書評家）

本書は二〇一六年三月、集英社より刊行されました。
文庫化にあたり、「オーバーホール」を収録しました。

初出一覧

リアスのランナー　「小説すばる」二〇一三年九月号
冷蔵家族　「小説すばる」二〇一二年一二月号
壊れる羅針盤　「小説すばる」二〇一三年一二月号
パブリックな憂鬱　「小説すばる」二〇一四年四月号
永久なる湊　「小説すばる」二〇一四年八月号
リベンジ　「小説すばる」二〇一四年一二月号
卒業前夜　「小説すばる」二〇一五年四月号
オーバーホール　「文　學　界」二〇一六年四月号
ラッツォクの灯　「小　説　新　潮」二〇一四年七月号
希望のランナー　「小説すばる」二〇一五年八月号

※本書は、気仙沼市をモデルとしたフィクションです。

本文デザイン／高橋健二（テラエンジン）

熊谷達也の本

## ウエンカムイの爪

北海道でヒグマに襲われた動物写真家・吉本を救ったのは、クマを自在に操る能力を持つ謎の女だった…。野生のヒグマと人間の壮絶な戦いを描く、第10回小説すばる新人賞受賞作。

熊谷達也の本

# 山背郷

マタギ、漁師、川船乗り、潜水夫……昭和の時代を大自然と対峙し、闘いながら生き抜いた男たちの営みと誇り。現代人が忘れかけた「生」の豊穣さと力強さを謳う傑作短編集。

集英社文庫

熊谷達也の本

## 相剋の森

編集者・美佐子は「山は半分殺してちょうどいい」というマタギの言葉に衝撃を受ける。人はなぜ他の生き物を殺すのか？　自然との共生とは？　著者渾身の「森」シリーズ現代編。

集英社文庫

希望《きぼう》の海《うみ》 仙河海叙景《せんがうみじょけい》

2025年 2月25日 第1刷 定価はカバーに表示してあります。

著 者 熊谷達也《くまがいたつや》

発行者 樋口尚也

発行所 株式会社 集英社

東京都千代田区一ツ橋2-5-10 〒101-8050

電話 【編集部】03-3230-6095

【読者係】03-3230-6080

【販売部】03-3230-6393(書店専用)

印 刷 TOPPAN株式会社

製 本 TOPPAN株式会社

フォーマットデザイン アリヤマデザインストア マークデザイン 居山浩二



ISBN978-4-08-744745-3 C0193